忘却の河 下

LA RIVE DE L'OUBLI

CAI JUN

蔡駿

［監訳］高野優

［訳］坂田雪子　小野和香子　吉野さやか

竹書房文庫

忘却の河　下

第四部　孟《もう》婆《ば》湯《とう》

LA RIVIÈRE DE L'OUBLI　CAIJUN

CONTENTS

第五部　未亡人
未《いま》だ亡くならざる人々　187

主な登場人物

司望《スー・ワン》……南明《ナンミン》高校の学生
何清影《ホー・チンイン》……司望の母
欧陽小枝《オーヤン・シャオジー》……南明高校の教師
馬力《マー・リー》……南明高校の卒業生
路中岳《ルー・ジョンユエ》……秋莎の夫
路継宗《ルー・ジーゾン》……路中岳の息子
陳香甜《チェン・シアンティエン》……継宗の母
葉蕭《イエ・シャオ》……警察官
申援朝《シェン・ユエンチャオ》……元検事
申敏《シェン・ミン》……申援朝の娘
張鳴松《チャン・ミンソン》……南明高校の教師
安《アン》……南明高校の教師
尹玉《イー・ユー》……司望の友人
マドモアゼル曹《ツァオ》……尹玉の友人

申明《シェン・ミン》……南明高校の教師
柳曼《リウ・マン》……南明高校の生徒
厳厲《イエン・リー》……南明高校の教頭
黄海《ホアン・ハイ》……警察官
谷秋莎《グー・チウシャー》……爾雅《アルヤー》学園グループの理事長
谷長龍《グー・チャンロン》……爾雅学園グループの会長
賀年《ホー・ニエン》……申明の大学時代の友人

第四部　孟《もう》婆《ば》湯《とう》

知らない街で目を覚ます
昏はあなたの名を今も呼ぶ
愛する人
あなたとはもう遥《はる》か遠くに離れてしまった
わかっている
十六歳の花の季節は一度しか咲かない

でも、わたしは今もスカートが真っ白かを気にしている
ほめられた時、かわいがられた時、慰められた時
あの時の気持ちのすべてを大切にしている
あの金色の夢幻の網が
異境の辛《つら》さから　わたしを守ってくれるから

愛はお酒みたいなもの

飲めば恋しい気持ちがわいてくる
この知らない街で
わたしは毎夜杯《さかずき》をあげる
遠い十六歳の時に向けて

（席慕蓉《シー・ムーロン》「十六歳の花の季節」）

第一章

二〇一一年七月三十一日（日曜日）

今日は七月最後の日だ。おそらく、一年でいちばん暑い日だろう。朝の七時になると、すでに外の日射しが強くなりはじめ、窓の外のエンジュの木から、セミのジージー鳴く声が聞こえてくる。

司望《スー・ワン》は出かける準備をしていた。今日は南明《ナンミン》高校の入学説明会があるのだ。かたわらでは、「シャツの襟は大丈夫?」「授業料や寮費はちゃんと持ったの?」「二千九百九十元もあるのだから途中でなくしたり、すられたりしないように気をつけなさい」とか、母親がうるさく言ってくる。「何があるかわからないから、お財布に余計にお金を入れておかなければだめよ」とか、「髪は昨日のうちに切ったからこれでいいわね」とか……。それがいつまでも続くので、ついに司望は言った。

「大丈夫だよ、母さん。ぼくはもう子供じゃないんだから……」

それでも母親がいろいろと世話を焼いてくれるのは嬉《うれ》しかった。母親は最初、南明高校に入ることを猛烈に反対していたので、もっと不機嫌な顔で送りだされるのではないかと思っていたのだ。ただ、入学説明会には一緒に行けないというので、それは淋《さび》しかった。

「どうしてなの、母さん？　これまで幼稚園の時から中学校の時まで、入園や入学の説明会がある時には必ず一緒に来てくれたのに……」
　すると、母親はこう答えた
「だって、もう高校生じゃないの。いつまでも子供じゃないでしょ？　それに、地下鉄の駅からはバスに乗らないといけないけど、今は通りが工事中で、バスが走ってないっていうし。駅から高校まで、歩いたら三十分くらいかかるでしょう？　このところ、疲れているから、やめとくわ。この暑さだから、まいっちゃうし……。いいでしょう？　地下鉄の駅までは送ってあげるから」

　地下鉄の駅の入口で母親と別れると、司望はホームまで降りていった。南明高校に行くには、一度乗り換えをして、最寄り駅まで行ったあと、バスで十分くらいなのだが、今日は母親の言ったとおり、南明通りが工事中なのでバスは走っていない。歩くことを計算に入れて時計を見ると、説明会の受付が始まる時間に間に合うかどうか、微妙なところだった。

　はたして、最寄り駅に降りると、時間はあと三十分ちょっとしかなかった。歩いていったらぎりぎりだ。そう思いながら、階段をのぼって通りに出たところで、〈黒車〉と呼ばれる無認可のタクシーが目の前で止まった。ウィンドウをさげて、運転手が声をかけてくる。

「南明高校に行くんだろう？　十元でどうだ？」

近くに正規のタクシーが見つからなかったので、司望《スー・ワン》はその車の後部座席に乗った。

だが、車が動きだそうとした、まさにその瞬間、不意に外側からドアが開いて、若い女性が乗りこもうとしてきた。司望は左にずれて、女性のために場所をあけた。白いワンピースのスカートが隣に並んだかと思うと、甘くてかわいらしい声が聞こえてきた。

「南明高校に行くのでしょう？　わたしもそうなの。ご一緒させてもらってもいいかしら？」

司望はびっくりして、女性の顔を見た。欧陽《オーヤン・シャオジー》小枝だ。知らない女性だが、記憶はある。この女性が高校生だった頃の記憶が……。今では三十代のはずなのに、顔も声も昔と同じだ。年齢の影は見えない。大学を出たばかりだと言われても納得するだろう。

こちらを見ると、小枝は前にも会ったことがあるというように首を傾げた。そうだ。この女性には二年前の中元節の時に、地下鉄ですれちがったことがあった。自分はなぜだかあとを追いかけ、閉まる電車の扉の前でこの人の名を呼んでいた。その時のことを覚えているのだろうか？

「新入生なの？」

そう訊《き》かれて、司望はなんと返事をしようか迷った。こんなことが起きるとは想像もしていなかったのだ。

「じゃあ、行っていいんだね？」運転手が言った。

「お願いします」小枝が答えた。

車が走りだすと、司望はそっと隣に目を向けた。小枝は美しかった。おそらく地下鉄の階段を駆けあがってきたからだろう、顔が上気して、額にはうっすらと汗が浮かんでいる。小枝がこちらに目を向けたので、司望は視線をはずして外を眺めた。ふたりはそのまま何も言わずに座席に座っていた。

車が学校に着くと、小枝はすばやくバッグから財布を取り出し、運転手に十元渡した。

「あ、五元払うから……」司望は言った。

「いいのよ。あとから来て、乗せてもらったんだから……。それに、わたしは南明高校の先生なの」

そう言うと、小枝は男子高校生なら一発でまいってしまいそうな魅力的な笑顔を見せた。

説明会の受付には無事に間に合った。入口付近には秋から入学する新入生たちが保護者に付きそわれて、列をなしている。これから受付をすませて、講堂に入るのだ。どうして、母さんは来てくれなかったんだろう？　司望は淋しく思いながら、ひとりでその列に加わった。

その時、競技場の反対側を小枝が歩いているのに気づいた。ちょうど夾竹桃《きょうちくとう》の植え込みの前あたりだ。濃いピンクの花を背景に、ワンピースの白がよく映えた。小枝は教室のある建物に向かっているようだった。司望は列から離れて、そのあとを追った。小枝は建物に入って、廊下にある大きな鏡の前で髪を整え、服の乱れを直していた。顔にはうっすらと化粧をしている。白いワンピースに合わせて、白い靴をはいていたが、ヒールは高くなかった。

不意に小枝《シャオジー》の動きが止まった。鏡のなかにこちらが映っているのに気づいたのだ。司望《スー・ワン》は鏡のなかの小枝を見つめかえした。

その時、携帯が鳴ったので、司望は鞄《かばん》から携帯を取り出して、電話に出た。母親からの確認の電話だ。司望はその場を離れると、「大丈夫だから安心して」と言って、電話を切った。元の廊下に戻ると、小枝はもう姿を消していた。

今頃はもう説明会が始まっているだろう。だが、司望は説明会の会場には行かず、競技場に出た。競技場からは図書館が見える。尹玉《イー・ユー》の話によると、そこはかつて墓地のなかにつくられていた、死者の霊に供物を捧《ささ》げる場所だったということだ。図書館をじっと見つめながら、司望は「死者たちの霊がぼくたちのところに戻ってこられますように」と小声で祈った。

第二章

二〇一一年八月三十一日（水曜日）

競技場の温度は四十度に達し、まさにサハラ砂漠にいるようだった。今日は軍事訓練の最終日だ。小学校から大学まで、学校に入学した新入生は全員がこの軍事訓練を受けることになっている。時期は学校によってそれぞれだが、南明《ナンミン》高校では入学前のまだ暑い時期に行われることになっていた。訓練は八月二十七日に始まっていて、最終日の今日は五日目にあたる。この五日の間に誰もが日焼けして、皮がむけるほどになっていた。

しかし、それにしても今日は暑い。誰もが倒れる寸前の状態だった。だが、そのなかで司望だけは、体勢を乱すことなく、直立不動の姿勢をとっていた。中学の頃はまだひ弱だったが、尹玉と出会ったことで、少しずつトレーニングに励み、筋肉もしっかりついて、頑丈な身体《からだ》になっていたのだ。

「よし、司望。きみは体力も精神力も勝《まさ》っているな」

教官の言葉に司望はほっとした。これで、ほかの生徒たちからも一目を置いてもらえるだろう。小学校や中学校の時のように、いじめられたり、無視されることはあるまい。

今日の訓練が終わると、明日からはいよいよ授業だ。軍事訓練の日に始まった寮生活も今日で五日目になる。入寮の時には誰もが保護者に荷物の整理を手伝ってもらっていた。だが、司望《スー・ワン》の母親は、その日も高校までやってこなかった。南明通りの工事があいかわらず続いているので、地下鉄の駅から三十分も歩いてくるのは気が進まないというのだ。しかたなく、司望はひとりで荷物の整理をした。

入寮の手伝いには来てくれなかったが、母親は朝となく昼となく、何度も電話をかけてきた。入寮の翌日も、さっそく朝いちばんに電話をかけてきて、ベッドは固くなかったか、夜はきちんと眠れたか、食事はもうとったのかと、うるさく尋ねてきた。

司望は嬉しい気持ちをこらえながら、わざとぶっきらぼうに答えた。

「大丈夫だよ。それより、母さんはどう？　ちゃんと眠れたの？」

すると、母親は、

「離ればなれになるのは、望君が谷《グー》さんのところに行った時以来だから、なんだか心配で眠れなかったわ」と言って、こうつけ加えた。「ともかく、こまめに電話をしてちょうだいね」

「わかったよ」司望は答えた。「たまには手紙でも書こうかな」

だが、母親はその言葉をすぐに否定した。

「だめよ。電話にしなさい。声が聞けたほうが嬉しいんだから。それに手紙は届かないことがあるし」

「そんなことを言うの？　母さんは郵便局に勤めていたのに」司望は面白がって尋ねた。

「勤めていたからこそ、知ってるのよ。いいわね。電話にしなさい」そう言うと、母親は電話を切った。

寮の部屋は六人部屋になっている。だが、この五日間、司望はルームメイトと、それほど親しく言葉を交わしたわけではなかった。というのも、寮にはスマホの持ち込みが許されていたので、誰もがゲームに夢中になっていたからだ。皆のお気にいりは、庭に侵入してくるゾンビを庭の植物を使って撃退する「プラントvs.ゾンビ」というゲームだった。

だが、司望はまだスマホを持っていなかったので、窓から外を見て過ごすことが多かった。そして、明日からは授業だというこの日の晩、いつものように外を見ていると、図書館の屋根裏部屋に明かりがともったのに気づいた。いったい、こんな時間に誰があんなところに行くのだろう？　司望は落ち着かない気持ちになった。だが、ここからでは明かりのともった、その窓の向こうの様子はわからない。

しかたなく窓枠を指でなでていると、ざらざらした手触りに、ふと興味を持った。窓枠には代々、この部屋で暮らしていた生徒たちがナイフで彫った落書きがあったのだ。二十年以上も前に、自分もそんなことをした覚えがある。そう思って、そこに刻まれた文字をひとつひとつ丹念に読んでいくうちに、突然ある言葉に目が吸いよせられた。〈死せる詩人の会《デッド・ポエッツ・ソサエティ》〉――そこにはそう刻まれていた。そして、その隣にはこんな詩も彫られていた。

人は死ぬ　言葉とともに
それが口にされた時に
私は生きはじめる　死んだ言葉とともに
まさに　それが口にされなくなった時に

エミリー・ディキンソンの詩だ。だが、うろ覚えで刻んだのか、詩句がまちがっている。司望《スー・ワン》はじっと、その詩を見つめた。夜になった今も、どこからか、セミのジージーいう声が聞こえてくる。夾竹桃の甘い香りも漂ってくる。なぜだか勝手に指が動いて、司望は馬力《マー・リー》にSMSを送っていた。馬力は今頃、自分の会社のある広州市《こうしゅうし》にいるはずだ。あるいは、自宅マンションのある上海《シャンハイ》に戻っているかもしれない。メールを打ちおわると、司望は呆然《ぼうぜん》とその画面を眺めた。

申　明《シェン・ミン》だ。私は南明高校に戻ってきた。
きみが暮らしていた部屋で寮生活を送ることになった。

だが、どうして自分がこんなメールを打ったのか、考える暇はなかった。画面から顔をあげて、ふと図書館のほうを見た時、建物の入口から知っている顔が出てくるのに気づいたからだ。それは数学の教師の張《チャン・》鳴松《ミンソン》だった。

二〇一一年九月一日（木曜日）

翌朝、いつものように母親と電話で話をしてから、司望は教室に行った。いつも母親と電話で話しているので、ルームメイトたちは呆《あき》れた顔をしていたが、司望は別に気にしなかった。

クラスは一年二組で、生徒の数は三十二名。男子が十七名で、女子が十五名だ。司望は背が高いほうだったので、窓ぎわのうしろのほうの席に座った。前の席にはショートカットの女の子、その隣にはポニーテールの女の子が座っていて、うしろを向いてしきりに話しかけてきた。だが、司望は適当にあいづちを打っただけで、積極的に話をしようとはしなかった。

しばらくして、担任の教師がやってきた。張鳴松だ。司望はあらためて、張鳴松の様子を観察した。年齢はもう四十代の後半だろう。独身のはずなのに、きっちりアイロンのかかった白いワイシャツを身につけている。がっしりとした身体つきで、それだけ見るなら、あまり年齢は感じさせない。だが、頭髪の後退が実際の年齢を示していた。手には分厚い書類の束を抱え、胸ポケットからは金色の万年筆のキャップを覗《のぞ》かせている。教壇から生徒たちを睥睨《へいげい》すると、張鳴松は口を開いた。

「最初に自己紹介をさせていただくとしよう。あなたがたの担任を務めることになった張鳴松だ」

生徒たちは静まりかえった。張《チャン・ミンソン》鳴松は上海はもちろん、全国的に名前を知られた数学教師だ。教育問題をとりあげるテレビ番組にもよく出演している。受験数学の指導にかけては一頭地を抜いていて、誰もが張鳴松の個人授業を受けたがっていた。張鳴松は黒板に身体を向けると、白墨で自分の名前を書いた。見事な字だった。

「この十年、担任は持っていなかったが、今年からその任を受けることにした。あなたがたが卒業するまで、このクラスは私が担任する。ほかのクラスの担任をすることも検討したが、熟慮の末にあなたがたを選んだのだ。その点、心してほしい」

生徒のなかから拍手が起こった。張鳴松先生が担任なら、受験に有利になると考えたのだろう。だが、張鳴松はさっそく数学の授業を始め、黒板に難しい数式を書きつらねた。おそらくこれを理解できる者だけが特別授業を受けられるのだ。ほとんどの生徒が狐《きつね》につままれたような顔をしているなか、授業は終わった。

再び拍手が起きた。しかし、それにはかまわず、張鳴松は生徒たちを見まわした。司望《スー・ワン》はその顔をじっと見つめた。と、張鳴松の目がこちらで止まった。何か、ほかの生徒とはちがうと感じたのだろうか？

だが、その時、終業のチャイムが鳴った。張鳴松は学級委員に女子生徒を指名すると、そのまま出ていった。

司望はその女子生徒を眺めた。眼鏡《めがね》をかけた太った子だ。年配の男性教師のなかには容姿のきれいな女子生徒を学級委員にする者がいるが、張鳴松はそういった悪癖を持っていないらしい。そんなことを考えながら、司望は休憩時間になっても席を立たず、窓から外を見てぼんやりしていた。

「起立！」

突然、学級委員の声がして、我に返るとみんなが立ちあがっていた。次の授業が始まったのだ。国語の授業だ。教壇には小枝《シャオジー》が立っている。小枝は黒板に自分の名前を書くと、挨拶《あいさつ》をした。

「わたしのことは『欧陽《オーヤン》先生』、または『小枝先生』と呼んでください。どうして小枝という名前がついたかと言うと、小枝のように細い腕をしていたからです。小《シャオ》の発音は簫《シャオ》にも通じます。簫は笛の一種です。やはり細長いですね」

そう言って、肩にかかった長い黒髪をうしろに払うと、小枝は話を続けた。

「あなたたちの国語のクラスを受けもつことができて、とても嬉しく思っています。今日が、わたしの南明高校での初めての授業です。といっても、教えるのは初めてではありません。上海師範大学を出てから、十二年間、ほかの学校で教壇に立っていましたから……。あら、これでは歳《とし》がばれてしまうわね」

その言葉に、教室がなごやかになった。

「先生、わたしには二十歳にしか見えません」

女子生徒が発言して、教室に笑いが起こった。

でも、どうして小枝《シャオジー》は、自分もこの学校の卒業生だと言わないのだろう？　司望《スー・ワン》は不思議に思った。だが、すぐに授業が始まったので、その疑問について深く考えることはできなかった。

「では、教科書を開いてください。第一章です」小枝が言った。毛沢東《もうたくとう》の書いた『沁園春《しんえんしゅん》・長沙《ちょうさ》』から始めましょう。〈沁園春〉は、詞牌。『長沙』が毛沢東の書いた詞のタイトルです」

そう言うと、小枝は優しい声で、その詞を読みはじめた。時々、教科書から目をあげて、生徒たちの様子をうかがっている。不意にその視線が止まった。自分に気づいたようだ。だが、すぐに口もとに微笑を浮かべながら、続きを朗読した。

恰同學少年（恰《まさ》に同學《どうがく》　少年にして）
風華正茂（風華　正に茂れる）
書生意氣（書生の　意氣《いき》は）
揮斥方遒（揮斥《きせき》して　方《まさ》に遒《つよ》し）
指點江山（江山を　指點《してん》し）

激揚文字（文字に　激揚し）
糞土當年萬戸侯（當年《とうねん》の　萬戸侯を糞土《ふんど》とす）
曾記否（曾《かつ》て　記すや否《いな》や）
到中流撃水（中流に到りて　水を撃てば）
浪遏飛舟（浪《なみ》　飛舟を遏《とど》めたるを）

最後まで詞を朗読したところで、終業のチャイムが鳴った。翌日の課題を伝えると、小枝は丁寧《ていねい》に一礼してから、教室を出ていった。司望はそのうしろ姿を目で追った。

最初の授業を終えると、小枝はほっとして職員室に戻った。見ると、同僚の教師たちがビスケットなどのおやつを食べながら、楽しそうに話している。小枝は自分もその仲間に加わり、しばしおしゃべりを楽しんだ。これなら、なんとかやっていけそうだった。

それから、いくつかの授業をこなし、夕方になって、家に帰ろうとした時のことだ。校門のところで、生徒のひとりに出くわした。あの申　明《シェン・ミン》先生に似た、司望という子だ。放課後に街に出かけていたのだろう、ちょうど帰ってきたところだった。だが、こちらを見ると、目をそらして急いでそばを通りぬけようとする。

「こんにちは！」小枝は明るく声をかけた。

司望《スー・ワン》は、しかたがないといった顔で立ちどまった。

「あなたの名前は司望ね。名簿で確認したの。あの時はありがとう。入学説明会の時に、タクシーに乗せてくれたでしょう？」

司望は何も言わず、うなずいた。

「じゃあ、これからよろしくね」

そう言うと、小枝《シャオジー》は校門を出て、駅に向かって歩きはじめた。学校の前の通りは、あいかわらず工事中だ。しばらく行ったところで、校門のほうをふり返ると、そこにはもう司望の姿はなかった。

第三章

二〇一一年九月十一日（日曜日）　中秋節の前日

キッチンで熱い紅茶を入れると、司望は居間に入って、テーブルにカップを置いた。それから、手土産にした月餅《げっぺい》の包みを開けながら、こう切りだした（中国では月餅を中秋節の贈り物にする）。

「尹玉《イー・ユー》は今、香港《ホンコン》にいるんです」

「そんなこと、一度も言わなかったわ」

「突然、やってきて、びっくりさせるつもりじゃないんですか？　香港から来たよって」

「そんなことでびっくりさせなくても……」

そこで言葉を言いさすと、マドモワゼル曹《ツァオ》は窓の外の中庭を見つめた。中庭には秋の花が生い茂っている。夕暮れ時の風に乗って、花の香りが運ばれてきた。ようやく、マドモワゼル曹が、さっきの言葉の続きを口にした。

「行くのも帰るのも、普通に知らせてくれればいいのに……」

「心配しなくても大丈夫です。ぼくは電話で頼まれたんですから……。中秋節のお祝いにあなたのところに行ってきてほしいって……」

「わかったわ、司望。ありがとう」

「どうぞ、月餅を召しあがって……」

それを聞くと、マドモワゼル曹《ツァオ》は口を開けてみせた。そこには歯が一本もなかった。

「ごめんなさい、気づかなくて……」

司望《スー・ワン》はあわててナイフを持ってくると、小さく切ってスプーンで餡《あん》を取り出した。月餅は皮が固いので、餡のほうなら食べられると思ったのだ。

「ありがとう。最後に月餅を食べたのは、一九四八年のことよ。あれも中秋節の時だったわ」

「尹玉《イー・ユー》とは、一緒に食べなかったんですか？」

「ええ、月餅は家族で食べるものだから……。あの人とわたしはそれぞれひとりで暮らしていたのよ。あなたにはわからないわね」

「いいえ、わかります」

司望はむきになって答えた。

「そう、明日だったわね、中秋節は……。すっかり、忘れていたわ。この味も……」

マドモワゼル曹の顔には深い年輪が刻まれていた。その顔から、六十年前、男なら誰もが虜《とりこ》になったという絶世の美人を想像するのは難しかった。

「あの人は本当に香港にいるの？」

「ええ」司望は答えた。

それは本当のことだった。

三カ月前、南明《ナンミン》高校の前で、別れを惜しみながら、李叔同《りしゅくどう》の「送別」を歌ったあと、尹玉は通りを渡ろうとして、トラックにはねられた。そして、大量の出血をともなう大怪我《おおけが》をしたが、三日三晩、集中治療室で死線をさまよった末、命はとりとめた。そのあとで、香港の病院に入院したのだ。

というのも、命はとりとめたものの昏睡状態が続いていて、上海の病院の医師たちは回復を危ぶんでいた。このまま植物状態でいるだろうと診断していたからだ。だが、尹玉の父親はそうは思わず、香港にある神経専門の病院ならば、損傷を受けた娘の脳を修復できるかもしれないと考え、その病院に転院させることにした。そうすれば、いつか合格した香港の大学に復学することもできる、そう考えて……。尹玉の父親は海外取引も行う商社を経営しているので、娘を香港の病院に入院させることは難しくなかった。だから、今、尹玉は香港にいるのだ。

しかし、司望の言葉にマドモワゼル曹は納得いかない顔をしていた。

「でもね、いっこうに鳴らないのよ」電話を指しながら言う。

司望は腹をくくって、嘘《うそ》をつくことにした。

「香港大学は単位をとるのが難しいんです。勉強が大変で、いくらしても追いつかないほどだと言ってましたから……」

「そう、お勉強が忙しいのね。それならいいわ。お勉強がいちばんですもの」

そう言うと、マドモワゼル曹《ツァオ》はようやく安心した顔を見せた。微笑を浮かべながら、月餅の皿に手を伸ばす。

「心配しなくても、尹玉《イー・ユー》があなたのことを忘れることはありません」

「それは逆よ。あの子には——尹玉にはわたしとの思い出を忘れてほしいの。そうすれば、ごく普通の少女になれるはずだから……。あんなに若い身空で、わたしのようなおばあさんに未練を感じているなんて、おかしいわ」

そう言いながら、マドモワゼル曹はテーブル越しに司望《スー・ワン》の手をなでた。その手はしわだらけでざらざらしていたが、温かかった。

と、マドモワゼル曹がその手を放して言った。

「そろそろ暗くなるわ。もうお帰りなさい。せっかくのお休みなんですもの。お母さまが待ってらっしゃるわよ」

司望は素直に従った。

「それでは、マドモワゼル曹、お身体に気をつけて。また、会いに来ますから……。何かあったら、ぼくに電話をしてください」

玄関を出て、門のところまで来ると、司望は家をふり返った。家の壁には、一面に蔦《つた》がはっている。この家でマドモワゼル曹は何十年も暮らしてきたのだ。家自体はもっと古くからある。おそらく二十世紀の初めから……。

日はもうすっかり暮れている。通りは不気味なほど静まりかえっていた。ふと空を見あげると、蓮《はす》の花のようなかたちをした雲がゆっくりと流れていて、その上に真ん丸の月がぽっかりと浮かんでいた。司望は自転車に乗ると、尹玉が前世でおじいさんだった時に住んでいた建物の前までできた。やはり前世で、子供の頃に申明《シェン・ミン》が暮らしていた建物だ。

建物は上のほうに明かりがついていた。だが、尹玉が住んでいた一階と、自分が暮らしていた半地下に暗いままだった。司望は自転車から降りると、地面にしゃがんで、半地下の窓からなかを覗いた。ガラスは汚れていて、しかも照明がないので、部屋がどうなっているかわからない。それでも目を凝らしてみると、どうやら物置になっているようだった。

司望は、そのましゃがみこんだ姿勢でうしろを向くと、通りの反対側の建物を見た。こちらの建物はどこにも明かりがついていない。一九八三年に殺人事件があって以来、廃墟同然になっているのだ。玄関の石段は朽ちかけている。そう言えば、あの石段に少女がひとり、座って泣いていたのだ。

殺された人間が路竟南《ルー・ジンナン》という名前で、路中岳《ジョンユエ》がその甥《おい》であることを知った時から、この建物のことは気になっていた。実を言うと、その時から、一度、部屋を調べてみたいと思っていたのだ。ズボンの埃を払って立ちあがると、司望は石段をのぼり、玄関のドアの前に立った。郵便受けを見て、〈路竟南《ルー・ジンナン》〉の名前を確かめる。この間はこれを見たとたんに、なぜだかわからない恐怖に襲われて、この場から逃げだしてしまった。でも、今日はなかに入って、徹底的に調べるつもりだった。

司望《スー・ワン》は玄関のドアに手をかけると、開こうとした。だが、ドアには鍵《かぎ》がかかっていた。これではなかに入ることができない。どうしよう？　でも、もしかしたら庭からなら入れるかもしれない——そう考えると、司望は家の反対側にまわってみた。塀をよじのぼって、庭に飛びおりる。長年、積みかさなった落葉のせいで、地面は柔らかかった。腐葉土の臭いとともに、猫の小便の臭いがする。建物のほうを見ると、庭に面してふたつの窓があった。片方の窓はガラスが割れて危なそうだったので、司望はもう片方の窓に近づいて、外から押してみた。窓は簡単に開いた。すぐにカビた臭いがあふれてくる。そこからなかに入ると、司望は持ってきた懐中電灯であたりを照らした。

部屋のなかにはほとんど何もなかった。警察が捜査のために運びだしたのか、あるいは泥棒が入って持っていったのか、そのどちらかにちがいない。床を見ても、遺体をかたどってチョークで描いた人形《ひとがた》は見あたらなかった。もう二十八年も前のことなので、とっくに消えてしまったのだろう。だが、いくつか壁や柱に鉛筆で印をつけた跡があったので、この部屋が殺人現場であることはまちがいなかった。

司望は奥に進み、居間らしき部屋に入った。この部屋もいくつか椅子《いす》が残っているだけで、家具はほとんどなくなっている。窓辺に寄ると、そこは安息通りに面していて、丸い月の光に向かいの建物が浮かびあがっていた。申明《シェン・ミン》だった自分が暮らしていた半地下の明かりとりの窓も見える。

居間を出ると、階段があったので、司望は二階も確かめることにした。階段はぎしぎしと音がして、今にも崩れてしまいそうだった。

二階には部屋がふたつと、浴室があった。トイレも浴槽も、昔は真っ白だっただろうに、今は変色して黄ばんでいる。壁も茶色になっていた。司望は見るだけで、おぞましい気分になった。

ふたつの部屋のうち、ひとつはそれほど使われていなかったらしく、ベッドがひとつ置いてあるだけで、がらんとしていた。足を踏みいれたとたん、ベッドの下からネズミが飛びだしてきてどきっとしたが、あとは天井の片隅にクモが巣を張っているくらいで、特に変わったことはなかった。もちろん、壁紙はところどころ破れて、はがれかけていたが……。

その部屋に比べると、もうひとつの部屋は少しだけ生活感があった。どうやら、女の子の部屋だったらしい。かわいらしい木製のベッドがあり、その隣には小さなタンスがあった。タンスの上には、服を着ていない木製の人形がいくつか並んでいる。ベッドの反対側の壁には楕円形の鏡があった。きっと学校に出かける前に、女の子が髪を直したりしたのだろう。今は曇って、鏡に映る像はぼんやりとしている。でも、司望はわざわざその曇りをとって、自分の姿を映してみようとは思わなかった。そこに映るのが自分ではなく、幽霊だったらどうしようと怖かったからだ。

結局、タンスの引き出しまで調べてみたが、この部屋からも特にめぼしいものは見つからなかった。それなら、こんな気味の悪い家からはさっさと出よう。そう思って、最後に懐中電灯で部屋をひとまわり照らした時、タンスのうしろの壁に穴が開いているのが見えたような気がした。タンスでほとんど隠れているが、まちがいない。そこでタンスをどかしてみると、確かに二十センチ四方の穴があった。司望《スー・ワン》は懐中電灯で、穴のなかを照らしてみた。すると、奥のほうで鈍く光るものが見えた。こんなところに何があるのだろう？　一瞬ためらったものの、司望は穴に腕を入れて、なかにあったものを引っぱりだした。それはブリキ製の四角い缶だった。蓋《ふた》の表面が汚れていたので、手でこすって汚れを落とすと、何人もの女性が描かれた見事な絵が現れた。貴公子と十二人の美女や美少女との交流を記した清朝中期の物語、『紅楼夢《こうろうむ》』に登場する女性たちを描いた絵だ。司望はこの缶を知っていた。クッキーの缶だが、絵がきれいなので、昔は中身を食べたあとも捨てずにとっておき、大切な手紙や思い出の品を入れたり、裁縫箱にしたりして使ったものだ。家でも同じようなものを見たような気がする。

司望は爪を引っかけるようにして、箱の蓋をはずした。すると、カビと埃の臭いがして、カードが数枚見つかった。『三国志演義』の登場人物や有名な場面を描いたカードで、関羽《かんう》のカードや〈潼関《どうかん》の戦い〉のカードがあった。おそらく、男の子が集めていたのだろう。だが、箱をさかさまにしてタンスの上にあけてみると、ちょうど十二、三歳の女の子が髪を留めるのに使う、ピン留めがふたつ出てきた。ほかにはカセットテープがひとつ。一九八三年に発売されたもので、台湾出身の歌手、テレサ・テンの歌が十二曲収められている。だが、もちろん海賊版だ。その当時、中国ではオリジナル版を手に入れることはできなかったからだ。

缶のほかにも何かないかと、司望はもう一度、懐中電灯で穴のなかを照らしてみた。だが、何も見えない。何かあっても、ネズミの糞《ふん》くらいだろう。そう考えながら、司望はもう一度、缶に目を落とした。缶の中身が事件と関係あるかどうかはわからない。たぶん、関係はないはずだ。この缶で気になることと言えば、男の子のコレクションと、女の子のピン留めが一緒に入っていることくらいだ。だから、警察もあまり興味を持たなかったのだろう。あるいは、タンスのうしろに隠れていたので、穴を見つけられなかったのかもしれない。

その時、携帯電話が鳴った。画面を見ると、母親からだ。司望は電話に出ると、「すぐ帰るから心配しないで」と言って、母親を安心させた。それから、紅楼夢の缶をもとの場所に戻すと、部屋をあとにした。

通りに出ると、月が白く光っていた。家のほうをふり返ると、その月の光でできた、異様に大きな自分の影が、朽ちかけた壁に映っていた。

第四章

二〇一一年九月十二日（月曜日）　中秋節

広場の木のうしろに隠れて、司望《スー・ワン》は申援朝《シェン・ユエンチャオ》のマンションのある建物の入口を見張っていた。もうすぐ、娘の申敏《ミン》が出てくるはずだ。申敏は毎週、月曜日の午後、どこかに出かけて、夕方まで帰ってこない。それは調べてわかっていた。今日は中秋節だが、いつもどおりなら……。

やがて、建物の玄関に申敏が現れた。陶器の人形のような白い肌をした美しい少女だ。漆黒《しっこく》の髪を揺らし、昔テレサ・テンが歌った「ただ願わくば　人　長久に」を口ずさんでいる（一九八三年にテレサ・テンが台湾で歌って大ヒットした曲。宋代の詩人、蘇軾が中秋の名月を詠んだ詞に曲をつけたもの）。テレサ・テンは一九九五年に亡くなっているが、今でも人気がある。司望も誰かが口ずさんでいるのを耳にしたことがあった。

申敏の姿が消えると、司望は建物に入り、エレベーターで四階までのぼっていった。

申敏が出かけるのを見送ると、申援朝は心配になった。あれだけ美しければ、男の子には人気があるだろう。デートに誘ってくる者もいるにちがいない。そういった男の子と恋に落ちたりしていないだろうか……。

そんなことを考えていると、玄関のベルが鳴った。ドアを開けると、そこには見知った顔の少年が立っていた。殉職した捜査官、黄海《ホアン・ハイ》の息子だ。

「こんにちは、申検事」

「もう検事ではないけれどね。私はもう六十一歳になる。昨年、退官しているんだ。きみは確か、黄海捜査官の息子さんだね？」

「はい、黄之亮《ジーリアン》です。検事さんが家にいらした時、お会いしたことがあるかと思います」

「覚えているよ。黄之亮、さあ、なかに入って」

その言葉に、黄之亮は丁寧にお辞儀をすると、手に持っていた箱を差しだした。

「月餅です。中秋節のお祝いにどうぞ！」

申援朝は、その箱を受け取った。現職の検事をしていた頃は、いっさい贈り物を受け取らなかったが、もう退官しているのだから、頑強に拒否する必要はなかった。それよりも、この少年の気持ちを大切にしたかった。

「昨年、お父上が亡くなられたことは聞いているよ。犯人を追いつめて、殉職なさったということもね。息子の事件に関して、私がうるさく言ったせいで、お父上はどうしても犯人を捕まえなければと、責任感に駆られてしまったのではないだろうか？　そう思うと、一度ならず、二度までもご自宅に押しかけてしまったことを後悔しているよ。あの時のお父上の言葉は決して忘れることができない。『申検事、信じてください。私は必ず殺人犯を見つけます。私が命を落とさないかぎりは……』お父上はそうおっしゃったのだ。あれほど優秀な捜査官だったのに……。私にはそれがわかっていなかったんだ」

「そんなことはありません。結局、父はいくつかの事件を解明できないまま、逝《い》ってしまいました。一九九五年に南明《ナンミン》通り周辺で起きたふたつの事件もそうです。南明高校で女子生徒が毒殺された事件と……検事さんの息子さんが亡くなった事件です。父はつねづね、『もし自分に何かあったら、あとを継いでほしい』とぼくに言っていました。だから、ぼく自身もあの事件は解決したいのです。ただ、そのためには検事さんのお力が必要です。ぼくのほうもできるだけのことをしますので、何かありましたら、お力添えください」

「黄《ホアン》・海《ハイ》捜査官が、そこまでの気持ちをお持ちだったとは……」申《シェン》・援《ユエン》朝《チャオ》は、感動して言った。「きみの気持ちも嬉しいよ。ただ、きみはまだ高校生になったばかりだろう？　事件を解決すると言っても……」

「ぼくはそちらの方面に進むつもりなんです。大学は中国人民公安大学に行くつもりです」

「それでは本当にお父上のあとを継ぐつもりなんだね。さすが、黄海捜査官の息子さんだ。きみに会うのはおととしの暮れ以来だが、本当に立派な少年に成長したものだ。息子の申明《ミン》も生きていたら、今年は四十一歳になっていたところだ。さぞかし……」

　そう言いさすと、申援朝は壁の棚のほうに目をやった。そこには亡くなった妻と、息子の申明の写真が飾られていて、前には月餅がふたつ供えられていた。

すると、その様子を見ていた黄之亮《ジーリアン》が、落ち着いた声で言った。

「父の代わりに、お線香をあげてもいいでしょうか？」

申援朝はうなずいた。少年の心づかいに、目に涙が浮かんでくる。黄之亮は線香を三本受け取ると、遺影の前に立て、三度拝んでから、こちらを向いた。その顔を見て、申援朝はびっくりした。まるで、何か大切なものを失ったような、悲しげな表情をしていたからだ。

「之亮君、どうかしたかね？」申援朝は尋ねた。

だが、それには答えず、黄之亮は悲しげな表情のまま言った。

「申検事。ぼくの携帯電話の番号をお渡ししておきます。何かわかったら、知らせてください。犯人を見つけるお手伝いをします」

申援朝は首を横にふった。

「いや、さっきの話を聞いて、事件を解決したいという、きみの気持ちはよくわかったが、実際に捜査に参加するのは危険すぎる。きみはまだ若い。これは大人が解決する問題だ」

しかし、黄之亮はきっぱりとした口調で答えた。

「いえ、ぼくの問題でもあります。ともかく、お電話をお待ちしています」

それから、立ちあがって、玄関に向かっていった。

申援朝検事の家を出ると、日はそろそろ西に傾きかけていた。司望《スー・ワン》は自分が暮らす、場末の通りに向かって、自転車のペダルをこいだ。家の近くは比較的貧しい人々が住む地域で、昔ながらの建物が並んでいる。ほかの地域に見られるような高いビルはひとつもなく、狭い路地や裏通りに、安食堂や風俗店がひしめいていた。あまり治安のよい場所ではない。母親は息子がこのあたりのチンピラに絡まれたらどうしようと心配していたが、司望《スー・ワン》はこの地域が気に入っていた。今は行方不明になっているが、小さい頃に父親と一緒に過ごしたところなのだ。数は少ないが、思い出は残っている。窓から見えるエンジュの木にも愛着があった。

自転車をしまって、アパートの部屋に帰ると、母親はもう食事の支度をして待っていた。やはり心配そうな顔をしている。そのせいか、いつもより年をとったように見える。だが、それは心配のせいだけではないかもしれない。母親はもう四十一歳になるのだ。街を一緒に歩いていて、すれちがった男がふり返るのを見ることも少なくなった。

「遅かったのね」母親が言った。

「ごめんなさい。今日は中秋節のお祝いなのに、遅くなっちゃったね」司望は答えた。

すると、母親が思いがけないことを言った。

「ねえ、司望。やっぱり、ここから出ていったほうがいいかしら？」

「どうして、急にそんなことを言うの？」

「あら、下の貼り紙を見ていないの？　この地域を再開発するんで、この建物を取り壊すらしいの。それで、ここから出ていかなきゃならないのよ。もちろん、立退き料はもらえるんだけど……。お隣さんによると、かなりの額になるんじゃないかって。どうしたらいいかしら？」

司望は即座に言った。

「ぼくは反対だね。ここから離れたくない」

「あなたにしたら、そうでしょうね。だって、ここで生まれて、育ったんだから……。でも、母さんはいい機会だと思うの。これから立派になるんだから、あなたにはもっといいところで暮らしてほしいのよ。あの谷《グー》さんのお屋敷のようなところでとは言わないけれど……」

「あの人たちの話はしないでほしいな。ぼくは母さんといるのが、いちばん幸せなんだから」

そう言うと、司望は母親を抱きしめた。

窓から差しこむ月の光がまぶしかった。

第五章

二〇一一年九月三十日（金曜日）国慶節の前日

国慶節の大型連休に入る前日、小枝《シャオジー》は図書館に行ってみた。南明《ナンミン》高校に赴任してから一カ月がたつが、これまで図書館を訪れる機会がなかったのだ。閲覧室の片隅に腰をおろすと、小枝は黄ばんで、しわの寄った紙を広げた。十六年前に申《シェン》　明《ミン》先生からもらった手紙だ。

《親愛なる小枝へ

はたして、きみに手紙を書いてよいものか、書くとしたら、どんなふうに書いたらよいのか、私は迷った。だが、私は迷いながらも、結局この手紙を書いている。

私の伝えたいことがきみに伝わるかどうか……。でも、この手紙を読めば、きみはきっとわかってくれる。私はそう思っている。

最初に書いておこう。私は幽霊になる。それがすべてだ。だから、この手紙はこれでおしまいにしてもよいのだが、もう少しだけ書いておこう。

実は、私は幽霊を見たことがある。一九八八年の冬、ちょうど私が南明高校の三年生の頃の話だ。場所は競技場の裏の空き地だ。そう、《魔女区》の工場の敷地から、高校のほうに寄ったところだ。私は飛びすぎたサッカーボールを探しにそこまで行ったのだが、夕方の遅い時間だったので、あたりはもう暮れかかっていた。空き地には背の高い草が生えていて、その上を強い風が吹いていた。私はボールを見つけて、拾いあげた。

その時にハリエニシダの黄色い茂みのなかから、女性の幽霊が現れたのだ。身体にぴったりしたチャイナドレスを着て、腕も出していたのに、ちっとも寒そうではなかった。髪は昔の映画に出てくる女性のように結いあげていた。実際、その女性は昔の女優だった。一九一〇年に生まれて、一九三五年の三月八日（つまり、六十年前の今日）に自殺した阮《ロアン・》玲玉《リンユイ》だ。私はその女優の出演した映画を観たことがあったし、かなり以前に自殺したことも知っていた。また、《魔女区》のあたりは昔は墓地で、地面の下には阮玲玉の墓が埋まっていることも知っていた。出身地にちなんだ広東式《カントンしき》の墓が埋まっていることも……。だから、その人が幽霊だということはすぐわかった。しかし、怖くはなかった。ただ、びっくりしただけだった。サッカーボールを抱えて、その場に立ちつくしている私に、その人は優しく微笑《ほほえ》みかけると、悲しそうな目をして言った。

「わたしの人生は二十五歳で終わったの。それからは、ずっと二十五歳のまま。わたしにとって、時間というものは存在しないの」

空を見あげると、月が出ていた。廃墟の工場の崩れおちそうな煙突の上に、白く輝いていた。私は視線を戻した。だが、その人はもう姿を消していた。

今日が三月八日だったので、この話を思い出して、こんな手紙の書き方になったけれど、伝えたいことはもう最初に書いてある。きみにはわかるはずだ。

私の人生もまた二十五歳で終わろうとしている。あとは幽霊になるだけだ。

申明《シェン・ミン》

一九九五年　三月八日》

もちろん、伝えたいことはよくわかった。しかし、だからと言って、どうすることもできなかった。そのうちに柳曼《リウ・マン》の事件が起きて、先生は逮捕され、釈放された。でも、すっかり元気をなくしていた。これはいけないと思って、《魔女区》で会う約束をしたのだけれど……。

あれから十六年たった今、図書館は近代化され、備品もすっかり新しくなっていたが、閲覧室は同じ場所にある。手紙を読みおわると、小枝《シャオジー》は大切に鞄にしまい、書庫に行ってナチス・ドイツの誕生から滅亡までを書いた、ウィリアム・シャイラーの『第三帝国の興亡』を探した。歴史の書架の前に行くと、本はすぐに見つかった。さっそく裏表紙を開いて、手書きの貸し出しカードがあるかどうかを確認する。バーコード化されたせいで、手書きの貸し出しカードは、今では使われなくなっているが、幸いカードは残っていた。いちばん最後に申明の名前がある。小枝はカードを抜きとると唇に当て、その懐かしい匂いをかぎながら、ゆっくりと裏返しにした。そこには、高校生だった自分の似顔絵が描いてあった。

申先生が描いた似顔絵だ。閲覧室で一緒にいた時、先生は書庫からその本を持ってくると、こちらを見ながら、貸し出しカードの裏に似顔絵を描きはじめたのだ。でも、どうして『第三帝国の興亡』を選んだのだろう？　その本なら誰も読まないと思ったからか？　確かに、今も昔も、『第三帝国の興亡』を読む高校生はいないだろう。ナスチ・ドイツの誕生から滅亡までを書いた歴史書を読む高校生は……。ならば、この秘密はいまだに先生と自分のふたりだけの秘密として守られているということだ。

先生の気持ちはわかっていた。先生は岩井俊二監督の日本映画、『Love Letter』を見ていて、私にも見るように勧めていた。その映画のラストに貸し出しカードに似顔絵が描いてあるシーンがあったからだ。

その時、誰かの足音が聞こえたので、小枝はカードを本の裏見返しのところに貼ったポケットに入れ、本自体も棚に戻した。それから、少し離れた書架のうしろに隠れて、足音の主を確かめた。それは司望《スー・ワン》だった。

見ていると、司望はまっすぐ、さっき自分がいた書架のところに行き、『第三帝国の興亡』を取り出した。それから裏表紙を開いて貸し出しカードを抜きだすと、さっき自分がしたのと同じようにカードに唇を当てた。

小枝は目を疑った。司望は自分がしていたことを見ていたのだろうか？　いえ、そんなはずはない。でも、もし見ていたのなら、こちらにやってくるかもしれない。小枝は身を硬くした。

だが、司望《スー・ワン》は本を書架に戻すと、そのまま外に出ていってしまった。廊下のところで、ちらっと屋根裏部屋に通じる階段のほうを眺めたが、そちらには行かなかった。

司望の姿が見えなくなると、小枝《シャオジー》はようやく深々と息を吸った。閲覧室に戻って窓から外を覗くと、競技場を横切る司望の姿が見えた。

それから、三十分ほどして、小枝は職員室の自分の席に腰をおろした。おそらく、ほとんどの先生がもう帰宅してしまったのだろう。寮生活をしている先生たちも、食堂に夕食をとりにいっているのにちがいない――職員室には誰もいなかった。

小枝は少し仕事をしようと、パソコンのマウスをクリックした。スリープ状態だったデスクトップの画面に『Love Letter』のポスターが現れた。仕事のファイルを開く。だが、急に眠気が襲ってきた。申　明《シェン・ミン》先生との思い出に浸っているところに司望がやってきたりして、変に気を張ってしまったからだろうか？　なんとか目を開けていようとしたが、知らないうちに瞼《まぶた》が閉じてくる。いつしか小枝は眠りに落ちていた。

それからどのくらい、たったのだろう？　目が覚めると、あたりは薄暗くなっていた。画面はまたスリープの状態になっている。もう一度、マウスをクリックして、仕事を始めようとした時、小枝はマウスの下に紙が一枚はさんであるのに気づいた。清代の詩人、黄景仁《こうけいじん》の詩だ。大好きな詩で、暗誦することもできる。かつては相思相愛だった恋人の家の前に佇《たたず》み、悲しみに引き裂かれながら、今もなお消えない思いを綴《つづ》ったものだ。

几回花下坐吹箫（幾回か花下に坐《ざ》し　簫《しょう》を吹く）
银汉红墙入望遥（銀漢《ぎんかん》の紅牆《こうしょう》　遥《はる》かに入望す）
似此星辰非昨夜（此《こ》の星辰《せいしん》に似るも　昨夜にあらず）
为谁风露立中宵（誰《た》が為に　風露《ふうろ》　中宵《ちゅうしょう》に立つ）
缠绵思尽抽残茧（纏綿《てんめん》たる思いは尽《つ》き　残繭《ざんけん》を抽《ひ》く）
宛转心伤剥后蕉（宛転《えんてん》たる心は傷み　芭蕉《ばしょう》の剝後《はくご》ならむ）
三五年时三五月（三五の年時　三五の月よ）
可怜杯酒不曾消（憐むべし　杯の酒　曽《かつ》て消えず）

だが、この筆跡は？　この筆跡には見覚えがある。小枝は鞄から、黄ばんでしわの寄った手紙を取り出した。まちがいない。紙片の筆跡は手紙の筆跡と同じ——つまり、申明先生のものだ。

紙片を机に置いて、じっと見つめる。いったい、どういうことだろう？　小枝はお茶を飲んで、気持ちを落ち着けようとした。だが、カップを取りおとして、中身を机の上にこぼしてしまった。紙片はお茶でびしょ濡れになった。あわててティッシュでお茶を拭きとり、机の上もきれいに拭いて、再び紙片を机に置く。それから、乾いた時に飛んでいかないように、文鎮で押さえた。

でも、どうしてこんな紙が？　お茶で濡れてしまったが、紙はまだ新しかった。だとすると、この詩は先生がこの世に出てきて書いたことになる。先生は本物の幽霊になって、この世をさまよっているのだろうか？

そう思うと、急に恐ろしくなり——気がつくと、小枝《シャオジー》は職員室を飛びだしていた。

第六章

二〇一一年十一月十九日（土曜日）

安息通りには、秋の終わりの気配がただよっていた。マドモワゼル曹《ツァオ》の家の中庭も落葉で埋めつくされている。マドモワゼル曹が水をやるのを忘れてしまったせいか、植木鉢の花も枯れている。

中秋節の時から、司望《スー・ワン》は週末になると必ず、老人でも食べやすい食事を持って、この家を訪れるようにしていた。

食事を終えて、お茶を飲んでいると、マドモワゼル曹が尋ねた。

「ねえ、司望。あなたもあの人と同じなの？」

突然の質問に司望はどぎまぎした。一瞬、何を訊かれたのか、わからなかったのだ。すると、マドモワゼル曹が重ねて尋ねた。

「あなたも前世の記憶を持っているのでしょう？　それはどんな人だったの？」

今度は質問の意味がわかったので、司望ははっきり答えた。

「ごく普通の青年でした。けれど、二十五歳でこの世を去ったので、尹玉《イー・ユー》ほど――という より、尹玉の前世を生きた人ほど波瀾万丈の人生を経験したわけじゃありません。だから、尹玉《イー・ユー》のことが羨《うらや》ましいのかも……。長くて、充実した人生を生きることができて……。同じ理由で、マドモワゼル曹《ツアオ》、あなたのことも羨ましい……」

マドモワゼル曹は話の途中から、目に涙を浮かべていたが、司望《スー・ワン》が口を閉じると、手招きをした。

「こちらにいらっしゃい。かわいそうに……」

そばまで行くと、司望を抱きしめながら言う。

「そう、二十五歳で亡くなったの……。わたしには子供がいなかったけれど、子供がいて孫を産んでいたら、その孫はちょうどあなたの前世の人くらいだったでしょう。もしそうなら、あなたはひ孫ね」

司望はマドモワゼル曹の胸に顔をうずめた。髪を優しくなでながら、マドモワゼル曹が続けた。

「わたしは結婚したけれど、子供には恵まれなかったの。戦争中、あまりひどい暮らしをしていたから、せっかく授かった時にも流産してしまったのよ。それでも、夫と別れなければ、またできる機会もあったでしょうけれど……。夫は国民党の幹部だったので、共産党がこの国の権力の座についた時、この国には残れなかったのよ。結局、台湾に行って、そちらで再婚したわ。子供も何人か生まれたということよ。ええ、八〇年代になって、一度だけこちらに戻ってきたことがあって、その時に会ったの。それから何年かして、ある朝、新聞で亡くなったことを知ったわ。別になんとも思わなかった。人は永久に恨みを持てるものじゃないのよ。これまで何度も訃報を目にしたり、耳にしたりしてきたけれど、そのたびにそう思ったわ。起こったことについて、今さら何を思ってもしかたがない……」

「でも」司望は言いかけた。

するとマドモワゼル曹は首を横にふって、

「子《し》川上に在りて曰《いわ》く、『逝《ゆ》く者は斯《か》くのごときか。昼夜を舎《お》かず』。孔子の言うとおりね。時間は川のように絶えず流れているの。その流れを遡《さかのぼ》ることはできないのよ」そう静かに言った。

司望はその言葉の続きを待った。だが、マドモワゼル曹は目を閉じると、寝息を立てはじめた。きっとおしゃべりに疲れてしまったのだろう。このところ、話している最中に居眠りをすることがあるのだ。

そう思っていたら、マドモワゼル曹が目を開いて言った。

「あの人は亡くなったの？　ねえ、そうなのでしょう？」

「誰のことです？」司望はびっくりして答えた。「尹玉なら生きています。香港で元気に暮らしています。だから、心配はいりません」

「それは嘘ね。あなた、知っていて隠しているんでしょう？」

「本当です。いつもメールでやりとりしているんですから……」

「そう……」司望《スー・ワン》の言葉に、マドモワゼル曹《ツァオ》は落ち着いた口調で言った。「今、あの人が夢に出てきたものだから……」

尹玉《イー・ユー》が夢に？　ということは、尹玉が香港で死んで、それを知らせるためにマドモワゼル曹の夢枕に立ったのか？

マドモワゼル曹が続けた。

「それでね。夢のなかで、あの人はこう言ったの。『さよなら』って……」

マドモワゼル曹の頰に涙が流れた。その涙を拭こうともせず、マドモワゼル曹は元稹《げんしん》の『離思五首《りしごしゅ》』にある四番目の詩を暗誦しはじめた。元稹が妻の韋叢《いそう》を亡くした時に、つくった詩だ。

曾經滄海難爲水　曽《かつ》て滄海《そうかい》を経《へ》たれば　水難《すいかた》しと為さず

そこで、マドモワゼル曹が息を切らしたので、司望はその続きを暗誦した。

除卻巫山不是雲（巫山《ふざん》を除卻《じょきゃく》すれば）
（是《こ》れ雲ならず）
取次花叢懶迴顧（取次《しゅじ》　花叢《かそう》に懶《ものう》く）

半縁修道半縁君（迴顧《かいこ》するは）（半《なか》ば修道に縁《よ》り）（半ば君に縁る）

マドモワゼル曹がまた眠りについたので、司望は静かに屋敷をあとにした。

二〇一一年十一月二十六日（土曜日）

次の週末、いつものようにマドモワゼル曹の家を訪ねると、屋敷の門はぴたりと閉ざされていた。呼び鈴を押しても、いっこうに開かない。電話を掛けても、誰も出ない。門の前を行ったり来たりしていると、近所の人が教えてくれた。

「その家のおばあさんなら、先週亡くなりましたよ。ちょうど一週間前の夕方に」

司望はショックを受けた。マドモワゼル曹は、先週、自分が帰ったすぐあとに亡くなっていたのだ。門扉の前にひざまずくと、司望は地面に頭をこすりつけるようにして、三度拝んだ。

涙があふれてしかたがなかった。司望は家を見ながら泣いた。そして、ひとしきりマドモワゼル曹のために涙を流すと、今度は尹玉のことが気にかかった。自転車に飛びのると、車輪は自然に安息通りの東の端に向かっていた。

マドモワゼル曹《ツァオ》が亡くなったのは、尹玉《イー・ユー》が死んだことを知ったからではないのか？　夢で尹玉がさよならを言うのを聞いたから。そう思うと、居ても立ってもいられなくなったのだ。もちろん、家の前に行ったからと言って、何かできることがあるわけではない。でも……。

家の前まで来ると、司望《スー・ワン》は尹玉の顔を思い浮かべた。それから、尹玉の前世を生きたおじいさんの顔を思い浮かべようとした。だが、その顔はぼんやりとしていて、はっきりと思い出すことはできなかった。

数日前、そのおじいさんのことで、葉蕭《イエ・シャオ》捜査官に尋ねた時のことが頭に浮かんだ。どんな人だったのか、興味があったからだ。申明《シェン・ミン》が小さかった頃、安息通りの同じ建物にいた人だと言うと、葉蕭はこう答えた。

「中国最後のトロツキストと言われた人物だよ。だが、どうしてその男に興味があるんだ？」

「小さかった頃の申明を知っているのは、その人だけだから」

「一九九二年に、九十二歳で亡くなっているが……」

葉蕭は不審そうな顔をしたが、司望は心のなかでこうつぶやいた。

〈死んだのは知っている。ぼくのたったひとりの友だちだったから……〉

第七章

二〇一一年十二月二十四日（土曜日）　クリスマス・イブ

　ひさしぶりに、会社のある広州市《こうしゅうし》から上海の自宅マンションに戻ってくると、馬力《マー・リー》は双眼鏡で通りを見おろした。街はクリスマス一色だった。マンションの入っている建物の前にはクリスマスツリーが飾られ、電飾がまたたく脇を幾組ものカップルが腕を組んで、通りすぎていく。その時、馬力は黒ずくめの男がひとり、建物のエントランスに向かって歩いてくるのに気づいた。黒い洋服に、黒いベレー帽、その姿はまるで殺し屋のようだ。やがて、男の姿が視界から消えた。

　その瞬間、チャイムが鳴って、エントランス・モニターに明かりがついた。さっきの黒ずくめの男が映っている。その男の顔を見て、馬力は「あっ」と声をあげた。

「あなたですか……」

「そうだ。私だ。申明だ」申明先生と言ったらよいのか、司望と言ったらよいのか、訪ねてきた男が言った。外見は司望だが、やはりその口調は申明先生だった。

「どうして、ここがわかったんです？」

「電話番号も車のナンバープレートも知っているんだ。きみの居所を探すくらい、子供でもできるよ」

「ぼくが上海に戻ってきたことも知っていたんですか？」

「勘《マーリー》がいいからね。扉を開けてくれ」

馬力は入口の解錠ボタンを押した。

その一分後、今度は玄関のチャイムが鳴った。馬力はドアを開けて、申明《シェン・ミン》先生をなかに招じいれた。

「メリー・クリスマス！」先生が言った。

馬力はあわてて、スリッパを探した。スリッパ入れに子供用のスリッパがあることに気づいたのか、先生が言った。

「結婚しているのか？」

馬力は「離婚している」と答えた。結婚はあまり気が進まなかったのだが、世間体を考えて、思い切ってしてみたのだ。だが、やっぱり無理だった。セックスが苦手なのだ。それでも子供はひとりできたが、それきりだった。

先生は特に案内も乞わずに、どんどん奥に歩いていった。上海でも有名な高級マンションで、廊下はつやつやと輝く寄木張りになっている。奥には広い居間があって、そこには陶器のタイルを張った、かなり値の張るバーカウンターがあった。

バーカウンターの前のゆったりした革張りのソファに腰をおろすと、先生が尋ねた。

「お子さんはいくつなんだい？」

「四歳です」

馬力はスマホの写真を見せながら答えた。

「女の子です。母親と一緒に広州に住んでいます。もちろん、ぼくとは別に……」

「淋しくないのか？」

「もう慣れました。月に一度、こちらにもやってきます。でも、娘のことはあまり知りません」

バーカウンターでグラスに牛乳を注《そそ》ぐと、馬力は先生に渡した。

「お酒は飲みませんよね？　ミルクでいいですか？」

先生はうなずいた。馬力は続けた。

「どうして、ぼくに会いにこようと思ったんです？」

「ちょっと気になるものを見つけたからだ。私はこの秋から南明《ナンミン》高校に入学して、寮に入ったのだが、それがきみが暮らしていた部屋でね。その部屋の窓枠に、ナイフで刻んだきみの落書きがあったんだ」

それを聞くと、馬力は先生に向かって言った。

「帰ってください。もうそんな話は聞きたくありません」

だが、先生はミルクの入ったグラスをテーブルの上に置くと話を続けた。

「窓枠には、〈死せる詩人の会〉——Dead Poets Society と英語で彫ってあった。あの会に入っていた男子はきみだけだからね。すぐにきみが彫ったものだとわかったよ。そして、隣にはこんな詩が刻んであった」

そう言うと、先生はその詩を暗誦しはじめた。

人は言う　言葉は死ぬ
それが口にされた時に
私は言う　言葉は生きはじめる
まさに　それが口にされた時に

それから、おもむろに尋ねた。

「きみはこの詩も彫っていたね？　うろ覚えで彫ったせいか、窓枠にあったのは、正確ではなかったが……。今のが正しい詩だ」

「覚えていません。そんな詩のことは……」馬力《マー・リー》は答えた。

「エミリー・ディキンソンの詩だよ。十七年前のクリスマス・イブの晩、南明高校の図書館で、みんなで朗読しただろう？　〈死せる詩人の会〉のメンバーで。私ときみのほかには、柳曼《リウ・マン》と欧陽　小枝《オーヤン・シャオジー》がいた」

馬力は冷蔵庫の扉を開け、ビールの缶を取り出すと、ごくりとひと口飲んだ。先生が続けた。

「それで、きみが私に何か隠していることがあるんじゃないかと思ったんだ。だからこうやって、直接訊きにきたのだ」

「そんな……隠していることなんてありません」馬力は言った。

「どうやら言いたくないようだね？　ならばしかたがない」

そう言うと、先生は黙った。だが、しばらくして顔をあげると言った。

「張《チャン》　鳴松《ミンソン》先生は覚えているかい？　今度、私の担任になったよ。あの先生の授業を受けるのは二度目だということになる。今と二十数年前とね」

「そうですか……」

「張鳴松先生は、私を殺した犯人だという噂《うわさ》もある。十六年前に同僚の教師だった申《シェン》　明《ミン》を……」

「あり得ません。だって、あの夜、張鳴松は教育関係の会議があって、どこかの島に行っていたんだから……」

「アリバイがあるというわけか。まあ、いいだろう。私の知り合いが、犯人は絶対に張鳴松だと言いはっていたものでね」そう言いわけがましく口にすると、先生は話題を変えるように、こう続けた。「そうそう、先生と言えば、欧陽小枝も私の先生だ。国語の教師として、南明高校に赴任している」

「欧陽《オーヤン》　小枝《シャオジー》が？」馬力《マー・リー》は思わず尋ねた。「彼女は教師になったんですか？　でも、どうして南明高校で教えることに？」

「さあ……。その理由は私にもわからない。きみも一度、南明高校に遊びに来たらどうだ？」

「いいえ！　ぼくは絶対、あそこには行きません」

「残念だね。来たら欧陽小枝も喜ぶだろうに」

「彼女は知っているんですか？　あなたが申《シェン》　明《ミン》先生だということを……」

そう言ってから、馬力はあわてて訂正した。

「いや、ぼくが言いたかったのは、ぼくに対する時みたいに自分は申明だと、あなたが彼女に伝えているかということで……」

「私からはまだ話していない。……だが、もうすぐ伝えることになると思う」

そう真面目な顔で答えると、先生はソファから立ちあがって部屋のなかを歩きはじめた。

そして、DVDプレイヤーとスクリーンに目をとめると、嬉しそうな声をあげた。

「これは『さらば、わが愛　覇《は》王別姫《おうべっき》』じゃないか？　懐かしいな」DVDを手に取って言う。

「休みの間に見ようと思って、注文したんです」

「きみは張國《レスリー・》榮《チャン》のファンだったからね。この映画が封切られたのは確か一九九三年だけど、そのすぐあとに南明高校で特別上映されたんだったな。主人公の程《チェン・》蝶衣《ディエイー》は小さい頃、京劇の俳優養成所に入れられて、そこにいた段《ドアン・》小楼《シャオロウ》に同性愛的な愛情を抱くんだ。それでまあ、いろいろあって、最後はふたりが共演する『覇王別姫』という劇で、別姫――虞美人《ぐびじん》に扮した蝶衣が覇王――項羽《こうう》に扮した小楼の剣を抜き、芝居ではなく本当に自害してしまう。あれは泣けたな」

馬力は呆気《あっけ》にとられた。すると、先生はますます驚くようなことを言った。

「もう一度、見てみたい」

そして、こちらが何も返事をしないうちに、ディスクをプレイヤーにセットして、映画を見はじめてしまった。

二時間半後、ふたりはマンションの地下駐車場にいた。結局、映画を見おわったあとで、申明先生を送っていくことになったのだ。ふたりはポルシェSUVに乗りこんだ。

武寧《ぶねい》路橋を車で走っていると、蘇州河《そしゅうがわ》を越えたあたりで、先生が叫んだ。

「止めてくれ！」

十六年前、高校生だった時のようにおとなしく先生の言葉に従うと、馬力は橋の欄干の近くで車をとめた。

「ありがとう。楽しかったよ」車をおりると、手を振りながら先生が言った。「さようなら」

馬力《マー・リー》はウインドウをさげて、声をかけた。

「大丈夫ですか？」

「心配いらない。自殺したりはしないから……」

窓を閉めると、馬力は車を走らせた。

ポルシェＳＵＶの姿が消えると、司望《スー・ワン》はしばらく暗い川面を見つめた。おそらく、その想像は当たっているだろう。なかにいる誰かの想像は。だが、それはあまりにもやるせなかった。川の水はすべてを流してはくれない。川に向かって、司望は絶叫した。

第八章

二〇一一年十二月三十一日（土曜日）　新暦最後の日

「ちょっと聞いてほしいことがあるんですけど……」

浴室で髭《ひげ》を剃《そ》っていると、司望が声をかけてきた。葉　蕭《イエ・シャオ》は電気シェーバーのスイッチを切ると、鏡ごしに居間にいる司望の顔を見て尋ねた。

「なんだ？　事件に関する新しい証拠でも見つけたのか？」

「いいえ。でも、大切なことです」

司望は真剣な顔で言った。その顔にはまだあどけなさが残っている。十六歳だったら、こんなものだろう。葉蕭は思った。だが、その瞳には意思の強さが感じられた。これから、きっといい男になるにちがいない。

「わかった。だが、手短にな。そろそろ家に帰らないと、お母さんが心配しているんじゃないか？」

すると司望は思いのほか、おとなっぽい口調でこう言った。

「実は……。ぼくは申　明《シェン・ミン》の生まれ変わりなんです」

葉蕭は電気シェーバーを洗面台に置くと、うしろをふり返って司望の顔を直接ながめた。

「それはそれは大切な情報をありがとう。きみが申明《シェン・ミン》の生まれ変わりだとしたら、捜査は一気に進展するよ」

その時、司望《スー・ワン》が窓の近くの壁に掛けてある狙撃銃を手にとったので、葉蕭《イエ・シャオ》はあわてて叫んだ。

「気をつけろ！　そいつはオモチャじゃない」

「つまり、本当に人を殺せるんだ。いったい、誰を殺そうと言うんです？　こうやって二十八階の窓から狙いをつけて」

司望は銃を構えた。葉蕭は急いで司望のところに行って銃を奪いとると、また壁に掛けた。

「ともかく、こいつは本物だ。二度と触るんじゃない。それから、おれがこいつを所持していることは口外しないでくれ。そうでないと……」

その言葉に、司望がにやりと笑った。

「秘密は守りましょう。その代わり、条件があります。これからする話をなんの疑いもさしはさまずに、まず信じてください」

「信じるかどうかはわからないが、最初から疑ったりはしないようにしよう。話してくれ」

それを聞くと、司望は部屋のなかを見まわした。葉蕭もつられて、ぐるっと部屋を見わたした。即席麵の袋はちらばっているが、黄海《ホアン・ハイ》の部屋ほどは汚れていない。黄海の死後、部屋を訪れると、いたるところに酒瓶がころがって、灰皿も煙草《たばこ》の吸殻で山盛りになっていた。

葉蕭は酒も煙草もやらなかった。

司望が話しだした。

「申明は死んだあとに生まれ変わったんです。というより、その魂から申明だった時の記憶が消えず、そのまま司望の身体に入ったのです。申明の幽霊が司望の身体に取り憑《つ》いたとも言えますが……」

「それはつまり」葉蕭はいちばん気になったことを尋ねた。「申明だった時の記憶が、そっくりそのまま残っているということか？」

「人は昔のことは忘れるので、忘れた事柄もあるでしょう。けれども、そういった場合でも、どこかに記憶は残っているものです」司望の口調は完全におとなっぽくなっていた。「その証拠に、時おり悪夢にうなされることがあります。悪夢のなかで、ぼくはナイフで喉を切られたり、トラックにひかれたり、高い建物から落ちたりするのですが、その夢はぼくが申明だった時に事故で神経をやられて、入院していた時に見たものなのです。ええ、申明だったぼくが十六歳の時に……」

「それなら訊くが、きみが申明だとして、きみを殺した人間は誰なんだ？　そんな大切なことは忘れたりしないだろう？　きみはどうして、その人間に復讐《ふくしゅう》しない？　きみが申明なら、自分を殺した相手に復讐したいと思うだろう」

「それは思いますよ」天を仰ぎながら、司望は言った。「でも、ぼくには犯人がわからないんです。暗闇のなか、うしろからナイフで刺されたので……」

「わかった。じゃあ、その犯人はおれが捕まえてやる！」葉蕭《イエ・シャオ》は言った。

「でも、あなたはなんの手がかりも持っていない」司望《スー・ワン》は答えた。「路中岳《ルー・ジョンユエ》の行方だって、まだつかめていないのに……。いずれにしろ、ぼくが申明《シェン・ミン》の生まれ変わりであることは、捜査の役に立ちますよ」

　司望の態度に少し腹が立って、葉蕭は言った。

「しかし、きみが申明の生まれ変わりだとしたら、きみは前世で殺人を犯しているわけだ。同じ高校の教頭だった厳厲《イエン・リー》を……。つまり、きみは殺人事件の被害者であるだけではなく、加害者でもあるわけだ」

　それを聞くと、司望は虚を衝かれたような顔をして、黙りこんでしまった。

「そのとおりです」しばらくして、それだけ言う。顔は青ざめていた。

　葉蕭はさすがに言いすぎたかと思って、話題を変えた。

「司望、きみが申明の生まれ変わりなのか、あるいはきみに申明の幽霊が取り憑いているのかどうかはともかく、今まできみを見ていて、きみのなかには別の男が隠れているんじゃないかと思ったことはあるよ。きみの目のなかに、何か辛いことを経験した大人の男の目の光を見るような気がしてね。だが、もしそうなら、おれたちはわかりあえると思う」

「ということは、あなたも辛い思いをしたことがあるんですね？」司望が言った。「たとえば、愛する人をなくしたとか……」

「そうだ」葉藨はうなずいた。「あれはぞっとするような苦しみだった」

「だとしても、生まれ変わった人間の苦しみはわからないでしょう？　死ぬこと自体はたいしたことではない。ナイフの痛みとか、身体で感じた苦しさもね。問題は前世の記憶を持ったまま生まれ変わることなんです。だって、赤ん坊の状態から、もう一度やり直さなければならないんですよ。二十数年間かけて蓄積した経験だって、すべて手放すことになるんです」

「やっぱり、きみは本当に自分が申明の生まれ変わりだと信じているんだな。おれにはまだ信じられないが、約束は守る。とりあえず疑いをさしはさまずに話を進めよう。まずはきみの知っていることをすべて教えてくれないか？　申明が殺された事件で、おれがまず不思議に思ったのは、申明はどうして厳厲を殺したあと、《魔女区》に行ったのかということだ。きみが申明の生まれ変わりなら、その答えは知っているはずだ。きみはどうして《魔女区》に行ったんだ？　それがわかれば、かなりはっきり事件の様相が見えてくる」

「確かにそのとおりです」司望は答えた。「しかし、それは秘密です」

葉藨は首を横に振った。

「それでは話にならない。きみは捜査に協力してくれるんじゃなかったのか？　大切な質問には答えずに、これ以上ろくでもない話をする気なら、きみに用はない。帰ってくれ」

だが、司望はいっこうに動じる様子もなく、こう尋ねた。

「待ってください。それより、こちらからも訊きたいことがあります。張《チャン・》鳴松《ミンソン》はどうなったんですか？」

「張鳴松？　張鳴松が申《シェン・》明《ミン》を殺したと言うのか？　検事の申援《ユエンチャオ》朝にしつこく言われて、黄《ホアン・》海《ハイ》捜査官が調べたが、決定的なアリバイがあったので、シロとなった。おっと、申援朝検事はきみのお父上だったな。もしきみが申明の生まれ変わりなら、思い込みの強いところだけは似ていることになる」

「少なくとも、張鳴松の家を捜索することはしたんでしょうね？　そこから何か出てくる可能性だって」

「まったく、親子そろって……。まあ、きみと検事が親子ならの話だが。いずれにせよ、張鳴松をこれ以上、調べるのは難しい。なにしろ、相手は街の名士だからな。たいした証拠もなく、家宅捜索の令状をとるのは不可能なんだ」

　その言葉に司望《スー・ワン》は不満そうに口を尖らせた。葉《イエ・》蕭《シャオ》は反撃に出た。

「きみはこれまで自分が申明の生まれ変わりだと言ってきたが、こちらが納得できるような証拠は示していない。じゃあ、そうだな、今、出てきた申援朝検事について話してもらおうか？　お父上のことだから、よく覚えているだろう。言っておくが、おれはこの間、申援朝検事のところに行ってきた。あいかわらず、張鳴松のことでうるさく言ってくるんでね。それでいろいろ話を聞いてきたから、作り話をしてもすぐにわかる。それだけは頭に入れておいてくれ」

「作り話なんかする必要はありません。本当のことを話すだけですから……」そう言うと、司望は話しはじめた。「ぼくは申援朝の息子です。でも、そのことは父にとって絶対的な秘密でした。ぼくがまだ生きている間は、何よりもその秘密が明らかになるのを恐れていました。けれど、ぼくを思う気持ちがなかったわけではないと思います。安息通りにある建物の半地下で暮らしていた時も、毎月ある程度の額のお金を祖母に渡してくれていましたし、勉強のためにと、いろいろな本を送ってくれました。なかでも、ニコライ・オストロフスキーの『鋼鉄はいかに鍛えられたか』の本はよく覚えています。装丁《そうてい》も素晴らしかった。主人公のパーベル・コルチャーギンが赤軍騎兵の帽子をかぶり、馬に乗った姿が描かれていました。その決然とした眼差《まなざ》しで遠くを見つめる姿の表紙を何度見かえしたでしょう。中身のほうも十回以上、読んだはずです。ええ、今でもいくつかの文章は空で言えるほどです。中国の兵士がソ連の赤軍に参加して、ウクライナ社会主義党のシモン・ペトリューラの部隊と戦う場面には心をわしづかみにされて、本の見返しに主人公の言葉を赤いペンで書きうつしたこともあります」

「その本なら、検事の本棚にあったよ。息子が死んだあと、寮の部屋から持ってきたものだと見せてくれた。確かに、見返しに赤いペンで文章が書かれていた」

「そうですか。父はぼくの思い出に、その本を残しておいてくれたんですね。父がそんなことをしてくれるとは……」少し声を詰まらせて、司望《スー・ワン》が言った。

その様子を葉　蕭《イエ・シャオ》は注意ぶかく観察した。どうやら嘘ではなさそうだ。だが、司望を見ていると、やはり申　明《シェン・ミン》の生まれ変わりだとは思えない。その本のことや見返しの文章のことを知っていたのも、申　援　朝《ユエンチャオ》のところに行って見たのかもしれない。だが、そうなると司望は申明の生まれ変わりの振りをしていることになる。どうしてそんなことをしなければならないのだろう？　今度はその理由がわからなかった。

その時、葉蕭は筆跡を確かめることを思いついた。紙とペンを取り出すと、司望に言う。

「今でも、その言葉を覚えているか？　主人公の言葉を……。覚えているなら、ここに書いてくれないか？」

司望はうなずくと、すぐに紙の上にペンを走らせた。

《人生とは人に与えられた最大の財産だ。人は一度しか生きられない。したがって、死ぬ時にろくでもない人生を送ってしまったとか、何も成しとげることはできなかったとか、後悔したり、恥じたりしないようにしなければならない。死ぬ時には自分の人生をふり返って、こう言えるようにしなければならない。「私は世界で最も輝かしい使命――人民解放のために戦うという使命のために、生涯全力を尽くした」と……》

葉蕭はスマホを取り出した。申援朝のところで本の見返しにある赤いペンで書かれた文章を見た時、何かの役に立つかもしれないと思って、写真を撮っていたのだ。司望が今、目の前で書いた紙と見比べてみると、ほとんど同じ筆跡に思われた。ということは？　司望が書いた紙をポケットにしまいながら、葉蕭は言った。

「この紙は預かっておくよ。だが、それにしても不思議なことがあるものだ。実はこの主人公の言葉は、おれも書きうつしたことがあるんだ。十六歳の時にな。『鋼鉄はいかに鍛えられたか』を読んで、感銘を受けてね」

「文学がお好きなんですね？　どうして警察官になったんですか？」

「運命だよ」

それを聞くと、司望は答えた。

「ぼくもそうです。申明が死んだあと、司望に生まれ変わる運命だったんです」

「おそらく、そういうことだろう」

「じゃあ、ぼくが申明の生まれ変わりだという話を信じてくれたんですね？」

葉蕭は頭《かぶり》を振った。

「いや、おれは〈生まれ変わり〉そのものを信じていない。だが、きみの手助けをして、申明を殺した犯人を見つけることはできる。だから、きみのほうも知っていることは隠さず教えてほしい」

第九章

二〇一二年一月九日（月曜日）

南明《ナンミン》通りの工事はいっこうに進んでいなかった。どうやらその裏には、利権がらみの政治的な問題があるらしい。それを知って、一部の教師や生徒たちが抗議の声をあげていたが、状況は変わらなかった。したがって、バスも走っていなかった。

その朝、小枝《シャオジー》は地下鉄の駅から外に出たところで、遅刻するかどうか、ぎりぎりの時間だということに気づいた。急いで通りを見まわすと、〈黒車〉が一台、今にも走りだそうとしていた。現代《ヒュンダイ》自動車の赤いエラントラだ。

「待ってください！」あわてて車に駆けよると、小枝は声をかけた。

車は止まり、すぐにドアが開いた。なかに乗りこもうとして、小枝はびっくりした。司望《スー・ワン》が乗っていたからだ。

「あら、またね。ごめんなさい。一緒に乗せていってちょうだい」

そう言うと、小枝は両手に息を吹きかけた。車には暖房が入ってなかったので、外気と変わらない寒さだったのだ。

「暖房を入れてください」司望が言った。

すると、運転手はあからさまに不機嫌そうな顔をして、バックミラー越しに司望をちらっと見やり、それからねめつけるような視線で、長い間こちらを見つめた。

「今から入れたって、すぐ着いちまうよ」のっそりと言う。

「入れてください」さっきよりも強い調子で、司望が言った。

運転手は舌打ちをすると、暖房を入れ、乱暴に車を発進させた。まもなく送風口から暖かい空気が流れてきたので、小枝はほっとした。

数分後、南明高校の前で車が止まると、小枝は料金を支払ってから司望に耳打ちした。

「遅刻しそうになって、生徒と一緒のタクシーに乗ったとわかったら恥ずかしいから、これは内緒よ」

それから、ひと足先に車を降りると、そのまま校門に向かった。しばらくして、うしろでパタンと車のドアが閉まる音がした。

校門の近くまで来ると、前を歩いていた安《アン》先生に追いついた。政治学を教える独身の先生だ。「おはようございます」と言って、先に行こうとすると、安先生に声をかけられた。

「おはよう、小枝」

昨年、九月に赴任して以来、南明高校では、生徒からもほかの先生からも、「欧陽《オーヤン》先生」と呼ばれるのが普通だった。けれども、この安先生だけは、いつの頃からか、「小枝」と親しげに声をかけてくる。いや、ちがった。安先生だけではなく、司望もだ。司望は教室にいる時は、「欧陽《オーヤン》先生」と呼びかけてきたが、ふたりで話す機会がある時には、いつも「小枝《シャオジー》」と言っていた。その理由がわからず、小枝はいつも戸惑っていた。

そんなことを考えて、ちょっとぼんやりしていると、安《アン》先生が何かの包みを差しだしながら話しかけてきた。

「朝ごはんは食べました？　これ、もしよかったら……」

「あら、ありがとうございます。朝は食べる時間がなかったので、ありがたくいただきます」

包みを受け取って礼を言うと、小枝はうしろをふり返った。司望《スー・ワン》は少し離れて、ふたりのあとからついてきていた。

「司望、ほら急いで。遅刻しちゃうわよ」

そう司望に声をかけると、小枝は安先生と肩を並べて、職員室のある建物に向かった。


ふたりが職員室に向かっていくのを見ながら、司望は校内の噂話を思い出していた。それによると、安先生は小枝に夢中になっていて、同僚の教師全員にライバル意識を燃やしているらしい。欧陽先生と話しているだけで、安先生に睨《にら》まれたと言って、ぼやいている男性教師もいるという。そのいっぽうで、女性教師たちは、「欧陽先生も、もう三十五歳になるのだから、そろそろ結婚したほうがいい」と考えているようだった。「安先生は家柄もいいし、学校からもそう遠くない高級住宅街に暮らしている。校長先生と親戚関係にあるらしいし、結婚相手にはふさわしいのではないか」と。

　一時限目は、その安先生の授業だったので、司望はひきつづき、校内の噂のことを考えて、ぼんやりしていた。すると、突然、安先生から名前を呼ばれた。

「司望、ちゃんと授業を聴いていたか？　聴いていたなら、マルクスとヘーゲルの共通点について述べてみろ」

　まわりで小さな笑いが起こった。男子生徒たちのうち何人かは、司望が女子生徒に人気があることに嫉妬《しっと》して、質問に答えられなかったら、からかってやろうと待ちかまえている。

だが、司望は落ち着いて答えた。

「ヘーゲルとマルクスは、その弁証法的思考で共通していますが、ヘーゲルが事物の結果を弁証法的に説明するのに対し、マルクスは弁証法的思考の結果、これから事物が起こるものとして、弁証法を用います。これがあの有名な『ヘーゲルにおいて、弁証法は逆立ちしている』というマルクスの指摘です。ちなみにヘーゲルはカントの〈人間学〉やスピノザの〈一元論〉からも大きな影響を受けていると言われています。カントの〈人間学〉とは、『人間とは何か』を問うたもので、この問いがヘーゲルの弁証法に受けつがれました」

　教室のあちこちから、ため息が洩《も》れた。安先生も度肝を抜かれたようで、もごもごと言った。

「司望《スー・ワン》、きみは授業以外にもよく本を読んでいるんだな。まあ、この調子で続けなさい」

職員室を出ると、小枝《シャオジー》は文芸クラブの集まりがある教室に向かった。もうすぐ期末試験が始まるとはいえ、クラブ活動はまだ行われているのだ。小枝は文芸クラブの顧問をしていた。十七年前の申明《シェン・ミン》先生と同じように……。小枝はその頃のことを思い出した。そう言えば、ほかのみんなが帰ったあと、先生とふたりで教室に残っていたら、先生は李清照《りせいしょう》の詞集をプレゼントしてくれた。李清照は宋代の詞人で、中国文学史のなかでも一、二を争う女流詞人と言われている。申明先生からプレゼントをもらったのは、それが初めてだった。その本は時々、バッグに入れて、時間があいた時に読みかえしたりしている。今日も確か、入れてきたはずだ。

そんなことを思いながら教室に入ると、ほかの部員たちが本の感想を言いあったりしているなか、司望だけがまっすぐに黒板に向かって考えごとをしていた。

「司望、これは授業じゃないんだから、そんなに真面目になることはないのよ。もっとリラックスして、みんなと文学についておしゃべりしなさい」

「はい」

司望がそれしか返事をしないので、小枝はさらに話しかけた。

「そうそう、あなたのクラスの人から聞いたけれど、いろいろな古典詩を暗誦できるそうね。

李清照は知っている？」
　すると、司望は暗誦を始めた。「臨江仙」という詞牌の詞だ。

庭院深深幾許　（庭院《おくにわ》の深深《しんしん》と深きこと　幾許《いかばかり》ぞ）
雲窗霧閣常扃　（雲かかる窓霧かすむ閣《たかどの》は　常に扃《とざ》せるも）
柳梢梅萼漸分明　（柳の梢《こずえ》梅の萼《うてな》に　漸《ようよう》に分明《いろあらわ》れき）
春歸秣陵樹　（春は秣陵《まつりょう》の樹に帰りきたり）
人老建康城　（人は建康《けんこう》の城《まち》に老いゆくのみ）

感月吟風多少事　（月に感じ風に吟ずるは多少事《あまた》あれど）
如今老去無成　（如今《いま》老い去りては成すことも無し）
誰憐憔悴更雕零　（誰《たれ》ぞ憐《あわれ》まむ　憔悴《やつれ》はて更《さら》には雕《しぼ》み零《こぼ》るるを）
試燈無意思　（灯《とうろう》のひを試せども意思《こころもと》無く）
踏雪沒心情　（雪を踏めども心情《こころ》おどること沒《な》し）

　司望の声を聞きながら、小枝は李清照の詞集を開き、言葉を追った。司望は最後までひとつもまちがうことなく、諳《そら》んじてみせた。

「驚いたわ」小枝《シャオジー》は率直に感嘆の言葉を洩らした。

やがて、クラブ活動の時間が終わると、部員たちは寮にひきあげていった。小枝は職員室に戻って帰り支度をすると、建物を出た。すると、競技場を縦断して、校門のほうに向かう司望《スー・ワン》の姿に気づいた。小枝は急いで司望のあとを追い、競技場の出口のバラのアーチのところで追いついた。

「司望、待ってちょうだい。どこかに行くの？」

「いや、ちょっと校内を散歩しているだけ……」

司望はぼそっと言った。あいかわらず、ふたりでいる時には敬語を使わない。

「そう。ちょっと訊いてもいいかしら？」小枝は言った。「お家はその……どんなお家なのかしら？　お父さんは何をしていらっしゃるの？」

「ごく普通の人だけど……。よく旅に出ている」

「じゃあ、お母さんは？」

「本屋をやっている」

「ああ、それで、小さい頃からたくさん本を読んでいるのね。その本屋さんはどこにあるの？」

「五一中学校の前……。参考書が主だけど、小説やマンガも売っている」

「今日の詞を暗誦したこともそうだけど、あなたは本当に文学の素養があるのね。だから、さぞかし教育熱心な家庭で育ったんじゃないかと思ったの」

　司望は居心地悪そうに、黙って首を横に振った。

「ごめんなさい。いろいろ訊いてしまって……。ちょっとあなたのことが知りたかったのよ」

　司望はまた首を横に振った。

「あら、もう五時半、すっかり暗くなっているわ。家に帰らないと……。あなたもそろそろ寮に戻りなさい」

　その時、ふとうしろをふり返ると、競技場を渡って、安《アン》先生がやってくるのが見えた。司望もそれに気づいたのか、すっとそばを離れた。

「やあ、小枝」

　バラのアーチのところまで来ると、安先生が声をかけてきた。

「昼間、誘った食事のことだけど、考えてくれた？　ひょっとして、ぼくを待っていてくれたのかな？」

「ごめんなさい。そうじゃないの。お誘いは嬉しかったけれど、今夜は早く家に帰らなくちゃならなくて……。お食事はまた今度ということで……」小枝はあわてて言った。

　安先生はがっかりした顔をしたが、意外とあっさり引きさがってくれた。

「それは残念だな。せっかく日本食のレストランを予約していたのに。でも、しかたがない。

また今度ということで……。じゃあ」

そう言いながらも、安《アン》先生はきょろきょろとあたりを見まわした。まるでほかの誰かと待ち合わせをしているのではないかと疑うように。それから、司望《スー・ワン》の姿に気づいて、ちょっと不思議そうな顔をしたものの、ほかに人影がないのに安心したのか、こう言った。

「じゃあ、小枝《シャオジー》、また今度。帰り道に気をつけて。さようなら」

「さようなら」

安先生が校門を出て、その姿が見えなくなると、小枝はゆっくりと通りに出て、タクシーを探した。すると、赤いエラントラが目の前で止まった。

「乗っていくかい？」

窓を開けて、運転手が声をかけてきた。今朝、司望と一緒に乗った〈黒車〉の運転手だ。夕方になって、ますます冷え込みが厳しくなっている。風も強くなってきた。〈黒車〉だが、今朝も乗ってきたし問題ないだろう。

そう思って、小枝は車に乗りこもうとした。その瞬間、不意にうしろから腕をつかまれた。驚いてふり返ると、司望がそこにいた。

「どうしたの、司望」

司望はどこにそんな力があるのかと思うくらい、腕を強くつかむと、耳もとに口を近づけて言った。

「この車はやめたほうがいい。ただの勘にすぎないけど……」

小枝は横目で運転手の顔を見た。それほど悪いことをしそうには思えない。だが、司望は手を放そうとはしなかった。すると、そこに別の先生が通りかかった。

「王《ワン》先生、どうぞお先に乗ってください」とっさに思いついて、小枝は声をかけた。

「これはありがとう。年をとると、寒さが身にこたえてね。お先に乗らせていただくよ」

そう言いながら、王先生は車に乗りこもうとして、怪訝《けげん》そうな顔をした。司望が腕をつかんでいるのに気づいたのだろう。だが、何も言わなかった。

車が走りだすと、司望はすぐに手を放してくれた。

「ごめん……」

「でも、どうしてこんなことをしたの？」小枝は尋ねた。

「あの運転手、危なそうだったから……。朝の時も感じが悪かったし、小枝のことをじろじろ見ていたし」

「そうだったかしら……」小枝は朝のことを思い出そうとした。だが、よくわからなかった。それから、急に思いついて言った。「ねえ、前から訊こうと思っていたんだけれど、どうして、あなたはわたしのことを『小枝』って呼ぶの？　ほかの生徒のように『欧陽《オーヤン》先生』とは絶対に呼ばないで」

「だって、ぼくにとって、きみは小枝だから……」

司望《スー・ワン》はわかったような、わからないような返事をした。小枝《シャオジー》はため息をついた。

「まあ、しかたがないわね。あなたが変わった生徒だということはわかっているから……。いいえ、別に悪い意味で言っているわけではないのよ。あなたはとにかく、ほかの生徒たちとはちがう。あなたがわたしに対して敬語を使わないのも、その……あなたの個性のひとつなのでしょう。ともかく、わたしを守ってくれようとしたのだから、その点には感謝しなくてはね。ありがとう」

それからしばらくの間、小枝は車を拾おうと、今度は正規のタクシーが来るのを待った。司望も車に乗るまではと言って、そばを離れようとしなかった。だが、街が夕闇に包まれるなか、通りの向こうからタクシーがやってくる気配はまったくなかった。

「どうやら車は拾えそうにないわね。駅まで歩くことにするわ」小枝は言った。

すると、司望がはっきりした口調で言った。

「送っていくよ」

「だめよ。寮に戻らないと、食堂が閉まっちゃうわよ。晩ごはんを食べそこなうわ」

「いや、このあたりは危険だ。きみをひとりで帰すわけにはいかない」

まるで教師が女子生徒に言うような口調だ。これじゃ、反対じゃないの。小枝は思った。だが、駅まではかなりあるし、一歩裏道に入れば怪《あや》しげな連中がたむろしている場所もある。

「わかったわ。じゃあ、お願い」小枝は言った。

ふたりは黙って、南明通りを地下鉄の駅に向かって歩いていった。通りは数十メートルにわたって掘りかえされていて、歩道には工事用の機械が置きっぱなしにしてある。そのあたりを過ぎたところで、司望が言った。

「《魔女区》だ」

小枝はびくっとした。顔から血の気《け》がひいていくのが自分でもわかった。

「《魔女区》なんて言葉、誰から聞いたの？　もう誰も使っていないでしょう？　卒業生から聞いたのかしら？」

それには答えず、司望は続けた。

「その《魔女区》で、一九九五年に南明高校の教師がひとり亡くなった。それも知っている」

小枝はなんと返事をしてよいか、わからなかった。司望の顔を見ることもできない。けれども、ビルの裏に廃墟の工場がある場所まで来た時、思い切って口にした。

「その頃、わたしは南明高校の生徒だったの。今、あなたが言った教師というのは、わたしの担任の先生よ。その夜のことはよく覚えている……」

「先生が死ぬところを見たの？」

「まさか。先生は殺されたのよ」

「誰に？」

「わからない。犯人が見つからないまま、捜査は終わってしまったの。ああ、でもお願いだから、この話はもうしないでちょうだい。辛いから……」

それから、地下鉄の駅まで、ふたりはひと言も口をきかずに歩いた。いつのまにか、雪が降りだしていた。歩道はたちまち雪で覆われ、地下鉄の入口まで来た時には、靴底に雪がびっしりとついていた。

司望《スー・ワン》が手を振りながら言った。

「じゃあね、小枝《シャオジー》、気をつけて……」

そう呼ばれるのに、あまり抵抗がなくなっているのを感じながら、小枝は答えた。

「ありがとう、司望。あなたも気をつけて！」

第十章

二〇一二年二月下旬　二学期の初め

いつものように執務室の掃除をしてから、競技場に出ると、張《チャン・》鳴松《ミンソン》はトラックを走りはじめた。健康のためなので、ランニングは欠かせない。年齢はもう五十歳に近く、髪も薄くなっている。だが、まだまだ元気で、独身生活を謳歌《おうか》していた。周囲の者からすれば、さぞや多くの女性と恋愛を楽しんでいるように見えるだろう。実際、そんな噂をする同僚の教師たちもいた。

三周ほどトラックを回って、ひと休みしていると、トレーニングウェアを着た司望が出てくるのに気づいた。司望とは、毎朝この競技場で顔を合わせる。身長は百七十八センチくらいだろう、すらっとした身体つきをしている。去年の夏の軍事訓練の時に見たが、細身のわりには筋肉がついていた。顔だちもきれいなので、おそらく女子生徒にも人気があるだろう。ずいぶん前に馬力《マー・リー》という生徒がいたが、あの生徒と同じくらいモテるにちがいない。

フィールドの隅で準備運動をすると、司望は決まってトラックを二周走った。それから、腕立て四十回、鉄棒で懸垂を二十回、最後に武術の型の稽古か、シャドウボクシングをする。メニューはほとんど決まっているようだ。毎朝のトレーニングのあとは、食堂に行って生卵をふたつ飲むらしい。今日も四十分くらいでトレーニングをすますと、食堂のほうに歩いていった。張　鳴松《チャン・ミンソン》は、今日の放課後は司望《スー・ワン》を呼びだしてやろうと心に決めた。特別授業の誘いがかかったのだと思って、喜んで来るだろう。なにしろ、この自分の個人指導を受ければ、大学入試の数学で高得点を取れると評判なのだ。司望がこの機会を逃すはずはない……。

そして、放課後——。司望に自分の部屋に来るようにと言うと、張鳴松は事務室の入っている建物の最上階で、司望が来るのを待った。この最上階には校長室、教頭室のほかに、自分の執務室がある。ほかの教師たちは職員室に机を並べているが、自分は若くして《特級教師》の称号を得て、街の名士でもあるので、特別待遇が与えられているのだ。

部屋は広かったが、昼でも分厚いカーテンをしているので薄暗い。だが、明るいのは嫌いなので、そのほうがよかった。デスクの上には一眼レフのデジタルカメラが置いてある。このカメラのなかには自分が撮った大切な写真が入っている。張鳴松はカメラを取りあげて、レンズを拭いた。と、ノックの音がした。

「入りなさい」張鳴松は重々しい口調で言った。

ドアが開いて、司望が入ってきた。司望は興味ぶかそうな顔でカメラを見つめていたが、何も言わなかった。

「まあ、そこに掛けなさい。きみはどうして、私に呼ばれたかわかっているね？」

「いいえ」

司望が今度は横の壁を見ながら答えた。そこには数学コンクールで賞をとった生徒の写真が記念の旗とともに飾られている。

「私はきみの担任だ。だから、きみのことが心配でね。きみはクラスメイトとあまり口をきかないようだね？」

「はい。でも、特に仲が悪いわけではありません。昔からこうなんです」

「女子生徒には人気があるようだが……。いや、これはちょっと小耳にはさんだだけだが、うん、なんだね、きみは女の子に興味はないという噂もあるが……。女子から誘われても、デートをしたりしないそうじゃないか」

「それはぼくがただ臆病なだけです」

「それだけかね？」張鳴松はうっすらと笑みを浮かべて言った。「どうもきみには隠しごとがいろいろとあるようだ」

「いいえ」司望は首を横に振った。「ぼくは女の子と出かけたりするよりは、本を読んでいるほうが好きなんです」

「なるほど」

そう言いながら、張鳴松は、司望が本棚のほうを見ているのに気づいて尋ねた。

「本が気になるかね？」

「ええ」司望《スー・ワン》は答えた。「ずいぶん珍しい本があるんですね。『グノーシス主義』『聖杯』『中世の魔女たち』『錬金術』『薔薇《ばら》十字の魔法』『フリーメイソンの秘儀』……。オスカー・ワイルドの本もありますね。『ドリアン・グレイの肖像』『サロメ』『幸福な王子』……。犯罪学やミステリーの本もある」

「私のお気に入りの蔵書だよ。よかったら貸してあげよう。わからないところがあったら、解説するよ」

「ありがとうございます。でも、ぼくには難しすぎるようです」司望は答えた。それから、遠慮がちに尋ねてきた。「あの……そろそろ失礼してもよいでしょうか？」

「待ちたまえ」張《チャン・》鳴松《ミンソン》は押しとどめた。「実はきみの書類を確認したのだが、きみが小学校の頃に父親が失踪しているね。何かいろいろと困ったこともあるんじゃないか？　住所を見ると、再開発の地域にあるから、引っ越しも迫られているんじゃないかな？　何かと物入りかもしれない。私に役に立てることがあったら、なんでも言ってくれ。相談に乗るから……」

だが、それを聞いても、司望は憮然《ぶぜん》とした顔をしている。その顔を見て、張鳴松はどこかで見た顔だと思った。誰だろう？　いつ、どこで見たのか？　そして、はたと思いあたった。申《シェン・》明《ミン》の顔だ。それも、国語教師として教壇に立っていた時のものではなく、高校生として南明《ナンミン》高校に在籍していた時のものだ。

「ありがとうございます」ようやく司望が言った。「でも、これはぼくの家の問題なので、ご心配していただかなくても大丈夫です。それから、父が失踪した話は先生方も含めて誰にも言わないでいただきたいのですが……」

「わかっているよ、安心しなさい。私は担任だ。誰よりもきみの味方だからね」

「ありがとうございます。それでは失礼します」そう言うと、司望は部屋から出ていった。

ひとりになると、張鳴松はしばらく考えこんだ。それから、ふと思いついて、執務室を出ると資料室に行った。ここには校長と教頭、それから自分のように特別に許可された数人の教師しか入ることができない。

鍵を開けて、足を踏み入れると、なかは埃とカビのにおいがした。棚にはうっすらと埃の積もったキャビネットが並んでいて、前面には書類の種類と年月日を記したラベルが貼ってある。張鳴松はそのなかから一九八八年に卒業したクラスのファイルを見つけだした。申明が高校生だった時のクラスのものだ。

その年、申明は自分のクラスの生徒だった。

分厚い書類には、生徒の就学期間、成績、教師の所感など、すべての情報が記されている。張鳴松は申明が一年生で入学した一九八五年のファイルも引っぱりだした。自分が大学を出て、南明高校に赴任した年だ。当時、南明高校は百名の生徒を習熟度別に三クラスに分けていたが、入学時の成績はそれほどよくなかったのか、申明は二組に組わけされていた。同じクラスには路　中岳《ルー・ジョンユエ》もいた。おそらく申明のほうは、学年があがるにつれて、成績を伸ばしていったのだろう。自分が担任した三年生の時には、素晴らしい成績だった。特に国語は群を抜いていた。

　そんなことを思い出しながら、張鳴松《チャン・ミンソン》は書類に貼られた申明《シェン・ミン》の顔写真を眺めた。きれいな顔で、やはり女子には人気がありそうだったが、目鼻立ちだけを見れば司望《スー・ワン》に似ているわけではない。それならば、どうしてさっき司望を見た時に、申明のことを思い出したのだろう？　確か、最初に担任の挨拶をした時にも、誰かに似ていると思ったような気がする。あの時は、申明に似ているのだと思いいたらなかったが……。これは単なる気のせいなのだろうか？　それとも何か理由があるのだろうか？　たとえば、死んだ申明の霊魂が司望に取り憑いているとか……。もしそうなら、申明は司望になって、自分を殺した人間に復讐しようとしているのかもしれない。そう思うと、背中がぞくぞくした。

　そう言えば、申明にはなりふりかまわぬところがあった。張鳴松は別のことを思い出した。あれは一九八八年のこと、申明が高校三年生で、大学入試を一カ月前に控えた時期のことだ。当時、南明高校の向かいには工場がひとつと、農村から来た労働者たちが建てたバラックがあって、そのバラックで火事があったのだ。赤々と燃える建物を多くの人が呆然《ぼうぜん》と見つめるなか、ひとりの少年がなかに飛びこんで、十歳くらいの少女を救いだしてきた。それが申明だったのだ。この勇敢な行動が評価されたのと、成績がよかったことで、申明は北京《ペキン》大学への推薦入学を許されることになった。

そう、申明は思いこんだら、なんでもできる人間なのだ。ならば、死んだあとに霊魂が誰かに取り憑いても不思議はない。何か憑代《よりしろ》があれば、簡単に乗りうつることができるのだ。

これはさっそく確かめなければ……。張鳴松はさっそく行動を開始することにした。

第十一章

一九八八年五月　火事

まわりは一面、炎に包まれている。自分はたった一本、マッチをすっただけだったのに……。そのマッチの炎がバラックに燃えうつり、今や恐ろしい勢いで、建物の壁や屋根を舐《な》めていき、夜空を焦がすように、赤く燃えあがっている。煙が充満して、息をすることができない。炎のなかからは、助けを求める声や、煙にむせて、咳《せき》をする声が聞こえてくる。

火事の時は、焼け死ぬより先に、まず煙で窒息してしまうのだ。十一歳の少女はそれを初めて知った。自分はただ、こんな辛い人生を終わらせたくて、火に焼かれて死のうと思っただけなのに……。こんなに大きく炎が燃えひろがって、まわりの人々を巻きぞえにしてしまうとは思ってもみなかった。煙が苦しいからというより、罪の意識から、少女は息を止めた。どうせ死ぬかもしれないが、せめてもの償いに自分から命を絶ったほうがよいような気がしたのだ。だが、すぐに苦しくなって、大きく息を吸った。すると、煙がいっぱい肺に入ってきて、また苦しくなった。少女は激しく咳きこんだ。

その時、炎の向こうから誰かがやってくるのに気づいた。少女はすぐにそれが誰だかわかった。あの人だ。少女が心のなかで「お兄さん」と呼んでいる、あの人だ。いや、はっきりと顔まで見えたわけではなかったが、あの人にまちがいない。

あの人はまるで自分が炎になったかのように、火のなかをつっきって、やってきた。少女の姿を見つけると、腕に抱いて向きを変える。それから、また火のなかをつっきって、今度は外に向かっていった。

その胸にしがみつきながら、少女はぎゅっと目をつぶって、あの人の心臓の鼓動を感じていた。そして、腕のなかで灰になってしまいたいと思った。

ようやく灼熱《しゃくねつ》の世界から抜けだすと、少女は目を開けた。あの人の肩ごしに白い月が見えた。月は素晴らしく美しかった。それから、自分を抱いている人の顔を見ると、少女は安心した。やっぱり、あの人だった。高校の制服を着たお兄さんだ。

あの人が言った。

「きみだったのか？　偶然だと思うけれど、運命のようなものを感じるよ。大丈夫。心配することはない。ぼくたちは生きている」

それを聞くと、少女は口を開いた。

「お兄さん、わたし、わざとやったんじゃないの。こんなことになるなんて、思わなくて……」

すると、あの人は少女を強く抱きしめて言った。

「いいかい？　そのことは誰にも話しちゃだめだよ」

一九九四年三月　早春

南明《ナンミン》高校の前にあったバラックから火が出て、大火事になってから六年の月日が流れていた。

小枝《シャオジー》はもはや十一歳の少女ではなく、高校二年生になっていた。制服の白いブラウスに長い黒髪がよく似合う、女優のように美しい少女。そのつぶらな瞳や形のよい鼻や唇は、台湾女優の王祖賢《ジョイ・ウォン》を思わせた。立ち居振る舞いも良家の子女そのものだった。そして、あの火事の現場から少女を救った高校生も、今では立派な大人になっていた。その後、北京大学を卒業し、二年前から南明高校で、国語の教師として教鞭《きょうべん》をとっている。

申　明《シェン・ミン》先生。小枝は心のなかで、その名前を呼んでみた。今日は南明高校に転入して、初めて、あの人に会うのだ。お兄さん――申明先生に……。

南明高校は一流大学に数多くの合格者を出すエリート高校なので、途中からの入学は容易ではない。成績が優秀であることはもちろんだが、父親が政府の要職についているとか、特別な条件が必要だ。小枝の場合は、人民解放軍の軍人だった養父がベトナムとの国境紛争で命を落としたため、戦没者遺族の枠組みで編入が認められていた。もっとも、南明高校に転校しようと思ったきっかけは、養父の死後から養母とおりあいが悪くなり、全寮制の高校に移る必要が出てきたためなので、小枝は転入についての詳しい経緯を誰にも話すつもりはなかった。

職員室のドアの前に立つと、小枝は深呼吸をした。この前、南明高校に来たのは、転入の手続きをするためだけだったので、職員室に入るのは今日が初めてだ。このドアの向こうには申明先生が——あの人がいる。そう思うと、胸がドキドキした。思い切って、ドアを開けると、小枝はそのまま、まっすぐに申明先生のところに歩いていった。

「おはようございます、先生。欧陽《オーヤン》小枝と申します。今日から転校してきました」

先生はびっくりしたようだったが、しばらく黙ってこちらを見たあと、ためらうように口を開いた。

「ようこそ、欧陽小枝。私の名前は申明だ。国語を教えている。そして、きみが編入する二組の担任だ。これから教室に行って、クラスの皆にきみを紹介しよう」

職員室にはほかに誰もいなかった。先生はふたりきりでいる姿を見られたくないとでも言うように、そそくさと席を立って歩きだした。小枝はなんだか、はぐらかされたような気がした。廊下の窓から見ると、外には霧雨が降っていた。

教室に入ってからも、申明先生の様子は先ほどと変わらず、よそよそしかった。まるで火事から救ってくれたことなんて、なかったとでも言うように……。それだけじゃない。その前のことだって、すっかり忘れてしまったように……。いくら、わたしが小さかったからといっても……。小枝は心のなかで恨んだ。

クラスメイトに名前を紹介すると、先生は空いている席に座るように言った。隣の席には白いブラウスに赤いリボンをつけた女の子がいて、柳曼《リウ・マン》だと自己紹介をした。柳曼はどこの高校から来たのかと親しげな口調で尋ね、困ったことがあったら、なんでも相談に乗ると言ってくれた。うしろの席は男の子で、おずおずとした口調で馬力《マー・リー》だと名乗った。馬力がそれきり話さないとみると、柳曼が横から口をはさんで、この子は勉強ができて女子にも人気があると教えてくれた。

やがて、授業が始まった。一時限目はそのまま申　明《シェン・ミン》先生の国語の授業だった。先生は一九二六年に、魯迅《ろじん》が書いた「劉和珍《リウ・ホーチェン》君を記念して」の文章を教材として取りあげた。その年の三月十八日に北京で開かれた反帝国主義デモのおりに、武装警察軍によって、魯迅の教え子である劉和珍が虐殺された。その教え子の死を悼むために書かれた文章だ。

《この世界に――すなわち、人間とは言えぬ者たちの世界に、私は悲嘆の言葉を贈ろう。その言葉を目にすれば、人間とは言えぬ者たちはしてやったりと、おおいに楽しむだろう。だが、私の贈るこの悲嘆の言葉は、この世界に生き残ってしまった者が、故人たちの墓に捧げる、ささやかな供物となるのだ》

先生は追悼文のこの箇所を板書すると、馬力に質問した。

「馬力、魯迅がどうしてこの追悼文を書くにいたったたか、その歴史的な背景を説明してくれないか」

馬力がその質問に答えたところで、授業は終わった。

席が近く、いろいろと親切にしてくれたこともあって、小枝《シャオジー》は柳曼とすぐに仲良くなった。ほかの女子生徒たちのなかにも親しくつきあう子はいたが、柳曼は特別だった。ふたりは親友と言ってもよかった。男子生徒のほうは特に親しくしている子はいなかったが、映画に誘われたり、手紙をもらったりすることはよくあった。細長い紙に詩を書きうつして贈ってきた人もいた。卞之琳《ビエン・ジーリン》という人の「断章」という詩だった（中国の現代詩人、一九一〇―二〇〇〇。引用された詩は教科書にも掲載されている）。

《きみが橋上《きょうじょう》から川面を眺むれば　窓からきみを眺むる人々あり。月が窓を飾るなら　きみは人々の夢を飾る》

〈川を見ているきみを窓から見て、夢にまで見る〉と伝えたいのだろうか？　ラブレターであることはまちがいなかった。

だが、小枝はクラスの男の子たちには興味を示さなかった。転校先にあの人がいると知ってからは、あの人のことしか――先生のことしか考えられなくなってしまったのだ。でも、転校してしばらく日が過ぎても、先生は最初の日と同様、そっけない態度で接し、どちらかと言うと自分を避けようとしている。この数週間というもの、会うのは授業だけで、ふたりきりになることは一度もなかった。柳曼が質問をしにいったりすると、ふたりで親しそうに話しているし、馬力とはしょっちゅうバスケットボールをしているのに……。もしかしたら、先生は昔のことをすっかり忘れてしまったのだろうか？　あるいは自分を別の人間だと思っているのだろうか？　少女から大人になったせいで、印象が変わってしまったのかもしれない。小枝《シャオジー》は次第にそう思うようになっていた。

　そのうちに、先生が〈死せる詩人の会《デッド・ポエッツ・ソサエティ》〉をつくりたいと言ったので、小枝は真っ先に参加した。すると、馬力《マーリー》も参加を表明して、それを知った柳曼《リウ・マン》も入ってきた。先生に会える機会は増えたが、それでもなかなかふたりきりになることはなかった。

二〇一二年二月　早春

　高校二年生の時にこの高校に転校してきてから、もう十八年になる。自分はもう白いブラウスの高校生ではない。白いワンピースにブーツをはく大人の女性で、この高校の国語の教師だ。だが、やっていることは高校生の時と変わらない。何か困ったことがあると、すぐにこの建物の屋上に逃げこむのだ。月光に照らされた夾竹桃の植え込みを見おろしながら、小枝は思った。

　この建物には大小いくつかの集会室が入っていて、いろいろな目的に使われている。屋上にあがるには、最上階の備品室にある秘密の階段を使う必要があった。高校生の時、小枝は悲しいことがあるとよくここにやってきて、階段室の陰からこっそり競技場を眺めたものだった。あの頃、この秘密の階段の存在を知る者はほとんどいなかった。今でも知られていないだろう。

昔のように階段室の陰に身を隠して、こっそり下を眺めると、競技場を行ったり来たりしている安《アン》先生の姿が見えた。帰りがけに職員室を出ようとしているのが見えたので、すぐにこの建物に逃げこんだのだが、安先生のほうはきっと守衛に確かめて、まだ校門を出ていないと知ったのだろう、自分を探して競技場をうろうろしているのだ。まったく、ちっともあきらめてくれない。食事の誘いはもう二回も断っているのに、安先生はくじけるということを知らず、今日もまた誘ってきた。それで、この場所に避難することにしたのだ。

夾竹桃はまだ蕾《つぼみ》もつけていない。空を見あげると、星がまたたいていた。冷たい風が髪を乱していく。その時、ふと人の気配を感じて、小枝はうしろをふり返った。そこには司望《スー・ワン》が立っていた。

「司望、こんなところに何をしにきたの？」びっくりしたせいで、少し大きな声が出た。

司望は人差し指を唇に当てた。

「あまり大きな声を出すと、安先生に聞こえちゃうよ。どうして、安先生はきみを追いまわしているの？」

「大人の話に子供が首をつっこむものじゃないわ」

司望の口調や態度に少し腹を立てて、小枝は教師然として言った。だが、その言葉に強さが欠けていることは、自分でも認めざるを得なかった。

「首をつっこんだわけじゃない。小枝《シャオジー》、ぼくはきみを心配しているんだ」

「ねえ、やっぱり、わたしのことを『小枝』と呼んだり、『きみ』と言ったりするのは変よ。欧陽《オーヤン》先生と呼びなさい」

できるだけ厳しく言ったつもりだったが、その言葉にはやはり迫力がなかった。最後のほうは消え入るようだった。

「無理だよ。この間も言ったけど、ぼくにとってきみは小枝でしかないんだから……」

「それならそれでいいけど……」司望《スー・ワン》のきっぱりした口調に圧《お》されて、小枝は答えた。「でも、今は寮にいる時間でしょう？　校内を勝手に歩きまわってはいけないはずよ。そのことについては、教師として注意してもいいはずだわ」

「きみのことが気になったから……」

「わたしをつけてきたの？」とがめるような声で、小枝は言った。

「ちがうよ。きみが競技場に現れたあとで、安《アン》先生が競技場に出てくるのが見えたんだ。安先生は一度、校門まで行ったあと、また競技場に戻ってきて、うろうろしていた。誰かを探すみたいにね。きみのほうはどこかに消えてしまったけれど、まあ、何があるかわからないからね。それで、ここまでやってきたんだ」

「どうして、わたしがここにいるとわかったの？」小枝は尋ねた。

だが、司望はそれには答えず、競技場を見ている。

「大丈夫だ。安先生はようやく家に帰る気になってくれたみたいだ。今、競技場を出たよ」

小枝は首をうしろに向けて、競技場のほうを見た。月明かりの下、安先生が足をひきずりながら、校門に向かっているのが見えた。

「どうして、わたしがこの場所にいるとわかったの？」あらためて司望のほうを向いて訊く。

「だいたい、この屋上に通じる階段のことは誰も知らないはずよ。知っているとしたら」

「そうだね。備品室の奥に小さな扉があって、その扉を開けると、屋上に通じる階段があることは、ほとんど誰も知らないはずだ。知っているとしたら、前にこの場所できみと会ったことのある人間くらいだ」

それを聞いて、小枝は血の気が引くのを感じた。前にこの場所で、自分が会ったことのある人間と言えば、ひとりしかいない。

「じゃあ、司望、あなたは誰だって言うの？」

司望は屋上の手すりに触れながら答えた。

「何年ぶりだろう？　ここに来るのは……。ずいぶん昔の話だ」

「ずいぶん昔って、あなたいくつのつもりなの？」

「そう、あれは今から十七年前のことだ。きみが高校三年生の時のね。きみは今と同じ場所にいた。競技場のほうを向いて……。手すりから半分身を乗りだして……。あの時、誰かがつかまえなかったら、きみは地面に落ちて、死んでいただろう」

「やめて！」小枝《シャオジー》は叫んだ。

「あの時、きみは自殺しようとしていた」

「そんなことないわ。そんなこと……」小枝は下を向いて言った。司望《スー・ワン》の顔が見られなかった。「わたしはただ……ただ夜の涼しい空気に当たりに来ただけだったの。それで、ちょっと身を乗りだして、下を見ようとしたら、身体のバランスが崩れて……」

「まだ寒い春の夜に？　涼しい空気に当たりに？　いや、あの時、きみはこう言ったんだ。転校してもう一年になるけど、最近、自分について、おかしな噂が流れていると……。きみが男子生徒たちに色目を使っているとか、音楽の先生に取りいっているとか……。きみの父親はベトナムとの国境紛争のおりに命を落とし英雄扱いされているが、実は陰で悪いことをしていて、それがもとで殺されたのだとか……」

「その噂はでたらめよ。男の子からラブレターのようなものはもらったけれど、自分から声をかけたことなんてなかったし、音楽の先生は優しくて、先生の伴奏に合わせて歌を歌うのが好きだったの。その先生に憧れて、わたしも教師になりたいと思ったんだけれど、でも、それだけよ。取りいるだなんて……。それに父のことは……。父がベトナムとの国境紛争の時に戦死したことは誰にも話していない。そのおかげで、南明高校に転入できたことも……。だいたい、父が陰で悪いことをして殺されたなんて、そんなのは嘘っぱちよ」

「そう、まさにきみはそう言ったんだ。その口調そのままにね。自分のことはまだしも、父親についてでたらめな中傷をされるのは耐えられないと……。大学入試も近づいているし、今さらほかの高校に転校することもできない。この高校に転入するのを認めてもらうだけでも大変だったのにと。こうなったら、もう自分の命を絶つしかない。きみはそう言ったんだ」

小枝は目をつむって、その時のことを思い出した。それは辛く、だが同時に甘美な思い出だった。

一九九五年二月　早春

屋上の手すりから身を乗りだして、まさに下に飛びおりようとした瞬間、誰かにうしろから身体をつかまれて、ひきずりおろされた。その人と一緒に石のタイルの上にころがり、身体を起こして自分を助けてくれた人を見ると、それは申《シェン》　明《ミン》先生だった。

「欧陽《オーヤン》小枝……いや、小枝、死んではいけない。きみに死んでほしくないんだ」

先生の言葉があまりにも思いがけなかったので、小枝は尋ねた。

「どうして？」

「きみが死んだら、辛くてたまらないからだ。小枝、きみを助けるのはこれが初めてではない。火事のこと、きみは覚えているかい？」

「もちろんです。わたしを腕に抱いてくれた、その腕の感触まで……。でも、先生もあの時のことを覚えていてくださったんですね。もう忘れていらっしゃるのかなと思っていました。そうじゃなければ、わたしがあの時の女の子だとは思わなかったのかもしれないと……」

「いや、最初に職員室に入ってきた時、すぐにわかったよ。その前のことだって覚えているる」

小枝《シャオジー》は顔を伏せた。

「そうすると、先生に助けてもらったのは、これが三度目ということになりますね」

「そうなるかな。前にきみがくれたものは、今でも大切に持っているよ」

「あのネックレスを？」

「そうだ」

それから、先生はどうして飛びおりようとしたか尋ね、小枝は正直に答えた。先生はきみのことはいつも見守っているから心配するなと約束してくれた。

ふたりでいるところを誰かに見つかるといけないので、屋上からは小枝が先に降りた。競技場のトラックに立って、屋上を見あげると、先生はまだそこにいて、見守ってくれていた。

小枝は大声で笑いだしたいほど、幸せな気分になった。空を見あげると、白い月が輝いていた。

二〇一二年二月　早春

だが、司望《スー・ワン》はどうして、あの時のことを知っているのだろう？　夢想から我に返ると、小枝は思った。あれから、十七年がたっていた。空には同じように、白い月が輝いている。でも、目の前にいるのは、申　明《シェン・ミン》先生ではなく、司望だった。

「わたしのことを調べたのね？」詰問する口調で小枝は言った。「きっと申明先生の日記を見つけて、あの時のことを知ったんでしょう？　でも、それはあまりいいことだとは言えないわ。死んだ人とはいえ、勝手に日記を読んで、しかも書かれていた出来事を書かれた当の本人に曝露《ばくろ》するなんて……。やり方が卑怯《ひきょう》よ。思いやりにも欠けるわ」

「申明は日記をつけない。そんな習慣はなかった」司望はぽつりと言った。

小枝はかっと頭に血がのぼった。

「嘘を言わないで！」

それと同時に、思わず手が出た。気がつくと、司望の頬を平手で叩《たた》いていた。

「あなたは申明先生の日記を見たのよ。だから、筆跡を真似《まね》することもできた。職員室のわたしのパソコンのところに黄景仁の詩を残していったのもあなたね」

「それは認めよう。でも、申明は日記など残していない」

小枝はため息をついた。

「ねえ、司望、わたしを困らせるのはやめて。あなたの気持ちは嬉しいけれど、わたしはあなたの先生なの。年は三十五歳、もう若くはないわ。お母さんとほとんど同じような年齢のはずよ。そして、あなたは十六歳。ハンサムで、女の子にもモテる……」

そう言って司望《スー・ワン》に近づくと、まだ赤く手の跡が残っている頬に、自分の冷たい手を当てる。それから、続けた。

「これ以上、わたしに近づかないでちょうだい。わたしは魔女なの」

「魔女？」司望が尋ねた。

「そう、魔女よ。だって、わたしと近しい関係を持った人は、みんな死んでしまう……」

「そうかもしれない」司望は答えた。

「さあ、もう寮に戻りなさい。そろそろ就寝の時刻でしょ。規則を破ってはいけないわ。わたしも家に帰るから……」

そう言うと、小枝《シャオジー》は先に屋上から降りた。


小枝の姿が消えると、司望は競技場を眺めた。と、その向こうの建物に明かりがともっているのに気づいた。図書館の屋根裏部屋だ。誰かがそこで何かをしているのだ。

第十二章

二〇一二年四月四日（水曜日）　清明節――死者を弔う日

墓地のまわりには黄色い菜の花畑が広がっている。細かい雨が墓石を濡らしていた。

黒い雨傘を手に、申援朝《シェン・ユエンチャオ》は二年前に殉職した黄海《ホアン・ハイ》捜査官の墓の前に立っていた。もう片方の手には菊の花束を握って、その花束を胸に強く押しつけるようにして。墓石に取りつけられたプレートには、故人を讃《たた》える言葉が記されていた。

《勇士黄海、ここに眠る》

容疑者を追って、不運な結末にいたった黄海の死は、まさに殉職と言ってよかった。普通なら、殉職者墓地に埋葬されてもおかしくないところだが、本人が生前から強く望んでいたとおりに、息子の墓のすぐそばに埋葬されたということだった。

申援朝は墓の前でしばらく瞑想すると、傘を置いて線香に火をつけた。それから、花と線香を供えようと、もう一度墓のほうを向いた時、そこにひとりの少年が立っていることに気づいた。黄海の息子の黄之亮《ジーリアン》だ。之亮は、火のついた線香を三本、手に持っていた。いつのまに来たのだろう？　そう思いながらも、申援朝は言った。

「半年ぶりくらいになるかね？　また背が伸びたのではないかな？　今日はお父上にご挨拶《あいさつ》

に来たよ」

「ありがとうございます」

そう言うと、之亮《ジーリアン》は父親の墓に線香を手向け、お祈りをしてから場所をあけた。申　援《シェン・ユエン》朝《チャオ》は、線香と花束を供えると、黄　海《ホアン・ハイ》に話しかけた。

「我が同志、黄よ。きみの葬儀に出ることはできなかったが、今日ようやく、きみの墓を訪れ、きみと話をすることができる。あの怪物は調べれば調べるほど、怪しげなことをしている。張　鳴松《チャン・ミンソン》は……。どうやら降霊術にも手を染めているようなのだ。私はあの怪物を、きっとこの手で殺してみせるよ。今日、それをきみの墓前で誓おう。息子のために力を尽くしてくれた、きみのためにも……」

「申検事、そのお言葉を聞いて、父も草葉の陰で喜んでいることと思います。息子さんを殺した犯人は、父に代わってこのぼくが捕まえてみせます」

「いや、きみはまだ若すぎる。それに、たとえ犯人が捕まっていなくても、きみが警察官になる頃には、この事件のことなど忘れているだろう。人の思いとはそういうものだ」

「でも、検事さんは二十年近くも忘れていませんね。父はよく『熱き瞳のままに　炎のタッチダウン』（原題は*Unconquered*）というアメリカ映画の話をしてくれました。一九六〇年代初めの人種差別のひどかったアメリカ南部の話で、登場人物のひとりである検事の息子がよくこんな言葉を口にするんです。ヴィクトリア時代の詩人、ウィリアム・アーネスト・ヘンリーの

「インビクタス――負けざる者たち」（原題はInvictus）という詩の一節ですが。《すべての神に感謝しよう。私の魂が征服されないことを》という詩句とか、《私はみずからの運命の支配者だ。みずからの魂の指揮官だ》という詩句を……」

「自分の意志を貫いて、どこまでもやりとげるということか。だが、きみは検事の息子ではない。捜査官の息子だ」

それを聞くと、黄海の息子は謎めいた笑みを浮かべた。

「いずれにしろ、息子の命を奪った犯人は、この手で捕まえてみせる」申援朝は言った。

「では、そろそろ失礼するよ」

だが、そう暇《いとま》を告げて、その場を離れようとした時、墓石の隣にある墓誌に刻まれた名前が目に入った。黄海ではなく、息子の名前だ。それを見た瞬間、雷に打たれたかのように、身体が動かなくなった。そこには《黄海》の名前の下に、《黄之亮》という文字が黒色で刻まれていたのだ。もし之亮が生きているなら、その字は赤色で刻まれているはずだ。つまり、之亮は死んでいることになる。

申援朝は黄海の墓のうしろに立つ墓に目をやった（中国の墓は家単位ではなく、個人単位、あるいは夫婦単位でつくられる）。そこには《黄之亮之墓》の文字があった。《父　黄海　泣いて之《これ》を建てる》という言葉と、《一九九四―二〇〇四》という生年と没年も刻まれている。磁気のタイルにプリントされた之亮の写真もはめこまれていた。《白血病で死す。享年十歳》という説明書きもある。写真の少年は、どことなく、今、目の前にいる少年と似ていた。もしそうなら、この少年は……。

申援朝《シェン・ユエンチャオ》は目の前にいる少年を見つめた。恐怖のあまり、歯の根が合わない。声にはならない声が出てくるだけだ。

「きみは……。きみは……」

すると、少年は暗く沈んだ声でつぶやいた。

「そのとおりです。ぼくは八年前に死んだ黄之亮《ホアン・ジーリアン》です。人は死んだあとに、また生き返ることができるのです」

第十三章

二〇一二年五月十二日（土曜日）

司望《スー・ワン》に会いたいと連絡すると、司望は学校のない土曜日ならと言って、自分のほうから会う場所を指定してきた。場所は司望の家の近くの食堂だ。その場所に向かいながら、葉《イエ・》蕭《シャオ》は周囲に目をやった。どちらかというと貧しい地域で、通りには老朽化した家が建ちならんでいる。少し裏の通りには安食堂や風俗店がひしめいている。あまり治安のよくない地域だ。高いビルはひとつもない。だが、ここも再開発が予定されているらしく、自分の住む建物も立退きを迫られていると、司望が言っていた。

食堂に入ると、司望は先に座って待っていた。こちらの姿を見るなり尋ねる。

「どうしたの？　頭に包帯をして」

「《未来夢プラザ》で事件があっただろう？　あのせいだよ。危うく死ぬところだった」

「よかった。生きてて。そうじゃなきゃ、警察のなかに頼れる人がいなくなってしまう」

葉蕭はうなずいた。拳で肩をつつきながら言う。

「それよりも、また身体が大きくなったようだな。筋肉もしっかりついている。いったいどんな鍛え方をしているんだ？」

「毎朝のトレーニング、それに格闘技クラブにも通っています。散打《さんだ》（格闘技としての中国武術）やムエタイを無料で教えてくれる場所があるんです」

「なるほど」

そう言うと、葉《イエ・シャオ》蕭は司望《スー・ワン》の前に座り、蘇州名物の羊肉麺《ヤンロウメン》をふたり分注文した。それから、あらためて司望に向きなおった。

「ここはきみの家の近くなんだろう？　どうして、きみの家で会うことにしなかったんだ？」

「縁起をかついだんです。黄《ホアン・ハイ》海捜査官は、よく家に来ていて、それで死んでしまいましたから……。つまらないことを気にすると思うかもしれませんが、身近な人がなくなるのは嫌なのです。あなただって、その気持ちはよくわかるでしょう？」

司望の口調はあいかわらず大人っぽかった。高校生を相手にしているとは思えない。むしろ、年上の人間と話しているようだ。

「お母さんは元気なのか？」

「立退きの話があるので、悩んでいます。いったい、どうすればいいかと……。立退きに応じたいという気持ちはあるようですが、そうなったらそうなったで、どこに住もうって……。最近では週末に寮から家に帰ると、その話ばかりですよ」

「で、きみのほうは？」

「ぼくの悩みはまた別です。これは最近知った話なのですが、マヤ暦によると、今年の十二月二十一日で世界が終わるそうなんです（異説を唱える専門家もいる）。それで、どうしたものかと……」

葉蕭が怪訝な顔をすると、司望はにこりと笑って続けた。

「すみません。これは冗談です。だいたい、ぼくは世界が終わることなんて怖くありませんからね。なにしろ、一度死んで輪廻《りんね》転生《てんせい》を経験していますから。唯一、心配なのは、現世で生きている間に、申明《シェン・ミン》を殺した人間を捕まえられないことくらいです。その意味からすれば、不慮の死を遂げるのも嫌だな。たとえば、路中岳《ルー・ジョンユエ》に殺されるとか……。あいつは谷《グー》さん父娘《おやこ》だけじゃなく、たぶんぼくのことも恨んでいるはずですからね」

「そうはさせないさ」葉蕭は力強く言った。

その時、麺が運ばれてきたので、ふたりはしばらくの間、箸を動かすのに夢中になった。やがて、司望が物憂げな顔で言った。

「死ぬのが問題だというわけではないんです。もし路中岳に殺されたとしても、ぼくはまた生まれ変わるでしょうからね。でも、その時に孟婆のスープを飲んで、〈忘却の河〉を渡ってしまったら、来世に記憶は残りません。今、司望として生きている現世の記憶も、申明として生きた前世の記憶も……。そうなったら、前世のぼくを殺した犯人を二度と見つけられなくなる。それだけならまだしも、生まれ変わって〈畜生道〉に堕《お》ちたら――〈畜生道〉に堕ちて、牛や馬や犬の姿になったら、犯人を探すことなど、できるはずがありませんからね」

その言葉を聞いて、葉 蕭《イエ・シャオ》は眉をしかめた。それに気づいたのか、司望《スー・ワン》が言った。

「〈生まれ変わり〉は信じていなかったんでしたね。でも、正式な筆跡鑑定はなさったのでしょう？　ぼくの筆跡と申 明《シェン・ミン》の筆跡が同じものか確かめようとして」

「どうして、それがわかった？」

「申明は自分が持っていた、オストロフスキーの『鋼鉄はいかに鍛えられたか』の見返しに、赤いペンで主人公の言葉を書いていた。そして、あなたはそれと同じ言葉をぼくに書かせた。そうしたら、筆跡鑑定をするつもりだろうと、誰にでもわかりますよ。それで、結果はどうでした？」

葉蕭はしかたなく口にした。

「公安大学の専門家に鑑定してもらった結果、本の見返しに書かれていた文字と、きみが書いた文字の筆跡は、『同一人物によるものと見て、まちがいない』ということだった」

「では、ぼくが申明の生まれ変わりだと、信じてくださるんですね？」

「いや、おれは信じない。専門家だって、千にひとつはまちがうことがあるからな」

「なるほど。それではぼくは何なのです？　申明の生まれ変わりでなければ……。申明の幽霊だとでも？」

「いや、おれは幽霊も信じないからな。それより、きみにひとつ言っておきたいことがある。

そもそも、きみに会いたいと言ったのは、その話をするためだったんだ」

「なんです？」

「きみが幽霊なんかじゃないということだ。四月の清明節の時、きみは黄《ホアン・ハイ》海捜査官の墓の前で、申援《ユエンチャオ》朝検事に、〈自分は黄海捜査官の息子の幽霊だ〉と言っただろう？」

「正確には、『ぼくは八年前に死んだ黄之亮《ジーリアン》です。人は死んだあとに、また生き返ることができるのです』と言ったのですが……」

「同じことだ。検事は、四月の清明節の日に、黄海捜査官の息子の幽霊に会ったとおっしゃって、感慨ぶかげな顔をしていらした。しかも、そのあとで、『いや、驚いたよ。その子は八年前に十歳で死んだはずなのに、ちゃんと大きくなっていたんだ。長年生きてきたが、幽霊が成長するとは初めて知ったよ』なんて真顔で言うものだから、こっちのほうが驚いたぞ。まったく、あんな嘘は冗談じゃすまされない。申検事だけでなく、黄海捜査官親子のことも愚弄することになるんだからな。もしきみのなかに本当に申明がいるんだとしたら、実の父親だった申援朝検事にそんな嘘をついていいと思うか？」

「その話は、申検事から？」

「ああ、先週、筆跡鑑定のために本を借りにいった時に聞いた話だ。その幽霊だという少年の年齢と外見の特徴を聞いて、おれにはそれが誰のことか、すぐにぴんと来たがね」

「すみません。まさか申検事があんな話を信じるとは思わなくて……」

「ところが、信じたんだよ。検事はこれっぽっちも疑っていないご様子だった。黄海《ホアン・ハイ》捜査官の息子の幽霊がこの世にいることも、その幽霊が成長していることも、信じきっておられたよ。で、今はきみを探しているところだ」

「ぼくを？」びっくりしたような顔で司望《スー・ワン》が尋ねた。食べかけの麺が箸でつままれたまま、空中で止まっている。「つまり、あの日、見たのは黄海捜査官の息子の幽霊ではなく、ぼくだと——司望だと話したんですか？」

「いや、そうじゃない。検事が探しているのは、きみというより、幽霊のほうだ。死んだ人間が幽霊になってこの世に現れ、成長さえするなら、自分の息子もどこかで幽霊になっているのではないかと、そんな気持ちになられたのだろう。そんなところで、おれが真実を告げて、あれは黄海捜査官の息子の幽霊などではなく、高校生の悪ふざけだと言ったりしたら、大変な騒ぎになる」

「それで？」

「おれが、『検事は夢で見た記憶と現実にあったことを混同なさっているのでは？』と言うと、検事は首を横に振って、『黄海捜査官のところでも何度も会っているし、去年の中秋節の時にも訪ねてきた』とおっしゃるんだ」

「ええ、ぼくは黄海さんの家で二度ほど検事に会っています。その時に、検事がぼくのことを捜査官の息子だと信じてしまったので、それを訂正する機会がなくて……。それなのに、あの日、お墓で黄海さんの息子さんが八年前に死んでいるとばれてしまったものだから……。それで、幽霊だなんて言ってしまったのです」

「いや、事情はともかく、こんなことを続けていたら、検事を苦しめるだけだ。もう検事とは二度と会うんじゃない。いいな？」

「はい」

それを聞くと、葉蕭《イエ・シャオ》は残っていたスープを飲みほし、会計をすませて、店を出た。

その時からしばらくの間、申援朝《シェン・ユエンチャオ》検事のもとに、黄之亮《ジーリアン》の幽霊が現れることはなかった。

第十四章

二〇一二年六月八日（金曜日）

学校帰りのバスの座席で、申　敏《シェン・ミン》はせっせと英語の宿題を片づけていった。まだ六月の初めなのに、外はうんざりするほど暑い。バスのなかにも汗の臭いが充満している。しかも夕方のラッシュの時間帯なので、バスは人でいっぱいだった。でも、そんなことなど気にしていられない。なにしろ、あと数日で高校一年生を締めくくる学年末試験が始まるのだ。

その時、ふと誰かの視線を感じて、申敏は顔をあげた。そっと周囲をうかがうと、トレーニングウェアを着た少年がこちらを見ている。少年は少し離れたところで人に紛れるようにしながら、手すりにつかまって立っていた。申敏はその顔に見覚えがあった。あの子は……。すぐに思い出した。小学校の頃、よく一緒に遊んだ男の子、司望《スー・ワン》だ。それにしても、バスのなかで偶然再会するなんて……。

どぎまぎしていると、司望が近くに寄ってきて、「ひさしぶりだね」と消えいりそうな声で言うのが聞こえた。こっそり見ていたのを見つかったせいか、向こうもばつが悪そうだ。でも、こちらはもっと大変だった。ずっと見られていたかと思うと、恥ずかしくて声が出ない。結局、申敏は聞こえなかったふりをして、宿題のノートに目を落とした。でも、胸がドキドキして、もう勉強どころではなかった。

その間にも、バスは進んでいた。司望がおずおずと声をかけてきた。

「もう暗いから、勉強はやめておきなよ。目を悪くするから」

ちょうど夕暮れ時で、バスのなかはまだ明かりがついていない。申敏は答えるかわりにうなずいた。ポニーテールが揺れたのがわかった。ノートを閉じて、ペンを筆箱にしまう。でも、司望がこちらを見ているかと思うと、やっぱり顔はあげられなかった。頬がかっと熱くなるのを感じた。

そのまま黙っているうちに、降りる停留所が近づいてきた。申敏は立ちあがると、目を伏せたまま言った。

「次で降りるの」

すると、思いがけない答えが帰ってきた。

「ぼくも次で降りるんだ」

申敏は嬉しくなった。本当はひさしぶりに司望と話をしたかったからだ。

ふたりはバスを降り、並んで歩きはじめた。バス停の近くには、仕事帰りの客を当てこんで、屋台がいくつも並んでいる。車輪のついた移動式の屋台だ。いい匂いが鼻をくすぐった。

「あのさ、お腹すいてない？」司望が言った。

「少しすいてるけど……」

それを聞くと、司望《スー・ワン》は近くの屋台で揚げ豆腐を一皿、買ってきてくれた。ふたりは熱々の揚げ豆腐を分けあって食べはじめた。そのうちに、ようやく緊張がほぐれてきて、申敏《シェン・ミン》は自分から司望に声をかけた。

「司望、本当にひさしぶりだよね」

そのあとは、まるでつかえが取れたようにすらすらと言葉が出てきた。

「小学生の時、よく一緒に遊んだよね。長寿通りの第一小学校。懐かしいな。司望は二組で、わたしは三組。司望は勉強はとってもよくできたけど、友だちはあんまりいなくって……。でも、わたしとはよく遊んだよね」

そう言いながら、申敏はその頃のことを思い出した。まったく、不思議な男の子だった。一日先に生まれただけなのに、「兄さんって呼んでいいよ」なんて言ったりして……。それに、どうして知っていたのかわからないけれど、死んだ兄がいることも教えてくれた。あの頃は知らなかったけれど、自分に兄がいたことは中学生になった時に父親から聞いた。父親によると、その兄は自分が生まれる半年ほど前に、何かの事件で命を落としたのだという。

「そうか、覚えていてくれたんだ」

司望の言葉で、はっと我に返ると、申敏は続けた。

「名前の漢字だって、覚えているよ。司令官の〈司〉に、眺望の〈望〉だよね」

「そのとおり。でも、時々〈ミン〉って名乗ることもあるんだ」

「〈ミン〉？　わたしと同じ！　そうだ、あのね、わたしには死んだ兄がいるって、前に教えてくれたでしょ？　その兄もね、明《ミン》っていう名前だったの。わたしは兄の名前にちなんで、〈敏〉って付けられたんだって。でも、どうして司望が〈ミン〉になるの？」

「さあ、どうしてだろうね」

司望は急に淋しそうな表情になって、それきり黙ってしまった。

その時、屋台に向かって大きく叫ぶ声がした。

「警察の取り締まりが来るぞ！」

その声を合図に、あっというまに屋台がたたまれ、店の人に引かれて消えていった。どれも無許可だったらしい。通りは急にがらんとした。

「じゃあ、ぼくたちも帰ろうか」司望が言った。「元気でね」

「うん、元気でね」

申敏は言った。でも、通りを渡ろうとしている司望のうしろ姿を見ているうちに、このまま別れるのは嫌だと思った。せっかく会えたけど、今度はいつ会えるかわからない。そんなの悲しすぎる。申敏は勇気を出して言ってみた。思ったより、大きな声が出た。

「ねえ、司望、連絡先を交換しない？　また前みたいに、一緒に遊べるといいな」

すると、その言葉に司望がふりむいた。淋しそうだった表情がぱっと明るくなっている。

「いいよ、そうしよう。何かあったら、ぼくを頼りにするといいよ。兄さんだと思って」

また〈兄さん〉って言ってる。変なの。そう思いながらも、申敏《シェン・ミン》は嬉しくなってにっこりした。

第十五章

二〇一二年六月十九日（火曜日）

申明《ミン》先生が亡くなって、今日で十七年目になる。試験の採点を終えると、小枝《シャオジー》は校門を出て、《魔女区》に向かった。ビルの間の細い道を抜けて、廃墟になった工場を囲む塀のところまで行く。この塀が一箇所だけ、途切れているところがあり、そこから工場の敷地に入れるのだ。

夜空には月が輝き、もう使われなくなった高い煙突を照らしている。建物のまわりにはよもぎが生いしげり、四方から虫やカエルの鳴き声が聞こえてくる。小枝は懐中電灯を手に、打ち捨てられた工場のなかに入っていった。錆《さ》びた機械や雑多なガラクタをよけながら、地下室に続く階段へと向かう。

一、二、三、四、五、六、七……。いつものとおり階段を七段降りると、地下の上げ蓋の前に出た。

小枝は大きく息を吸った。十七年前、申明先生は、この上げ蓋の下の梯子《はしご》を降りたところで殺されたのだ。そして、遺体が発見されるまで、泥水に浸かっていた。自分が流した血の混じった泥水に……。

そのことを考えると、十七年が過ぎた今でも、胸がつぶれそうになる。

それでも、上げ蓋を開くと、小枝《シャオジー》は地下室まで降りていった。紙袋から冥銭《めいせん》と缶を取り出して、ひざまずく。

ちょうど午後十時だった。

缶のなかで冥銭に火をつけると、真っ赤な炎があがり、顔を照らした。その光に白いワンピースも赤く染まっている。炎の先が指を舐め、火傷《やけど》しそうだ。申　明《シェン・ミン》先生のことを思いながら、小枝はつぶやいた。

先生、やっと約束の時間に来ることができました。十七年も遅刻してしまいましたが……。

この場所で冥銭を焚《た》くのは初めてではなかった。去年も命日にやってきた。でも、この時刻ではなかった。約束した時間に来るのが、なぜだか怖かったのだ。

ナイフで刺されるなんて……。先生……どんなに痛かったでしょう。

燃えた冥銭の灰が飛んできて、涙に交じった。灰交じりの涙は頰を伝い、火のなかに落ちてじゅっと消えた。

その時、近くですすり泣くような声が聞こえたので、小枝はぎょっとして顔をあげた。見ると、梯子のそばに人影らしきものがぼうっと浮かんでいる。まるで死者がよみがえってきたかのように……。

幽霊だ！　小枝は悲鳴をあげると、両手で顔を覆った。目をふさいでいる間に、幽霊が消えてくれるようにと願いながら……。だが、指の間からそっと覗いてみると、幽霊はまだそこにいた。

いや、幽霊ではない。司望《スー・ワン》だ。

「あなた……こんなところで何をしているの？」小枝はやっとの思いで声を出した。学年末試験は先週、終わっていた。寮生たちは皆、家に戻り、まだ寮に残っているのは、司望だけだ。

「小枝」

司望はそう呼びかけると、こちらに向かって走ってきた。炎を飛びこえ、こちらに手を伸ばす。司望の手が腕に触れた。

「触らないで！」

突然、得体《えたい》の知れない恐怖を感じて、小枝は叫んだ。だが、司望はそのまま腕を取って言った。

「怖がらないで！　ほら、ちゃんと身体があるだろう？　幽霊なんかじゃない」

「司望、あなた、変よ。どうしたの？」

小枝は顔をあげ、背筋を伸ばした。そうすれば、気持ちがいくらか落ち着いて、少しは教師らしい態度がとれるかもしれないと思ったのだ。そう、相手は生徒なのだ。怖がることなど何もない。小枝《シャオジー》はできるだけ厳しい口調をつくって続けた。

「休みに入って、みんな家に帰ったのよ。どうしてあなただけまだ寮にいるの？　だいたい、こんな時間にここで何をしているの？　またわたしのあとをつけてきたの？」

だが、司望《スー・ワン》は平然としていた。

「きみこそ、どうしてこんな時間にここにいるんだ？」

そう尋ねかえすと、そのままこちらを見つめてくる。けれども、その目には涙の跡が残っていた。小枝はますますわからなくなった。どうしてこの子は申明《シェン・ミン》先生の命日にここで泣いているのだろう？　先生のことは調べて、よく知っているみたいだし……。何か深い関わりでもあったのだろうか？　年齢からしたらそんなはずはないのだけど……。

そのうちに、冥銭を焚く炎が消え、缶のなかは灰だけになった。床に置いた懐中電灯だけが、ぼんやりあたりを照らしている。戸惑いの気持ちを隠せないまま、小枝は口を開いた。

「どうしてわたしがここにいるかなんて、そんなのあなたには関係ないことよ。だいたい、申明先生が亡くなった時、あなたはまだ生まれてもいなかったでしょう。とにかく、手を放して！」

小枝は司望の手から逃れようと、腕を振った。だが、司望はかえって手に力をこめてきた。とうてい振りほどけそうにない。と、いきなり司望が言った。

「小枝、〈死せる詩人の会《デッド・ポエッツ・ソサエティ》〉を覚えているかい？」

なぜ、司望は〈死せる詩人の会〉のことを知っているのだろう？　小枝は不思議に思った。あれは四人だけの秘密だったのに……。申明先生とわたし、それから柳曼《リウ・マン》と馬力《マー・リー》の……。今や戸惑いは混乱に変わっていた。いったい、司望は何を言おうとしているのだろう？　不安が大きく渦巻きはじめる。それでも、小枝は自分に言い聞かせた。いえ、これはきっと映画のことを尋ねているのよ。昔、『死せる詩人の会』というタイトルのアメリカ映画があって、〈死せる詩人の会〉の名前は、その映画からとったのだから……。映画のほうだったら、司望が知っていても不思議ではない。

「ええ、知っているわ。アメリカ映画でしょう？」

ちらっと梯子のほうに目をやる。これ以上ここにいると、何か恐ろしいことを聞かされそうで、耐えられなかった。一刻も早くここから出ていきたい。

だが、司望は、

「いや、ほかにもあるはずだよ。ぼくは『覚えているかい？』と訊いたんだ。まさか忘れているはずはない」

そう言うと、詩を暗誦しはじめた。

明日から　ぼくは幸せな人になろう
馬を飼い　薪《まき》を割って　世界を巡ろう

明日から　ぼくは麦や野菜に心を寄せよう
海の見える家を持ち　花咲く春を楽しもう

海子《ハイズ》（中国の現代詩人、一九六四―一九八九年）の詩だ。小枝《シャオジー》は震えが止まらなくなった。今、司望《スー・ワン》が暗誦したのは、初めて〈死せる詩人の会〉が開かれた夜に読んだ詩だからだ。ということは、司望は〈死せる詩人の会〉のことを知っているのだ。

一九九四年の四月五日の清明節の夜、先生は自分と柳曼《リウ・マン》、馬力《マー・リー》を連れて、《魔女区》にある、この廃墟の工場の地下室にやってきた。そして、今、司望が暗誦した海子や顧城《グー・チョン》（中国の現代詩人、一九五六―一九九三年）の詩を朗読したのだ。それが〈死せる詩人の会〉の始まりだった。

あの頃から《魔女区》には恐ろしい噂がたくさんあった。だから、もし当時、夜の《魔女区》に生徒を連れていき、秘密の会を開いていることを学校に知られたりしたら、先生はきっと担任をはずされていたことだろう。とはいえ、〈死せる詩人の会〉のメンバーにとっては、いや、少なくとも自分にとっては、《魔女区》はちっとも恐ろしい場所ではなかった。それは申明《シェン・ミン》先生と会える場所だったから……。

だが、その後、会のメンバーのうちのふたりが死んだ。柳曼と申明先生が。柳曼は図書館の屋根の上で、申明先生はこの《魔女区》の地下室で……。

でも、あの会はメンバー四人だけの秘密で、誰も知らなかったはずだ。申明先生の婚約者も知らなかったし、学校にも知られていなかった。それなのに、なぜ司望が知っているのだろう？　やっぱり司望は申明先生の日記を見たのだろうか？　小枝にはわけがわからなかった。

司望が続けた。

「〈死せる詩人の会〉では、海子と顧城の詩をよく読んでいたね。海子は鉄道自殺をし、顧城はニュージーランドのワイヘキ島で暮らしていた時に、斧《おの》で妻を殺したあと首吊《くびつ》り自殺をしたが……」

「何が言いたいの？　申明先生は自殺したんじゃない！　殺されたのよ！」

だが、司望はそれには答えず、静かに続けた。

「一九九五年の六月十九日、きみは今日と同じように白いワンピースを着ていた」

小枝ははっと息を呑《の》んで、思わず自分の白いワンピースを見つめた。それから、再び顔をあげ、司望の目を見ながら尋ねた。

「どうしてそれを？　あなたは……何者なの？」

すると、司望が思いがけない言葉を口にした。

「小枝、ぼくは申明の生まれ変わりなんだ」

「そんなこと……」小枝は首を横に振った。「そんなこと、あるはずがないでしょう？　あなた、わたしをからかっているのね？」

「からかってなどいない。これは本当のことだ」司望《スー・ワン》は穏やかな口調で言った。嘘をついている様子はまったくない。成熟した大人の口調だ。眼差しにも大人の男性の落ち着きがあった。「すぐに信じてもらえるとは思わないが……」

「あたりまえでしょう。そんなこと、信じられるわけが……」

だが、その言葉を静かにさえぎると、司望は続けた。

「あの時のことを覚えているかい？　十七年前の六月十九日の午後のことだ。競技場のあたりを歩いていると入口のバラのアーチのところで、きみに呼びとめられた。きみはぼくに言った。訊いてほしいことがあるから、夜に会いたいと……。そして、ぼくが時間を訊くと、こう答えた。『夜の十時に《魔女区》の工場の一階で待っています』と……」

そのとおりだった。それが申　明《シェン・ミン》先生と最後に交わした会話だった。あの時はふたりだけで、ほかに誰も聞いている者はいなかった。自分と申明先生のふたりだけが知っていることだ。だとしたら、司望が申明先生の生まれ変わりだというのは、本当のことなのだろうか？　わからない、わからない。何が真実なのか、わからない。小枝《シャオジー》は耳をふさいだ。

「お願い！　黙って！　もう何も聞きたくない」

そこでまた司望が思いがけないことをした。腕をつかんでいた手を放すと、髪を優しくなではじめたのだ。温かい手の感触が伝わってくる。

「悪かったよ。小枝、きみを混乱させるつもりはなかったんだ。でも、ぼくが申明であることは信じてもらいたくて……。誰よりもきみには……。いや、今は何も聞きたくないという気持ちはよくわかる。だから、すぐにではなくてもいいから……」

　小枝はじっとしていた。司望が続けた。いや、この人は申明先生なのか？

「あと、ひとつだけ、質問に答えてくれないか？　ぼくにとって、それはとても大切なことなんだ。十七年前の夜、ぼくは約束どおり十時にここに来て、きみを探した。でも、きみはいなかった。そう、あの夜は嵐が吹きあれていたが……」

　そこで、言葉は止まった。ひとつ静かに息をする音がする。言葉が続けられた。

「あの夜、きみはここに来たのかい？　それとも来なかったのかい？」

　小枝は黙ったまま、首を何度も横に振った。

「そうか、来なかったのか……。少なくとも、これできみがぼくを殺した犯人じゃないことはわかったよ。もちろん、初めからきみが犯人のはずはないと信じていたが。でも、きみの口からそれが聞けて安心した。しかし、どうして来なかったんだ」

「もうやめて！」小枝は叫んだ。

　これ以上、何も聞きたくなかった。髪をなでる手を振りきって、小枝は一階にあがり、小走りで外に出た。明るかった月は、今では雲に隠れかけている。夜空を見ていると、突然、十七年前の四月のある晩のことが頭に浮かんできた。〈死せる詩人の会〉ができたあとのことだ。あの晩はこと座流星群が見られるというので、申明先生が《魔女区》の工場の隣の空き地に、希望する生徒を連れていってくれた。そして、みんなで草の上に座り、雨のように降る流星を見つめていた……。

　小枝《シャオジー》は工場の敷地を抜けて、通りに向かおうとした。だが、途切れた塀から出たところで、また手をつかまれた。司望《スー・ワン》だ。顔を見ているかぎり、手を握ったのは司望で、申明《シェン・ミン》先生だとは思えない。司望はもう放さないとでもいうように、手首をぎゅっと握りしめてきた。小枝も、今度はその手を振りほどこうとはしなかった。ふたりはそのまま歩いた。やがて、南明《ナンミン》通りに出ると、司望はそっとその手を放した。小枝はタクシーを拾うと、ひとりで乗りこみ、ドアを閉めた。だが、司望はドアから離れようとしない。揺れる心のまま、小枝は言った。

「お願い。ひとりにさせて」

　そして、運転手に頼んで、タクシーを出してもらった。

二〇一二年六月十九日（火曜日）　午後十時四十五分

　タクシーの窓から見あげると、空はすっかり雲に覆われていた。もう月も星も見えない。暗い夜空を見つめながら、小枝は初めて〈死せる詩人の会〉が開かれた時のことを思い出していた。あの時、自分たちは《魔女区》にある、廃墟になった工場の地下室で、まるで古代の儀式のように、白いろうそくを真ん中に立て、四人でそのまわりを囲んで座っていた。ろうそくの炎に照らされて、壁には原始時代の壁画のような影が映っていた。そのなかで、自分は気持ちを込めながら、顧城《グー・チョン》の詩を朗読していた。

空は灰色
道も灰色
ビルも灰色
雨も灰色

第十六章

二〇一二年八月二十四日（金曜日）旧暦の七夕

船の甲板で潮風に吹かれながら、小枝《シャオジー》は向こうにいる司望《スー・ワン》の様子をこっそりうかがった。司望は同級生の輪からはずれ、ひとりで海を眺めている。

今日は、南明《ナンミン》高校の生徒を対象にした行事のひとつ、夏休みの小旅行の出発日だった。対象は九月から二年生になる生徒たちで、参加費はかかったが、全員が参加することになっている。行先は、手軽な避暑地として人気のある近郊の島で、引率の教師も合わせると総勢百人以上が船に乗っていた。

暑い日だった。きっと、今年いちばんの暑さだろう。あたりは潮の香りに満ち、近くをカモメの群れが飛んでいる。太陽が照りつけるなか、司望はしばらく海を見つめていたが、突然、海に向かって両手を広げると、そのまま目を閉じた。同級生たちがその姿を見て、「変なやつ」とささやくのが聞こえてくる。

だが、司望はそんな言葉を気にする様子もなく、手すりから離れてこちらに向かって歩いてきた。整った顔だちがまぶしい。女子生徒だったら、誰でも気を惹《ひ》かれるだろう。

小枝は司望から目を離し、海のほうを向いた。そして、司望が横に立っても、そのまま海を見つめていた。司望と近くで顔を合わせるのは、申明《シェン・ミン》先生の命日に《魔女区》の工場の地下室で会って以来だった。あの時、司望が口にしたことのせいで、頭のなかはまだ混乱している。司望にどう接すればいいのか、それもよくわからない。だが、こうして並んでいると、思ったより自然に言葉が出てきた。

「どこまで見ても海ね。自分が小さく思えてくるわ」

「そうだね」司望もごく自然な調子で答えた。「海を見ていると、自分が井のなかの蛙《かわず》に思えてくるよ。生まれてからずっと、ほとんどあの街を出たことがなかったから、ぼくは自分の住む小さな世界しか知らなかったんだ。世界はもちろん、中国の国内を旅することもなかった。たぶん、旅っていうのは、平凡な人生を送る人が別の人生を感じるためにあるんだと思う。ぼくにはそれができなかった。でも、そのことを残念には思っていないよ。なにしろ、ぼくは普通の人の二倍の人生を生きているからね。だって、前世の記憶があるんだから……。もしこれが続くなら、時の流れのなかで果てしない旅を続けるようなものだよ」

小枝はまたどうしたらいいか、わからなくなった。司望は申明先生しか知らないことを知っているし、話し方や表情に、申明先生を思わせる瞬間もある。だが、こうして黙って隣にいると、普通の高校生にしか見えない。どうあっても、申明先生だとは思えないのだ。なのに……。司望の言葉には答えず、小枝は手すりに背を向け、その場を離れた。

それから数時間後、船は島に到着した。漁業が盛んな小さな島で、海辺には白い砂浜が広がり、背後には山が迫っている。一行は張《チャン・ミンソン》鳴松先生に率いられ、宿に向かった。道中、安《アン》先生がずっと話しかけてきたが、小枝《シャオジー》は失礼にならない程度に気のない返事をしておいた。張鳴松先生のほうは写真が趣味のようで、デジタルの一眼レフカメラでしきりに生徒たちの写真を撮っていた。ただし、なぜか司望《スー・ワン》にだけはカメラを向けようとしなかったが……。

宿に着くと、生徒たちはさっそく水着に着替え、海に繰りだした。小枝は、ほかの女性教師たちと一緒に浜辺に座っておしゃべりをしながら、生徒たちの様子に気をつけた。途中、男子生徒が数人でやってきて、花柄のワンピースからのぞく脚をちらちら見ながら、尋ねた。

「欧陽《オーヤン》先生は泳がないんですか？」

「ええ。水着を持ってこなかったのよ」

それを聞くと、男子生徒たちはがっかりした顔になって戻っていった。

司望は水着姿になっても、まわりの目を引いていた。ほかの男子生徒が太り気味だったり痩《や》せぎすだったりするせいもあり、筋肉で引きしまった身体がよけいに際だって見える。別のクラスの女子生徒まで、一緒に海で遊ぼうと、司望に声をかけるほどだった。だが、司望は誘われるたびにそっけない態度で断り、ひとりで海辺を歩いていた。時々、貝殻を拾っては、耳に当てている。遠い過去から続く、海の記憶を聞こうとでもするように……。

やがて日が暮れて、生徒も教師も皆、宿に戻った。夜になると心地よい海風が吹き、暑さもいくぶんやわらいでいた。

夕食後、小枝は思い切ってひとりで海まで散歩に出ることにした。宿を出てひと気のない道を歩き、海岸沿いの林を抜けていく。幸い――と言ってはなんだが、安先生は夕食の時に海鮮を食べすぎたらしく、お腹を壊して宿で寝ていた。そうでなければ、夕食後もしつこくつきまとって、とうていひとりで散歩などできなかっただろう。

海辺には誰もいなかった。小枝は砂浜に腰をおろして、海を眺めた。あたりには波音だけが響いている。青灰色《せいかいしょく》の海の上には、金色の月が輝いていた。一度見たら忘れられないような美しい光景だ。

だが、そこで恐ろしい出来事が起こった。うしろから誰かに肩をつかまれ、砂浜に引きたおされたのだ。どうやらひとりではない。数人の男たちが、浜辺にひとり、女性が座っているのを見て、襲ってきたのだ。男たちは肩や脚を押さえて、身動きできないようにしてくる。小枝は必死で抵抗しながら、大声で叫んだ。だが、すぐに男たちに口をふさがれ、さらに強い力で押さえつけられた。どんなにもがいても逃げられそうにない。

その時、遠くのほうで声がした。

「やめろ！」

そう叫びながら、誰かがまっすぐ林のほうから駆けてくる。月明かりに照らされたその顔は――司望だった。司望が来てくれたのだ。そちらに気をとられて、男たちの力がゆるんだすきに、小枝は力をふりしぼり、男たちから逃れた。「助けて！」と叫びながら、司望に向かって走っていく。

男たちは全部で四人いた。どうやら地元の若者ではなく、島に遊びにきたチンピラのようだ。

「うるせえ！　ガキは引っこんでろ！」ひとりが怒鳴《どな》った。

だが、司望《スー・ワン》はその男の前に立つと、いきなりパンチを食らわせた。男はどさりと地面に倒れた。司望は残りの男たちにも立てつづけにパンチを食らわせ、蹴りを見舞った。うっと苦痛にうめく声が聞こえ、男たちは血を流しながら、地面にころがった。だが、そこで最初の男が立ちあがった。残りの三人もよろよろと立ちあがり、今度はいっせいに飛びかかっていった。四対一だ。これでは司望に勝ち目はない。小枝《シャオジー》は声を張りあげて、助けを求めた。だが、どんなに叫んでも、声は波音にかき消され、遠くまで届かない。人がやってくる気配はまったくなかった。

だが、司望は四人が相手でも、いっこうにひるまなかった。ほかの三人の攻撃を受けながら、まずひとりを倒し、それからもうひとりを倒した。それを見ると、残りのふたりはとうていかなわないと思ったらしく、そそくさと逃げていった。

司望が手をとって言った。

「走ろう。仲間を連れて戻ってくるかもしれない」

司望に手を引かれながら、小枝は駆けだした。風に髪がなびき、ワンピースの裾がひるがえる。握られた手が熱かった。それから、しばらく走りつづけ、ふたりはようやく林の近くの人家の見えるところまで来た。ここまで来れば、もう大丈夫だろう。見ると、司望は額や腕から血を流していた。小枝はハンカチやティッシュで血をぬぐうと、傷口を押さえて言った。

「ひどい怪我ではないわ。大丈夫。こうしていればすぐに血がとまるから」

司望は黙ってうなずいた。小枝は小声で続けた。

「ありがとう」

司望はもう一度うなずくと、つぶやくように言った。

「大事にならなくてよかった。でも、どうしてひとりで浜辺にいたりしたんだい？」

「波の音を聞きたかったの。海のすぐそばで……。ああ、でも……」

その言葉を最後まで言うことはできなかった。司望が顔を寄せてきたからだ。キスができそうなくらい近くに……。

小枝ははっとして、身体をうしろに引いた。司望の額の傷に、もう一度ハンカチを当てながら言う。

「今夜はありがとう。わたしのことを気にかけてくれて……。でも、二度とこんなことをしちゃだめよ。もうこんな傷はつくってほしくないの。いい？　先生の言うことは聞きなさいね」

海の上には月が輝き、司望のきれいな顔を照らしている。

と、司望《スー・ワン》が穏やかな声で詩を暗誦しはじめた。

花開堪折直須折（花開き、折るに堪へなば、直ちに須《すべから》く折るべし）
莫待無花空折枝（花無きを待ちて、空《むな》しく枝を折る莫《なか》れ）

それは、杜秋娘《としゅうじょう》（唐代の詩人。女性として唯一『唐詩三百首』に詩が採られた）の「金縷衣《きんるい》」の一節だった。〈花は咲きほこっているうちに折りなさい。花が散ってから枝を折るような空しいことはおやめなさい〉という意味だ。

小枝《シャオジー》は申 明《シェン・ミン》先生と一緒に、この「金縷衣」を暗誦しながら、《魔女区》のそばの空き地を歩いた時のことを思い出した。そう、あれは一九九五年の三月の初め、梅の咲く季節だった。その二週間くらい前に、学校の屋上から飛びおりようとしたところを申明先生に止められて、自分から死ぬのは思いとどまったものの、その原因となった誹謗《ひぼう》中傷はやまず、あいかわらず辛い思いをしていた時のことだ。先生はもちろん、いつでも温かく見守ってくれていたが、婚約者がいて、もうじきそのお披露目パーティーをすることになっていた。

「そうだ。風に吹かれて、梅の花びらが散るなか、きみはこの詩を暗誦していた」司望が言った。

「お願い。やめて！」

「あの頃、きみはあいかわらずSNSの中傷に悩んでいた。父親がベトナムとの国境紛争で名誉の戦死をとげたというのは嘘で、本当は老山《ラオシャン》の前線から逃亡して処刑されたのに、お金で『名誉の戦死』を買ったとか、母親のほうも、男を取っかえ引っかえ家に連れこんでいるとか」

「でも、それは嘘よ」小枝は思わず言った。

「わかっている。ほかにも、きみ自身が男子生徒を挑発して、きみを巡って他校の男子生徒と喧嘩《けんか》騒ぎが起きるように仕向けたとか……。きみは噂をしている同級生に抗議をすることもできず、ひとりで辛い思いをしていた」

「ええ。あの頃、優しくしてくれたのは柳曼《リウ・マン》だけだった。柳曼だけがわたしの悩みを聞いてくれて、励ましてくれた……」

するとすぐ近くから悲しげな声が返ってきた。

「柳曼だけか……」

「いえ、先生もわたしの話を聞いてくれたし、支えになってくれた」小枝は急いで言った。もう誰に話しているのか、わからなくなった。「でも、先生は婚約していて、七月には結婚することになっていた」

「そうだね」さっきよりも、いっそう悲しげな声がした。「そして、きみは『金縷衣』の詩を暗誦しはじめたんだ」

小枝《シャオジー》は両手でそっと目を覆った。涙がこぼれないように……。それから、両手を離すと言った。

「ごめんなさい。ちょっとぼんやりしていたわ。あなたは……あなたはやっぱり申《シェン・》明《ミン》先生じゃない！」

風が吹いて、髪が目にかかった。これなら涙の跡を隠してくれる。

だが、すぐに横から手が伸びてきた。手は髪をかきあげると、長い指の先で、頰に流れた涙の跡をたどった。それから、下まで降りてくると、顎のあたりをそっと持ちあげ、少し顔を上に向かせた。

声が言った。

「私を見てくれ、小枝。私は申明なんだ」

涙があふれ、頰を伝ってくる。風の音がすすり泣くように聞こえた。波の音がそれをさらっていく。先生……。

だが、小枝は大きく息を吐いて首を横に振ると、きっぱりした声を出して言った。

「宿に戻りましょう。司望《スー・ワン》。誰かに怪我のことを訊かれたら、林を散歩中に枝でひっかいたと言えばいいわ。暗くて枝に気づかなかったって……」

司望はそれ以上、何も言わずにうなずいた。

「先生……」

ふたりは黙って宿に向かい、それぞれの部屋へと戻っていった。

その夜、小枝は、遠くから響いてくる波の音を聞きながら、心のなかで何度も繰り返した。

「司望は先生じゃない。申明先生は死んだの。死んだのよ！」

第十七章

二〇一二年九月十四日（金曜日）

九月になり、二年生に進級すると、南明《ナンミン》高校の生徒たちはますます勉学に励みはじめた。なにしろ、あと二年足らずで大学入試が待っているのだ。どの生徒も名門大学を目指して勉強に身を入れていた。十月には、莫言《モー・イエン》がノーベル文学賞を受賞したというニュースが流れ、生徒たちはこれまで以上に国語の授業を熱心に聞くようになった。

そこで、小枝《シャオジー》はちょうど授業で『紅楼夢』を教えたこともあり、午後の文芸クラブでも『紅楼夢』を取りあげることにした。『紅楼夢』は清朝中期に書かれた長編小説で、作者は曹雪芹《そうせつきん》。名家の貴公子の賈宝玉《かほうぎょく》を主人公に、その悲恋を中心にしながら、一族の栄枯盛衰が描かれている。

授業では、主人公の賈宝玉とヒロインの林黛玉《りんたいぎょく》が初めて出会う第三回の場面を教えていた。文芸クラブでテキストにするのは第五回だ。この回では、賈宝玉が夢のなかで天上界を訪れ、自分を取りまく十二人の娘たち——金陵十二釵《きんりょうじゅうにさ》——の悲しい運命を知ることになる。

教室の窓の外では落ち葉がはらはらと散っていた。小枝は『紅楼夢』第五回のあらましを説明したあと、作中の「紅楼夢十二曲」のなかの「終身誤《しゅうしんご》」を読みあげた。これはもうひとりのヒロイン、薛宝釵《せつほうさ》のことを歌ったとされる音曲だ。薛宝釵というのは明るい性格の美少女で、林黛玉の恋のライバルだった。賈宝玉は繊細な林黛玉に惹かれながらも、周囲に押しきられ、この薛宝釵と結婚することになる。賈宝玉と林黛玉は前世からの縁で相思相愛になるものの、結ばれない運命にあった。「終身悞」のなかで、賈宝玉は林黛玉ではなく、薛宝釵と結婚したのが誤りだったと嘆いて歌う。

皆は金玉《きんぎょく》の良縁と言うけれど　私はただ木石の前世の縁を想うだけ
山中の高士のように清廉でまばゆい雪を前にしても　気持ちは空しく
世外の仙女のように美しく寂しい林を　忘れられない
人の世は悲しいものよ
どれだけ素晴らしいものにも瑕《きず》があると　今さらながら思い知る
たとえ良き妻であろうとも　心はどうにも慰められない

読みおわると、小枝はいきなり司望《スー・ワン》の名を呼んだ。

「司望」

態度を注意されると思ったのか、戸惑った顔で司望が立ちあがった。

「はい、ちゃんと聞いています」

「そうじゃないの。あなたは『紅楼夢』を最後まで読んでいるそうね?」

「ええ、母親が好きで、家にそろっていましたから……」

「じゃあ、賈宝玉を取りまく十二人の女性のなかで、誰がいちばん好きか、話してくれる?」

「はい、今、読まれた『終身悞』は、賈宝玉が林黛玉のことを忘れられず、薛宝釵と結婚したことを悔いている歌ですが、一般に人気が高いのはこのふたりの娘だと思います。人は病弱ではかなげな林黛玉に同情したり、おおらかで聡明な薛宝釵を賛美したりします。でも、ぼくがいちばん好きなのは、美貌の若妻の秦可卿《しんかけい》です。そもそも、第五回の天上界の夢の話は、賈宝玉が秦可卿の寝台で休ませてもらっている時に見たものですよね? そして、さっきの『終身悞』の音曲を聴いたあと、夢は官能的な方向に向かいます」

小枝《シャオジー》はあわてて咳ばらいをした。そのあたりのきわどい内容は、高校の文芸クラブで話すようなものではないからだ。だが、司望《スー・ワン》は意に介することなく続けた。

「そう、賈宝玉はとても官能的な夢を見ました。その夢のなかで、可卿という名の仙女と情を交わしたんです。でも、たぶんその仙女は秦可卿の化身だと思います。だって、名前が同じですから……。つまり、賈宝玉は年上の若い人妻に導かれて、最初の手ほどきを受けたということです。秦可卿というのは、のちに舅《しゅうと》と情を通じて……」

「ありがとう、司望。もういいわ」まだ時間は残っていたが、小枝は唐突にさえぎった。

「少し早いけれど、これでおしまいにしましょう。皆さんも早く家に帰りたいでしょう？事故にあわないように、気をつけて帰ってください」

今日は金曜日だ。週末は寮から家に戻れるので、生徒たちは皆嬉しそうに教室を出ていった。しばらくすると、教室には司望しかいなくなった。

「小枝、どうして最後まで言わせてくれなかったんだ？」

「だって、あんなこと……。教室で話すようなことではないでしょう？」

いかにも教師らしく、小枝は言った。司望が自分は申　明《シェン・ミン》の生まれ変わりだと言ったことで、夏の間は混乱して、何をどう考えたらいいのかわからなかったが、今はもう態勢をたてなおしていた。司望は司望で、申明先生ではない。だから、自分は相手が司望だとして接すればいいのだ。

「あんなことって？」

「決まっているでしょう。ほかの生徒はまだ子供なの。あの手の話題は避けないと……」

「確かにそうだ。大人はふたりだけだったからね」

「何を言っているのよ！　あなただって、まだ高校生でしょう。十六歳じゃないの！」

「いや、四十二歳だ。きみより七歳上だから」

「いいえ。あなたは十六歳よ。わたしより十九歳下なの」

「そして、年上のきみに恋をしていると言うの？　秦可卿から恋の手ほどきを受けた賈宝玉のように……」

小枝《シャオジー》は赤くなった。

「じゃあ訊くけど、きみはどうして文芸クラブで使うテキストに、『紅楼夢』の第五回を選んだの？　ほかの回ではなく。あれは前世からの縁で、林黛玉と相思相愛になった賈宝玉が、結局はほかの女性と結婚して、そのことを後悔する歌だよね？」

小枝は返事をしなかった。なんと答えたらよいのか、わからなかったからだ。

司望《スー・ワン》は荷物をまとめて、教室から出ていった。小枝は急いであとを追った。

「ごめんなさい。返事をしなかったので怒ったの？」

「そんなことはないよ」

「だって、どうして第五回を選んだかなんて、自分でもわからなかったから……」

「こっちだって、そうだよ。どうして秦可卿がいちばん好きだって言ったかなんて、自分でもわからない」

ふたりはそのまま校舎を出て、競技場の脇を歩いていった。そして、校門まで来たところで、小枝は思い切って言った。

「ねえ、司望、あなた、張学友《ジャッキー・チュン》は好きよね？」

「まあね。でも、どうして？」

「今夜、ジャッキー・チュンのコンサートがあるの。わたしは行ってみるつもりなんだけど、よかったら、あなたも一緒に来る？　来るんだったら、招待するわ。夏に助けてくれたお礼に……。まだ、お礼をしていなかったでしょう？」

「チケットはあるの？」

「いいえ。でも、二枚くらいなら、きっとなんとかなるわ。場合によっては、ダフ屋から買ってもいいし……。なんて、教師としては、ちょっと問題あるけど」

司望に助けてもらったお礼をしなければと考えていたのは本当だった。でも、何がいいのかはずっと決めかねていた。そんな時に、今週の週末にたまたまジャッキー・チュンのコンサートがあることを知ったので、誘ってみようと思ったのだ。

「でも、どうしてぼくがジャッキー・チュンが好きだとわかったの？」司望が尋ねた。

「あなたのスマホを見てよ。待ち受け画面をジャッキー・チュンのコンサートのポスターにしているでしょう？」

「ああ、あれね。あれは一九九五年のコンサートで、実はぼくはそのコンサートを聴きにいったんだ」

小枝はまた頭が混乱しそうになった。けれども、目の前にいるのは司望だと自分に言いきかせて、返事を促した。

「どうかしら？」

すると、司望は困った顔をして、

「どうしよう。今日、コンサートに誘われるとは想像もしていなかったから……」

その様子を見ると、小枝《シャオジー》は努めて軽い調子で言った。

「誰かと約束があったのかしら？　それなら別にいいのよ」

「そんなものないよ！　もちろん行くさ！」

司望《スー・ワン》があわてた様子で答え、そそくさと電話をかけはじめた。どうやら、母親と話しているようだ。

「うん、そうなんだ。補習授業があるから、帰りは十時過ぎになる……」

そう手短にすませて電話を切ると、司望はこちらを向いて、にっこり笑った。

「悪い子ね。いつもお母さんに嘘をついているの？」小枝はからかった。

「嘘なんてつかないよ。世界でいちばん大切な人なんだから。もちろん、きみを除いてだけど……。今日はきみと一緒だからね。特別なんだ」

「へえ、怪しいものね」

そうやって、ふざけあって歩いているうちに、地下鉄の駅に着いた。

金曜の夜を楽しもうという人が多いのだろう、街の中心に向かう地下鉄は混雑していた。座れなかったので、小枝は司望と一緒に手すりにつかまって立った。ふたりで身を寄せあうようにして……。幸い、司望は背が高くて体格がいいし、自分も実際の年齢よりは若く見える。これなら、周囲には教師と生徒ではなく、仲の良いカップルにしか見えないだろう。

「そう言えば、十七年前にきみは教室で、歴史ドラマに出てくる詞をノートに書いていたことがあったね」

少し上のほうから司望の声が聞こえた。いや、申《シェン・ミン》明先生の声か……。顔が見えない状態で口調だけ耳にしていると、先生だと思ってしまう。今、身体をぴったりと寄せているのは司望のはずなのに……。

声が続けた。

「確か、『梅花三弄《ばいかさんろう》』という、歴史ものの恋愛ドラマで、原作は台湾の作家瓊瑤《チョン・ヤオ》。火事で死んだはずの許婚者《いいなずけ》から、『あの世にいても、きみを愛していて、会いたくて苦しい』という気持ちをつづった詞が届いて、いまだに許婚者を愛しているヒロインはこの世に幽霊がいることを信じるようになるという話だ。きみはその許婚者が書いた詞をそらで覚えていて、ノートに書いていたんだ」

そう言うと、声はその詞を暗誦した。

一途《いちず》に互いを思い、二人離れて、遠くから見つめあう。
三字、四字と文字をつづり、五行、六行と言葉を連ねて、涙を落とす。
願わくば、七夕の再会を。夫婦あいまみえんと、八方の神々に願えども、
この身は九泉《きゅうせん》（あの世のこと。黄泉）の底、ただ十王の裁きを受ける。

奈《な》何橋《かきょう》を渡りながらも苦しみは増す。

腸《はらわた》は百にちぎれ、心は千々に乱れ、万《よろず》、悲しみは尽きず

「『梅花三弄』の第二部、『鬼上夫（幽霊の夫という意味）』というタイトルのドラマね」

懐かしい気持ちになって、思わず、小枝《シャオジー》は言った。そのまま続ける。

「《奈何橋を渡りながらも苦しみは増す。腸は百にちぎれ、心は千々に乱れ、万、悲しみは尽きず》そこは今でも覚えているわ。だけど、許婚者は奈何橋を渡らなかったのね。奈何橋を渡ったら――《忘却の河》を渡ったら、前世のことは忘れてしまうはずだもの……」

それから、はっとして押し黙った。顔をあげて、司望《スー・ワン》の顔を見つめる。

司望が笑顔でまた軽口を叩きはじめたので、小枝はほっとした。ふたりはまたしばらくふざけあった。地下鉄の音が話し声をかき消してくれるので、周囲に話を聞かれる心配はない。まわりの耳を気にすることなく、こうして司望と話せるのが嬉しかった。

やがて、地下鉄は上海体育場《スタジアム》駅に着いた。上海体育場は北京オリンピックではサッカー競技場として使われた陸上競技場で、八万人を収容できる。ジャッキー・チュンのコンサートは、このスタジアムで開かれることになっていた。コンサートまでにはまだ多少時間があったので、まずは近くのコンビニで食べものを調達することにした。といっても、めぼしいものはあらかた売りきれていて、買えたのはおでん（〈関東煮〉の名称で、中国でも人気がある）と煮卵とパンくらいだっ

たが……。でも、それで十分だった。ふたりでコンサートに来て、一緒に何かを食べる。そう思うだけで、楽しい気分になった。

スタジアムの入口付近は、早くも大勢の人であふれていた。小枝はダフ屋からチケットを二枚買った。思っていたよりずっといい席だ。それから、人波に押されるようにして、ふたりで入口に向かい、その途中でペンライトも買った。

「コンサートなんて十年ぶりよ！」

周囲の雑踏に負けないように、小枝は司望の耳もとで叫んだ。

「ぼくなんて十七年ぶりだよ」司望も答える。その声はおどけていて、申明《シェン・ミン》先生の声には聞こえなかった。

ふたりは会場に入り、席についた。しばらくすると、場内がふっと暗くなった。と思った瞬間、大音響で音楽が鳴り、ステージにはまばゆい光が満ちあふれた。コンサートの始まりだ。司望が熱狂して叫んでいる。いかにも高校生らしく目を輝かせて……。その隣で、小枝も叫んだ。三十五歳になっても、こんなふうに熱狂できることに自分でも驚きながら……。

それからまもなく、ジャッキー・チュンがステージに登場してきた。きらめく衣装に負けないほどの、スター歌手のオーラを漂わせている。観客の歓声がいっそう高まるなか、ジャッキー・チュンはまず「李香蘭」（原曲は玉置浩二の「行かないで」）と「心傷ついて」を歌った。観客は皆、立ちあがった。歌に合わせて、小枝はペンライトを振った。周囲はほとんどが自分と同じくらいの三十代の女性だ。司望《スー・ワン》くらいの年頃の少年はほとんどいない。司望はジャッキー・チュンの歌に合わせて、自分も小さな声で歌っていた。その姿はジャッキー・チュンのファンというより、昨年上海でコンサートを行った日本のＡＫＢ48のファンのようだ。と、司望がこちらの腰に手を回してきた。小枝《シャオジー》はその手を振りはらうことなく、素直に身を任せた。身体を寄せ、そのまま司望の肩に頭をもたせかける。司望がさらに腰を引きよせ、髪に顔をうずめてきた。

ステージでは、ジャッキー・チュンが歌いつづけていた。「胸の痛み」「きみとずっと」（原曲は前田亘輝の「泣けない君へのラブソング」）「花が枯れるまで待っていた」……。

それから二時間近く、小枝は司望と身体を寄せあったままでいた。

やがて、コンサートも終わりに近くなり、ジャッキー・チュンが「ぼくのコンサートに来てくれたきみ」を歌いはじめた。

人生の節目に〈ぼく〉のコンサートに来てくれる女性のことを歌ったものだ。初恋の相手との初めてのデートで来た〈十七歳のきみ〉。彼氏が浮気をして眠れない夜を過ごしていた〈二十五歳のきみ〉。恋に疲れて恋人を若い女の子に譲ってしまった〈三十三歳のきみ〉。家族でコンサートに来てこの曲を聴き、これまでの人生を思い出して泣いてしまった〈四十歳のきみ〉。

あの時、わたしは十七歳だった――小枝は心のなかでつぶやいた。申明《シェン・ミン》先生と再会した時……。あの時、わたしは恋をしていた。初恋だけど、それよりももっと激しい恋を……。でも、先生が生きていた時、この歌はまだなかった。そして、今、わたしは三十五歳。わたしは今、恋をしているの？

気がつくと、涙がこぼれていた。小枝は司望の首に腕を回し、その胸に顔をうずめた。涙を見られたくなかったのか、それとも、胸を締めつける歌をこれ以上聴けなかったのか。自分でもよくわからない。わからないままに、小枝は司望にぴったりと身を寄せた。

最後の歌が始まった。「さよならのキス」だ。小枝は司望から身を離して涙をぬぐい、司望を見つめた。

ジャッキーの歌に合わせて、スタジアムの観衆が熱唱している。さよならの前のくるおしいキス。司望の唇が近づいてきた。だが、もう少しで触れあうというところで止まった。ふたりともそのまま動かなかった。

曲が終わった。唇は触れあわないまま……。

「あなたは申明先生じゃない。司望なの……」

小枝は言った。それがコンサートが始まってから、初めて口にした言葉だった。申明先生ではないから、唇を合わせなかったわけではない。目の前にいるのは、司望だからだ。司望なら、自分の教え子だ。そう、この先、何があろうと、目の前にいる少年は司望なのだ。

三十分後、人のいなくなったスタジアムに、ふたりはまだ座っていた。周囲には、ペンライトが捨てられ、空《から》になったペットボトルや食べ物の容器が散乱している。裏方のスタッフがステージのセットを解体していた。小枝《シャオジー》は司望《スー・ワン》の肩に頭をもたせかけながら、「ねえ」とつぶやいた。

「何？」

「なんて言っていいのか、自分でもわからない」

「寒い？」

「少しね」

司望が上着を脱いで、膝にかけてくれた。

小枝は目を閉じて、深く息を吸った。

「ねえ、あと五年したら、わたしは四十歳になるのよ」

「こちらは四十七歳だ」

それは先生の口調だった。

小枝は頭を振り、悲しく微笑んだ。そして、秋の夜空を見あげた。

もう十時になっていた。

枯葉が一枚、風で運ばれてきた。小枝はその葉に口づけ、それから粉々にした。

「あなたは司望なの」きっぱりとした口調で言う。「あなたの気持ちは嬉しいわ。でも、いい、司望？　あなたは今、地面しか見ていないようなものなの。空を見あげてごらんなさい。きれいな星がたくさん、またたいているから……」

司望は何も言わなかった。小枝は立ちあがり、もう一度、きっぱりとした口調で言った。

「司望、家に帰る時間よ。お母さんが心配しているわ」

第十八章

二〇一二年九月十七日（月曜日）　コンサートの三日後

週が明け、月曜日が始まった。午前中の授業で、小枝《シャオジー》は司望《スー・ワン》のほうを見ないようにした。司望も発言して注意を引こうとはしなかった。だが、それ以外はいつもどおりだった。

周囲の様子が変わったのは、午後のことだ。こちらの姿を見かけると、女子生徒たちがひそひそ話を始め、男子生徒たちも意味ありげな笑みを浮かべるようになった。生徒たちだけではない。同僚の教師たちの様子もおかしくなった。自分がそばに行くと、気まずそうにぴたりと話をやめてしまうのだ。

その理由は、まもなくわかった。職員室に戻って、教師たちが雑談している近くを通った時、ひとりの女性教師が聞こえよがしにこう言ったのだ。

「まったく、近頃の生徒ときたら、しようがないわね。教師にちょっかいを出すなんて。ああ、嘆かわしい！」

小枝は青ざめた。どうやら金曜日のジャッキー・チュンのコンサートには、ほかのクラスの男子生徒も来ていたようで、司望と身を寄せあっていた姿を見られたらしい。噂はあっというまに広まり、学校じゅうがその話でもちきりになっていた。

それからというもの、小枝は授業に身が入らなくなった。授業が終わったあと、質問にくる生徒はひとりもいなくなり、誰からも避けられているのが痛いほどわかった。司望も話しかけてこなくなり、廊下ですれちがっても、ただうつむくだけだった。もっとも、あれだけ好奇の目で見られては、話などとうていできなかっただろうが……。

いたたまれなくて、小枝は学校での一日が終わると、すぐ家に帰るようにした。司望が夾竹桃の陰からこちらを見ているのはわかったが、どうしようもなかった。安《アン》先生だけはしつこくつきまとってきたが、そんなことをされるとさらに憂鬱《ゆううつ》な気分になるだけだった。苛立《いらだ》ちが高じて、小枝は安先生を冷たく突きはなした。

二〇一二年九月二十一日（金曜日）　午後

その週の間に、司望は前よりもいっそう孤立するようになっていた。生徒たちから陰口を言われるだけではなく、先生たちからも問題のある生徒として扱われるようになっていたのだ。また、安先生などは私情をむきだしにして、授業中にわざと司望を指名しては、難しい質問をするようになっていた。

そして、ふたりの噂が広まったその週の金曜日のこと。安先生は司望の鼻先に指を突きつけんばかりにして、こんな質問を浴びせてきた。

「きみは中国共産党の基本的な世界認識が弁証法的唯物論であると知っているね。ところで、唯物論では幽霊を認めていない。これも知っているね。それなのに、最近のきみはどうやら幽霊に取り憑かれているようだ。これは唯物論的に言えば、ゆゆしき事態だと思うが、どうかね？　きみはこの世界に幽霊は存在すると思うか？」

これは質問でもなんでもなかった。安《アン》先生は「きみは幽霊に取り憑かれている」と言って、小枝《シャオジー》に気持ちを奪われていると、暗に非難しているだけだ。唯物論を引きあいに出して、もっともらしい体裁をとっているが、難癖をつけているに等しかった。

だが、司望《スー・ワン》は安先生の目を見ながら、平然と答えた。

「はい、幽霊は存在します。ぼくのなかには、はっきりと幽霊がいます。きっと、先生のなかにもいるはずですし、この教室の生徒全員のなかにもいるでしょう。目には見えませんが、ぼくはその存在を感じることができます。幽霊は昼も夜もぼくたちを見ているのです」

言いおわると同時に、教室がどよめいた。

安先生は怒りで顔を真っ赤にして、司望の机を指示棒で叩きながら怒鳴った。

「なんだその答えは！　人を馬鹿《ばか》にしているのか！　今すぐ出ていけ！」

司望は立ちあがった。それから、背筋を伸ばして言った。

「お言葉ですが、先生にぼくを締めだす権限はないと思います」

「きみが出ていかないのなら、私が出ていく！」

教卓に教科書を叩きつけ、安先生は教室から飛びだしていった。

クラスじゅうの生徒が戸惑うなか、司望は落ち着いた態度で再び席についた。

数分後、司望は張鳴松《チャン・ミンソン》の執務室に呼びだされた。現世では担任だが、前世の最後では同僚だったし、申援朝《シェン・ユエンチャオ》検事が申明《ミン》殺しの犯人だと疑っていることもあって、どうも先生という感じはしない。

扉を開けて、執務室に入るなり、張鳴松は厳しい口調で叱《しか》りつけ、安先生にあやまるように命じてきた。だが、司望は首を横に振った。

「ぼくは安先生に質問されたので、自分の考えを話しただけです。それのどこがいけないのですか？」

「つまり、司望、きみは本当に幽霊の存在を信じているということか？」

張鳴松はちょっと興味を持ったような顔をした。

「はい。ぼくのなかには幽霊がいます。張先生は信じてくれますか？」

すると、張鳴松の態度が明らかに変わった。

「実を言うと、私は別に数学一筋というわけではなくてね。ここ数年は哲学や宗教に興味が向いているんだ。それだけじゃなく、超常現象にも興味がある。とりわけ幽霊に……」

「はい、ご蔵書を見ればわかります」司望は本棚に並ぶ本を指さして言った。

「いや、きみはなかなか観察力が鋭いね」張鳴松は、こちらにおもねるように言った。「もし、きみのなかに幽霊がいるなら、私に話してみたまえ。幽霊に取り憑かれていたら、さぞかし気持ちが悪いだろう。私なら、きみのなかから幽霊を取り出して、別のものに移すことができるかもしれない。どうだね？」

「すみません」司望《スーワン》は答えた。「ぼくのなかに幽霊がいると言ったのは、比喩《ひゆ》のようなものです。実際に幽霊に取り憑かれているわけではありません」

「私にはそうは思えないがね」張 鳴松《チャン・ミンソン》は言った。「いずれにしろ、これはそのままにしておいていい問題ではない。きみのなかにいる幽霊は、私が必ず外にひきずりだして、冥界に返してやろう」

「張先生、もう戻ってもいいでしょうか？」司望は尋ねた。

「安《アン》先生にきちんと謝罪しなさい。それでこの件は不問に付そう」

司望は張鳴松の執務室をあとにした。結局、話題が小枝《シャオジー》に及ぶことはなかった。おそらく、小枝の教師としての面子《メンツ》に配慮したのだろう。

二〇一二年九月二十一日（金曜日）夜

ベッドに横になっていると、ショートメールが入ってきた。小枝はスマホを手にとった。

司望からのメールだ。文面も司望のものだ。

司望　悪かったよ。安先生にはあやまって、こう言っとくよ。「コンサートで偶然、欧陽《オーヤン》先生と会って、先生が倒れかけたから手を貸しただけだ。そのせいで、抱きあっているように見えたんだ」って……。

小枝はスマホを握りしめた。壊れてしまいそうなほど強く……。そして、半時間近く考えてから、返事を送った。

小枝　嘘はだめよ。司望、何があっても嘘はつかないで！
司望　でも、学校じゅうの噂になっているんだ。きみが辛い目にあっている。ほかにどうすればいい？
小枝　噂なんて放っておけばいいの。あなたの勉強がおろそかになってはいけないわ。これからもよく勉強して、先生方の言うことを聞きなさい。
司望　小枝、ぼくのことが好きだと思ってくれたことがある？

小枝は返事をしなかった。
今夜はきっと眠れないだろう。司望もきっと、眠れない夜を過ごすのにちがいない。

第十九章

二〇一二年十二月八日（土曜日）

申敏《シェン・ミン》は恋をしていた。相手は別の高校に通っている男子生徒だ。制服を着ているのは見たことがないけれど、素敵な人だった。いつも韓国の男性アイドルのようなおしゃれなヘアスタイルをして、最新モデルのｉＰｈｏｎｅを持っている。これまで何度かデートをしたが、会うのはいつも学校帰りで、五一中学校のそばにある麻辣湯《マーラータン》のお店だった。向かいには《荒村《ホアン・ツン》書店》という本屋がある。

彼とつきあっていることは、まだ父親には言っていない。もう高校二年生なのだからデートくらいしてもいいと思うのだけれど、元検事だからかどうか、父親は異性関係に厳しくて、言いだすきっかけがつかめないでいたのだ。

そして、今日、申敏は、その彼から初めて週末のデートに誘われ、映画を観にいった。映画のあと、いつもの麻辣湯のお店で軽く食事をして、外に出ると、通りは暗くなっていた。と、彼が手をとり、耳もとに口を寄せて言った。

「敏ちゃん、疲れたんじゃない？　ちょっとホテルで休んでいこうよ」

それを聞いて、申敏はびっくりした。自分はもう子供じゃない。アリス・シーボルドの

『ラブリー・ボーン』（レイプ殺人の被害者の少女が死後、幽霊になって家族を見守る小説）だって読んでいる。だから、彼が何を言っているのかは、はっきりとわかった。でも、いくらなんでも、これは急すぎる。申敏はきっぱりと答えた。

「行かない！」

すると、彼は口をとがらせて、不機嫌そうに言った。

「あ、そう。パパが心配するってか。そう。じゃあ、早く帰りなよ。パパに心配かけないようにさ」

「別にパパが心配するってわけじゃないけど……」申敏はちょっとためらって、それからあらためて言った。「でも、やっぱり、帰る。またね」

そうして、少しうしろ髪を引かれる思いで停留所まで行き、バスに乗って家に帰った。

申敏の姿が見えなくなると、司望《スー・ワン》は今まで申敏と一緒にいた高校生のほうに近づいていった。今日は母親が経営している《荒村書店》の手伝いに来ていたのだが、たまたま申敏とその高校生が麻辣湯の店に入るのを見て、ふたりが出てくるのを街路樹の陰から見張っていたのだ。というのも、その高校生を見た瞬間に、制服の着方といい、髪型といい、ろくでもないタイプの男だとわかったからだ。案の定、申敏が帰ってしまうと、そいつは「チッ！」と舌打ちをし、それから下卑《げび》た笑いを浮かべ、ｉＰｈｏｎｅを取り出すと、電話をかけはじめた。

「いや、急におまえに会いたくなってさ。今から出てこられない？　うん、うん。じゃあ、五一中学校の前で……。そうそう、いつもの麻辣湯の店の前だよ」

たぶん、相手が承知したのだろう。そいつは近くのコンビニで煙草を買い、相手が来るまで吸いながら、待っていた。司望《スー・ワン》はもうしばらく、その高校生を観察することにした。

まもなく、相手の女の子がやってきた。申　敏《シェン・ミン》と同じくらいの年頃だが、けばけばしい化粧に露出の多い服を着ている。こんな女の子と申敏を同じように扱うなんて！　司望は腹を立てた。高校生はその女の子を連れて、一緒に歩きだすと、少し離れた場所にあるホテルまで行った。

「止まれ！」

ふたりがホテルに入ろうとした時、司望はその前に立ちはだかって言った。

「なんだよ！　おまえ。どけよ！」

高校生はこちらに向かって、煙草の煙を吐きかけると、苛ついたように言った。

だが、司望は平然と相手を見返した。

「何、この人。頭、おかしいんじゃない」女の子が言った。家で酒を飲んでいたようで、息がくさい。

「きみ、面倒に巻きこまれたくなかったら、家に帰るといい」

そう女の子に向かって言うと、司望はその言葉が終わらないうちに、高校生の口から煙草をもぎとって、地面に捨てた。まさに一瞬の動作だった。それを見て、ただならぬ気配を感じたらしい。女の子は一目散に逃げていった。

「くそ、おまえ、殺されたいのかよ？」

高校生が胸をついてきた。だが、司望はびくともしなかった。

「きみに怪我をさせたくない。二度と申敏に近づくな。ぼくが言いたいのはそれだけだ」

「なんだ。申敏と同じ学校のやつか。おまえ、敏ちゃんが好きなんだろ。で、告白する勇気もないから、毎日こそこそあとをつけてるってわけか？　みじめなもんだ」

「ぼくは申敏の兄だ。妹に手を出すな。それから、妹のことを敏ちゃんと呼ぶんじゃない」

それを聞いて、かっとしたのか、高校生が突然、殴りかかってきた。だが、司望は左手でそれを難なく受けとめ、同時に右手でパンチを見舞った。拳は鼻に命中し、相手は地面に倒れた。鼻から血が流れている。だが、しばらくしてよろよろと立ちあがったので、司望は立てつづけにパンチを繰りだした。高校生は再び地面に倒れ、今度は起きあがろうとはしなかった。地面にころがったまま、「すみません。許してください」と言っている。

「いいか、二度と妹に会うな！　わかったな」

司望は言って、その場を立ち去った。こいつはもう二度と、妹の前には姿を現さないだろう。妹のほうはちょっとかわいそうだが、しかたがない。こんな男とつきあっていたら、そのうちひどい目にあうのは確実だったのだから……。

第二十章

二〇一二年十二月二十一日（金曜日）　冬至　そしてマヤ暦による世界の終わりの日

夜が更けていく。マンションの自室の窓辺に立って、小枝《シャオジー》は街を眺めた。三十階の高さからだと、街は遠くまで見わたせる。夜景がきれいだ。部屋はワンルームでそれほど広くはないが、きれいに片づいている。

隣には司望《スーワン》がいる。ジャッキー・チュンのコンサート以来、司望とは授業で顔を合わせるだけで、言葉を交わすことはなかった。それが、今朝になって、突然、司望のほうからショートメールを送ってきたのだ。

小枝、きみと会って話をしたい。もし、まだ明日があるなら。

どう答えればいいのだろう、小枝は迷い、結局、暗くなってからようやく返事を送った。住所を知らせ、自宅に来るように伝えたのだ。今日は金曜日だから、司望は自宅に戻っているはずだった。だが、司望はすぐにやってきた。メールを見た時はまだ帰る途中だったので、自宅には戻らず、まっすぐここに来たという。

部屋に入ると、司望《スー・ワン》はスマホの通話機能をオフにし、それから「もし、まだ明日があるなら」をエンドレスでかけはじめた。薛岳《シェ・ユエ》が歌う一九九〇年の原曲ではなく、二〇〇五年に台湾のロックバンドの信楽団《しんがくだん》がカバーしたもののほうだ。

もし、まだ明日があるなら、何だと言うの？　まだ明日があるなら？

隣には司望が立っている。だが、歌を聴いていると、申　明《シェン・ミン》先生のことが思い浮かんだ。一九九五年六月十九日の夜、申明先生が亡くなった時、その魂には「もし、まだ明日があるなら」の曲が流れていたのではないだろうか？　それにしても、この歌は今夜にぴったりだった。マヤ暦によると、今日は世界が終わる日なのだから……。そしてまた、今日は一年で最も昼の短い冬至でもある。中国の伝統では、冬至は祖先をまつり、墓参りをしてお供えをする日というだけでなく、幽霊が出る日でもある。陰の気が強くなるので、夜になると冥界から死者の魂が出てくるのだ。

幽霊……。小枝《シャオジー》は窓に息を吹きかけた。

窓ガラスが白く曇った。すると、そこに司望が人差し指で猫の絵を描き、猫の顔に眼鏡《めがね》を足した。

「司望、ふざけるのはやめて」

小枝は再び息を吹きかけ、窓の猫を消した。

「私は申明だ」

その声は申明先生のものだった。小枝は言った。

「わたしが会うと言ったのは、司望、あなたなの。申明先生じゃない」

そう、自分は司望と話をするために、ここまで来てと言ったのだ。司望が話をしたいと言うから……。小枝は続けた。

「今日の午前中、張鳴松《チャン・ミンソン》先生に言われたわ。今後はあなたと話をしないようにって……。職員室でも話してはいけないそうよ」

「張鳴松がね」

司望は今度は窓に犬の絵を描いた。言葉を続ける。

「どうして、あの男がそんなことを指示できるんだ」

「校内の党委員会で決定されたそうよ。午後には、校長先生からも話があったわ」（中国では党員が三人以上いる組織では、党委員会を作るべきとされている）

「そのことは、誰もが知っているのか？」

「ええ、教師だけでなく生徒ももう知っているでしょうね。こういう話はみんな好きだから。そのうち、あなたのお母さんの耳にも入ると思う」

「かまわないよ。もし、もう明日がないなら」

小枝はまた窓に息を吹きかけた。犬の絵が消えた。

「本当に、今夜で世界が終わってしまえばいいのに。もう明日がないなら……。ごめんなさい。先生がそんなことを言っちゃいけないわね」

「小枝《シャオジー》、きみはどうして結婚していないんだ？　相手がいなかったわけじゃないだろう」

小枝は身を硬くした。やはり申　明《シェン・ミン》先生だ。頭が混乱してきた。思わず言う。

「どんな答えを期待しているの？　申明先生を忘れられないから、とか？　それとも、罪の意識にずっと苛《さいな》まれているから、とか？　自分のせいで先生が死んでしまったって……。もしそう思っているなら、まちがいよ。十八歳の頃の気持ちなんて、そんなたいそうなものじゃないもの」

「きみは嘘をついている」

小枝は虚勢を張った。

「わたしくらいの年になればわかるわ」

「私はきみより七つ年上だ」

「お願い、やめて。じゃないと……」

だが、最後まで言うことはできなかった。突然、目の前に顔が近づいてきて、唇をふさがれたからだ。突然のキスに小枝はとっさにあらがった。だが、すぐに身を任せた。

しばらくして、唇が離れた。

「すまない」

「これ以上わたしに関わらないで。それがいちばんいいの。前に言ったでしょう。わたしと近しい関係を持った人は、みんな死んでしまうんだから……」

「どうしてだ？　わけを話してくれ」

「そうね。何もかも話しましょう。今日は世界の終わりなんだし……。実は、〈小枝〉というのは、自分でつけた名前なの」

司望《スー・ワン》に説明するように言う。

「嘘だ」

「本当よ。選んだのはわたし。ねえ、司望、聞いて。わたしは捨て子だったの。蘇州河のほとりのゴミ箱に捨てられていたのよ。わたしはホームレスに拾われた子供だったの。だから、実の両親も知らないし、本当の誕生日もわからない。年齢は拾った時に一歳くらいだったと言われたから、その日を一歳の誕生日にして数えたの。名前はまわりの人がそれぞれ自分たちの好きなように呼んでいた。だから、決まった名前のないまま、大きくなったの。養家の戸籍に入って、自分で名前をつけるまでは……。拾ってくれたホームレスの人も、大きくなるまで面倒を見てくれたわけではなかった。だって、自分だって生きるのに必死だったんですもの。それで、物心がついた時には、自分が食べる分は、自分で探して生きてきた。ゴミ箱をあさってね。南明《ナンミン》通りにやってきたのは、十一歳の時よ。一緒に行動していたホームレスの人たちと移動してきたの。それまでいたところが再開発されることになってね。南明通りのあの場所には、農村から来た労働者たちのバラックがあって、その近くには廃墟になった工場もあったので、ホームレスも居つきやすかったのよ。それでも、わたしはまだ十一歳だから、食べ物はやっぱりゴミ箱をあさって見つけてくるしかなかった。そして、ある日、お腹がすいてどうしようもなくて、申明《シェン・ミン》先生のお友だちから、骨つきの鶏肉《とりにく》をとってしまったの。そうして、《魔女区》にある工場の地下室に閉じこめられた。もし、あの時、申明先生が助けだしてくれなかったら——まだ高校生だった申明先生が助けだしてくれなかったら、わたしはあのまま地下室で死んでいたでしょうね」

「あの日のことなら、今でもよく覚えているよ」

その口調は申明先生そのものだった。小枝《シャオジー》はあきらめた。目の前にいるのは申明先生だ。なんとか司望《スー・ワン》だと思おうと努力してきたが、もう無理だ。

小枝は窓に額をくっつけた。夜の闇のなかに無数の明かりが点々と光り、まるで宙に浮いているように思える。あれは冬至の夜に冥界からさまよい出てきた死者の魂だろうか？ 申明先生の魂もそんなふうに冥界から出てきて、司望の身体に入ったのだろうか？ もし、〈生まれ変わり〉ではないのだとしたら……。でも、どちらにしろ、目の前にいるのが申明先生であることはまちがいない。ならば、今は先生と話をしなくては……。もし、今日で世界が終わるなら……。もし、もう明日がないなら……。

「申明先生」小枝は話しかけた。「あの頃、わたしの心は死んでいるのも同然でした。でも、先生に地下室から助けだされたあとは、『生きたい』って思う気持ちが急に強くなったんです。

あの時は命を救ってもらえて、本当に嬉しくて……。けれど、ホームレスの生活に戻ったら、やっぱりゴミ箱をあさる暮らしが続きました。冷えて硬い饅頭《マントウ》（餡の入っていない蒸しパン）を拾って食べて……。それに、まわりの大人にはしょっちゅう叩かれていました。そんな日が続くうちに、こう思うようになったんです。どうしてあのまま死なせてくれなかったんだろうって……」

「つまり、死にたいと思うようになったということか？」

「はい。それで火事を起こしたんです。ええ、あの時の火事は、わたしが起こしたものなんです。バラックのゴミに火をつけて……。わたしひとりが焼け死ぬんだと思って……。まさか、ほかの人まで死んでしまうなんて思ってもいませんでした。あんなに火が広がって、あたり一帯を燃やしてしまうなんて……。先生にも危険なことをさせて……。ごめんなさい。本当にごめんなさい」

小枝は目を閉じた。涙がこぼれ、頬を伝った。先生が言った。

「火事があったのは、一九八八年の五月だったね。きみを地下室から助けだしてから数カ月後のことだ。あの夜、寮の部屋から《魔女区》の空が真っ赤に燃えあがるのを見て、私はほかの寮生たちと一緒に現場に駆けつけた。消防車はなかなか来なかった。そんな時、炎のなかから助けを求めて叫ぶ声が聞こえたんだ。ほかの者たちはただの野次馬として火事を見ているだけだったが、私は炎のなかに飛びこんでいった。でも、それはきみを救うためじゃなかった。自分のためだ。人命救助をして大学入試のための点数を稼ぎたかったんだ」

「死ぬかもしれないとは思わなかったんですか？　怖いとは？」

「思わなかった。大学入試が数週間後に迫っていたからね。当時は大学への入学は狭き門で、特に私は北京大学の中国文学科を志望していたから、国じゅうの数万人の秀才がライバルだった。だから、試験の点数以外のアピール・ポイントも必要だったんだ。私は自分のことしか考えていなかったんだよ。あの火事が起きる前から、火事とか洪水が起きて人命救助ができれば、入試で有利になるだろうと思っていた。だから、あやまらなければいけないのは私のほうだ」

「そんなことありません。先生はわたしの命を助けてくれました。でも、わたしのせいでたくさんの人が死んでしまいました。わたしは殺人犯なんです。少なくとも、放火犯だわ。このことは今まで誰にも話したことはありません。死んだ人たちのなかには、わたしが火をつけたのを見た人がいるかもしれないけれど……。でも、ほかには誰も知りません。打ち明けるのは、先生が初めてです」

「いや、聞かなくてもわかっていたよ」

中《シェン》　明《ミン》先生は悲しげに笑った。世界が終わるかもしれないこの夜、はるか下の通りでは、人々がいつもと変わらずに歩いていた。

「炎から助けだした時、きみはまだマッチの箱を持っていたからね。私はその箱を自分のポケットに隠したんだ。あの時、きみは『わざとやったんじゃないの』と言って、おびえた目をしていた。だから、何があったのかはすぐにわかったよ」

「どうして黙っていてくれたんですか？」

「きみの人生を台なしにしたくなかったからね。でも、もうひとつ身勝手な理由もあった。逃げおくれた少女ではなく、放火犯を助けたとなると、入試に有利にならなくなると思ったんだ。放火犯の命を救っても、誰も称賛してくれないだろうからね」

小枝《シャオジー》は先生の顎にそっと触れた。こんなことをしたのは初めてだった。

「申明先生、十七年前の夜、《魔女区》の工場の隣の空き地に希望者を募って、こと座流星群を見につれていってくれたことがありましたね。あの時、わたしのそばで流れ星を見ながら、先生はわたしにだけ、そっとこうおっしゃいました。『私たちは同じところから来た人間なんだ』と……」

「そうだったね。そして、そのあとにはこう言った。『そう、あのふたつの流れ星のように……。あのふたつの星は、宇宙の彼方《かなた》の同じ場所から、一緒に手を携えて、この地球にやってきた。そして一緒に大気圏にぶつかって、一緒に燃えつきた。そんな流れ星に私たちはよく似ている』と……」

「先生には今も感謝しています」小枝は言った。「先生のおかげで、わたしの人生は変わりましたから……。あの火事のあと、わたしは奇跡的に救出された少女として、ちょっとした話題になりました。そうして、話を知った子供のいない夫婦が、わたしを養子にしてくれたんです。養父は人民解放軍の将校でしたから、それからは何不自由ない生活をすることができました。でも、その養父は……。わたしが養子になってまもなく、ベトナムとの国境紛争の前線に向かい、戦死してしまいました。これは先生もご存じですね。そのことで、南明高校に来てから、根も葉もない噂がまきちらされたことも……。でも、先生には話せませんでしたが、生活に不自由しなかったとはいえ、わたしは決して幸せな生活を送っていたわけではないんです……」

そこで、言葉に詰まった。涙があふれてきて、話すことができない。

「小枝《シャオジー》、辛いなら話さなくてもいいんだよ」先生が言った。

だが、小枝は涙をぬぐいながら続けた。先生に全部、話してしまいたかった。

「養父が戦死してから、養母はわたしを忌み嫌うようになりました。『おまえがこの家に悪い運を連れてきた。おまえのせいで、夫は死んだ』と言って……。きっと、本当にそうなんです。わたしが来たせいで養父は死んだんです。ええ、わたしと近しい関係を持った人は、みんな死んでしまうのです。それでも、養母はわたしの面倒を見つづけることにしました。名誉の戦死を遂げた軍人の遺族として、それなりの補償金を受け取っているのに、夫の死後に養女を追い出したとあっては、世間体が悪いからです。そこで、わたしを小学校に通わせることにしました。功労軍人の娘として、わたしは特別待遇を受け、八一小学校への入学を認められました。十一歳だったけれど、一年生として……。そのあとは必死に勉強をしました。早くひとりだちできるようになって、家から出ようと思って……。その結果、飛び級をして、ようやく同じ年齢の人たちに追いつきました。高校は最初、市の中心部にある進学校に通っていたんですが、校門の前で別の高校の男子生徒がわたしを待ち伏せするようになってしまって……。それで、もともと養母から離れるためには全寮制の高校のほうがいいと思っていたこともあって、南明高校に転校することにしたんです」

「そこで、私たちは再会した……」先生は言った。

「わたし、先生はわたしのことを覚えていてくださらなかったのだと思っていました。あの屋上から飛びおりようとした日まで」

「まさか！　覚えていないわけがないだろう。転校してきた時、きみは美しい少女になっていた。まるで別人のようにね。でも、強い眼差しだけは変わっていなかった。きみを見た時に、すぐにわかったよ。あの火事の時の女の子だと……」

それを聞くと、また涙があふれてきた。先生はそっと手を伸ばしてきて、涙をふいてくれた。

「そう、あの時、きみが自分で火をつけたことはわかっていた。でも、きみはただ死のうとしただけだ。誰かを殺そうとしたわけじゃない」

「そんなふうに考えてくださって、ありがとうございます。そうじゃなければ、今の生活はありませんでした。放火犯として、あの時、捕まっていたら……。先生以外の人に、このことが知られていたらと思うと、ぞっとします」

「それが……」先生はちょっと迷ったような声で言った。「そのことについては、柳曼《リウ・マン》が疑っていたようなんだ。どこでどう調べたのかは知らないが……。柳曼はきみと私がずっと以前からの知り合いだったということも探りあてていた。火事のあとで、きみが欧陽《オーヤン》家の養女になったことも」

「まさか……。柳曼が？」小枝《シャオジー》はびっくりした。

「そうだ」

小枝は悲しくため息をついた。

「そんな……。柳曼がわたしのことを調べまわっていた？」

「あれは柳曼が殺された当日、一九九五年六月五日の夜のことだ。そう、殺される数時間前のことだが、私は自習室で柳曼に対して、マンツーマンの補習授業をしていた。そうしたら、柳曼が突然、言いだしたのだ。数日前に、きみと私の秘密の関係がわかったと……。一九八八年の火事の時、ひとりの少女が南明高校の生徒に救出された。その救出された少女がきみで、救出した高校生が私だと言いあてたんだ」

「でも、どうして、そんなことを調べたんでしょう？」

「きみに嫉妬していたんだ。きみが転校してきてから、みんながきみにばかり注目して、男子生徒にちやほやされなくなってしまった——それが悔しかったらしい。それで、親友のふりをして、いろいろ探りだしたようだ」

「親友のふりをして？」小枝はショックを受けた。

「ああ、だから、きみを中傷する噂を流したのも、きっと柳曼だと思う。お養父《とう》さんの戦死のことも、何もかもね」

「わたしが火をつけたことは？　柳曼はどうしてそうだと考えたんでしょう？」

「たぶん当て推量だろう。嫉妬のあまり、きみが憎らしくなって、そんなふうに想像をふくらませたんだ。それがたまたま当たっていたというだけだ。でも、柳曼はそう信じていて、『火事はあの子が火をつけたせいで起こったのよ。放火のことを黙っていてあげるなんて、先生は小枝のことが好きなんでしょう？　ふたりは教師と生徒以上の関係なんでしょう？もう男と女の一線を越えているんでしょう？』と私に詰めよってきた。もちろん、私はすぐさま否定したが……」

「ええ、わたしたちはやましい関係ではありませんでした。わたしは先生の部屋に入れてもらったことさえなかったんですから……」

小枝は少し恨むように言った。だが、先生は気づかなかったふりをして、話を続けた。

「そんなことがあったから、翌朝、柳曼が死んでいるのを発見した時、私は……」

「それ以上は言わないでください」

小枝は先生の口に指を当てた。

やがて、先生がぽつんと言った。

「そして、二週間後には、私も死んだ……」

「わたしと近しい関係を持った人は必ず死んでしまう。いつもそうなんです」小枝《シャオジー》は言った。「わたしのほうは、先生が亡くなったあと、上海師範大学に入学して、卒業後は西方の山間部にある貧しい村で教えていました。昔のわたしみたいに、貧しくて学ぶ機会のなかった子供たちに勉強を教えていたんです。そうして、上海の別の学校で教えたあと、この南明高校に……」

するとその言葉をさえぎって、先生が言った。

「そう、きみはこの南明高校に赴任してきた。それで私は……。小枝、ひとつきみに訊きたいことがある。私にとって、これは大切な質問だ。その答えによっては、私がこの世に生まれ変わってきた意味がなくなってしまうからね。南明高校に教師としてきみがやってきて以来、私は自分がどうしてこの世に生まれ変わってきたのか、わかった気がした。それはきみにこの質問をするためだと」

「わかっています」小枝は答えた。「一九九五年の六月十九日の午後十時に、《魔女区》にある工場の廃墟で先生にお会いしたいと言った理由ですね？」

「そうだ。それなのに、どうして約束の場所に来なかったのか、その理由もだ」

「行かなかった理由は簡単です。校舎の扉が閉まっていて、行けなかったからです」

「では、私に会いたいと言った理由は？」

小枝は答えなかった。また沈黙が続いた。スマホからはあいかわらず、「もし、まだ明日があるなら」の曲が流れている。

本当に明日はあるの？　もし明日がないなら。

小枝は街の明かりを見つめた。それから先生のほうを向いて、そっと目を閉じた。先生の唇が重なってきた。

ふたりはそのままベッドに倒れこんだ。生まれたままの姿になった時、小枝は先生の背中に赤い痣《あざ》があることに気づいた。いや、司望《スー・ワン》の背中に……。痣は背中の左上にあった。痣というのは、前世で致命傷となった傷痕の名残りだという。だとすると、これは申　明《シェン・ミン》先生がナイフで刺された痕なのだろうか？　そう思うと、小枝は何も言わずにそっとその痣をなでた。ナイフを刺された時に先生が感じた苦しみを癒やすように……。

そして、ふたりはお互いを求めあい、一心に愛しあった。

二〇一二年十二月二十二日（土曜日）　午前零時

目を覚ますと、そこは小枝のベッドだった。司望は頭を振った。目覚める直前まで悪夢を見ていたのだ。人を殺しつづける夢を……。

時計を見ると、午前零時《れいじ》だった。日付は二十二日に変わっている。だが、外の世界は何も変わっていなかった。あいかわらずコンクリートのビルが建ちならんでいる。ちがうのは、雪がはらはらと舞っていることだけだ。

世界は終わっていなかった。まだ明日はあったのだ。

見ると、小枝《シャオジー》はベッドから出て窓辺に立っていた。もうコットンのネグリジェを身につけているが、髪は乱れたままだ。その姿で、街に降りつもる雪を見つめている。

司望《スーワン》はベッドを出ると、小枝のそばに立った。だが、触れると何かが壊れてしまいそうで、小枝の肩を抱くことはできなかった。つややかな黒髪に、ただそっと顔を近づける。髪の香りが鼻をくすぐった。

と、突然、小枝がこちらを向いた。もう少しで唇が触れあいそうになる。だが、小枝は顔を離して言った。

「司望、もう帰りなさい。お母さんが心配しているわ」

言いたいことはよくわかった。自分は司望だ。申明《シェン・ミン》ではない。

司望は黙って服を着ると、玄関のドアノブに手をかけた。そして、出ていく前にふり返り、もう一度、小枝を見た。その姿ははかなげで、今にも消えてしまいそうだった。

頭のなかに、「もし、まだ明日があるなら」の曲がこだましていた。歌詞の言うとおりだ。もう明日がないなら、「また、あした」に意味はない。

外に出ると、司望は凍った雪の上を歩いて、家に向かった。雪が顔に吹きつけてくる。夜はまだ深かったが、明日は確実にやってこようとしていた。冷たい外観の下で、街は熱気を帯びていた。明日に向かって、生まれ変わろうとしている。そんなふうに感じるのは、生まれて初めてのことだった。そう思うと、雪を踏む重い足さえ、いくらか軽くなった気がした。

司望は、長く続く武寧通りをひたすら歩いた。そして、蘇州河にかかる橋の上まで来ると、足を止めた。そのまま欄干にもたれて、川面を見つめる。川の水は生と死を運んで流れつづけていた。降りしきる雪が川に落ちては溶けて消えていく。

どれくらいそうしていたのだろう。気がつくと、夜が明けようとしていた。司望は再び歩きだし、まもなくいつもの町並みにたどりついた。エンジュの木の下を通りすぎ、アパートの玄関に入り、エレベーターに乗る。そして……。

エレベーターを降りると、家のドアの前には、母親が座っていた。一晩じゅう起きて、待っていたのだろう、目は赤く、急に何歳も老けてしまったかのようだ。

「望君！　よかった。無事だったのね」

司望を見ると、母親は立ちあがり、駆けよってきた。だが、司望は何も言わずに家に入った。

「どこにいたの？　何をしていたの？」

母親が矢継ぎばやに問いかけてくる。それでも、司望《スー・ワン》は黙っていた。そうして、コップに水を注ぎ、冷蔵庫からパンを出すと、テーブルの席に座って、食べはじめた。昨日の昼から何も食べていなかったので、急に空腹を感じたのだ。

母親が強い口調で言った。

「黙っていないで答えなさい！　お母さんはね、一晩じゅう待っていたのよ！　電話も通じないし、心配でたまらなかったの。でも、担任の張《チャン・ミンソン》 鳴松先生には電話できなくて……。もし望君が家にも寮にも帰らずに、夜遊びをしていたなんてことがわかったりしたら、大問題になるもの。それで、警察の葉《イエ・シャオ》 蕭さんに電話をしたの。葉蕭さんは夜中なのに街じゅうを探してくれて、南明高校にも行ってくれて……。それなのになんなの、その態度は！　どこにいたのか言いなさい！」

それでも司望は黙っていた。すると、母親は鬼のような形相になって、編んでくれたばかりのセーターの襟元をつかみ、引き裂かんばかりにして叫んだ。

「何か言ったらどうなの！　何も言わないなら、お母さんはここで死にます！」

「女の人と一緒にいたんだ」

「同級生の女の子と？」

「いや、高校の女の先生と……」

「なんという先生？　その先生の名前は？」

「欧陽《オーヤン》　小枝《シャオジー》だよ」

そうつぶやくように言うと、司望は残りのパンを食べつづけた。

母親は目を見開いたまま呆然としていたが、急に受話器を手にすると電話をかけはじめた。

「もしもし、張鳴松先生でいらっしゃいますか？　南明高校の司望の母親です。朝早くにお邪魔をして申しわけございません。実は、息子が朝帰りをしたんです。それで、先ほど帰宅したので話を聞きましたら、高校の女の先生と一緒にいたと言いまして……」

電話の向こうで張鳴松が驚きの声をあげるのが聞こえた。数分後、電話が終わって受話器を置くと、母親はゆっくりとこちらにやってきた。そして、いきなり頬に平手打ちを食らわせてきた。

第五部　未亡人

未《いま》だ亡くならざる人々

まなかひに幾たびか　立ちもとほつたかげは
うつし世に　まぼろしとなつて　忘れられた。
見知らぬ土地に　林檎《りんご》の花のにほふ頃
見おぼえのない　とほい晴夜の星空の下《もと》で、

その空に夏と春の交代が慌しくはなかつたか。
——嘗《かつ》てあなたのほほゑみは　僕のためにはなかつた
——あなたの声は　僕のためにはひびかなかつた、
あなたのしづかな病と死は　夢のうちの歌のやうだ。

こよひ湧くこの悲哀に灯をいれて
うちしほれた乏しい薔薇をささげ　あなたのために
傷ついた月のひかりといつしよに　これは僕の通夜だ

おそらくはあなたの記憶に何のしるしも持たなかつた
そしてまたこのかなしみさへゆるされてはゐない者の——。
《林檎みどりに結ぶ樹の下におもかげはとはに眠るべし。》
（立原道造《たちはらみちぞう》「みまかれる美しきひとに」）

第一章

二〇一三年一月一日（火曜日）

その日、葉蕭《イエ・シャオ》は二年前に殉職した黄海《ホアン・ハイ》捜査官のアパートを訪れた。黄海の死後、アパートは売りに出されたが、買い手がつかないまま、空き家になっているのだ。

扉を開けると、葉蕭はそのまま廊下の突きあたりにある小部屋に向かった。そこにはかつて、申明《シェン・ミン》の殺害事件に関する資料が集められていたが、証拠品や書類はすべて警察に移され、今は壁に貼られた関係者の相関図しか残っていない。申明を中心に、親交のあった人々を赤い線で結んだ図だ。

小部屋に入ると、葉蕭はその相関図をじっと見つめた。

事件の起きた一九九五年から今年で十八年になるが、図の中央にはいまだ色あせることなく、申明の写真と名前があり、そこからまるで血管のように赤い線が九人の人物に伸びていた。

このうち、南明《ナンミン》高校の生徒だった柳曼《リウ・マン》と教頭の厳厲《イエン・リー》は申明を殺した犯人ではあり得ない。柳曼は申明が殺害される二週間前に毒殺され、厳厲のほうは申明自身によって殺されているからだ。ちなみに、柳曼を殺した犯人はいまだにわかっていない。

図には、申明の大学時代の友人の賀年《ホー・ニエン》、申明の婚約者だった谷秋莎《グー・チウシャー》とその父親の谷長龍《チャンロン》の名もあるが、この三人も申明の事件から数年後に殺害されている。賀年を殺した犯人はわかっていないが、谷長龍を殺したのは元娘婿だった路中岳《ルー・ジョンユエ》で、谷秋莎を殺したのも、おそらくは路中岳だと考えられている。

ここまではすでに死んだ人々だが、残りの四人は未亡人——つまり、未だ亡くならざる人々だ。はたして、このなかに申明を殺した者がいるのだろうか？——葉蕭は心のなかでつぶやいた。

その四人とはまず谷長龍殺しの犯人として逃走中の路中岳、次に申明の殺害事件当時、柳曼の同級生だった欧陽小枝《オーヤン・シャオジー》、それから当時も今も南明高校で数学の教師をしている張鳴松《チャン・ミンソン》、そして最後に司望《スー・ワン》だ。

このうち、司望はもちろん犯人ではない。申明が殺されたのが一九九五年の六月十九日。司望が生まれたのが、その六カ月後の十二月十九日だからだ。では、残りの三人のうちの誰かだろうか？

そう考えると、いちばん怪しいのは路中岳だ。この男は申明の親友で、一九九五年の事件当夜は、現場の近くの店で酒を飲んでいた。つまり、途中で店を抜けだして、申明を殺しにいくのは可能だということだ。殺害の動機もある。路中岳は事件の二年後に申明の婚約者だった谷秋莎と結婚し、爾雅《アルヤー》学園グループの幹部の地位も手に入れている。親友を殺して、その婚約者を奪い、将来の地位を手に入れるというのは、立派な殺人の動機になるはずだ。〈あの男ならやりかねない！〉葉 蕭《イエ・シャオ》は思った。二〇〇六年に谷《グー》家が破産したあとに、自分で会社を設立したものの、不正を暴かれて倒産し、上海に戻ってきたと思ったら、元義父の谷長 龍《チャンロン》を殺し、元妻の谷秋 莎《チウシャー》も殺した可能性が高いからだ。黄 海《ホアン・ハイ》捜査官が死んだのも、この男のせいだと言ってよい。黄海捜査官は路 中岳《ルー・ジョンユエ》の追跡中にビルから落ちたのだから……。

次に、欧陽 小枝《オーヤン・シャオジー》。こちらも疑おうと思えば、いくらでも疑える。一九九五年当時は南明高校の三年生で、申 明《シェン・ミン》が担任するクラスの女子生徒だった。殺された柳曼《リウ・マン》とは親友だったという。申明の行方がわからなくなってから三日後、申明が《魔女区》にいるかもしれないと警察に知らせたのは、この欧陽小枝だった。そして、その知らせを受けて捜索が行われた結果、実際に《魔女区》で申明の遺体が見つかったのだ。どうして欧陽小枝は、申明が《魔女区》にいたことを知っていたのだろう？　申明と特別な関係にあったのか？　もしそうなら、愛情のもつれから殺人を行った可能性もある。自分のほうは恋人だと思っていたのに、申明が谷秋莎と結婚することになったからだ。高校卒業後は上海師範大学に進学して、国語の教師になっているが、二年前からは南明高校に赴任してきているのも、気になると言えば気になるところだ。

最後は、張 鳴松《チャン・ミンソン》。この男は南明高校の高名な数学教師で、当時は申明の同僚だった。その十年ほど前には南明高校に通っていた申明のクラス担任であり、今は司望《スー・ワン》のクラス担任でもある。申明の父親の申援朝《ユエンチャオ》は、息子を殺した犯人にちがいないと言いつづけているが、張鳴松が申明殺しの犯人であることはまず考えられない。事件当夜は教育関係の会議で、ある島に宿泊していたという鉄壁のアリバイがあるからだ。このアリバイが崩れないかぎり、犯人だと考えるのは無理だろう。

相関図にある名前はそれだけだったが、当時の南明高校の名簿を調べているうちに、葉蕭は申明が担任していたクラスの生徒で、柳曼や欧陽小枝と同級生だった馬力《マー・リー》にも目をつけていた。というのも、馬力は二〇〇五年八月から二〇〇六年一月の間、爾雅学園グループで財務担当の理事長補佐をしていたからだ。つまり、ちょうど谷家が破産する前の時期だ。その後、馬力はアメリカで会社を設立したが、中国に戻ってきて広州で事業を始め、結婚もした。だが、すぐに離婚し、今は上海で暮らしている。黄海捜査官が生きていたら、この相関図に名前を書きくわえていたにちがいない。そう思いながら、葉蕭は自分の手帳を開いて、そこに記した馬力の名前を眺めた。

その時、隣のページにメモしてあった司明遠《ミンユエン》の名が目に留まった。司明遠は司望の父親で、十年ほど前、三十七歳の時に姿を消して以来、消息がつかめない。黄海捜査官は、司望に頼まれて、行方を探していたようだが、なんの成果もなかったらしい。家を出てからの足どりがつかめず、生きているかどうかもわからないのだ。葉蕭は黄海捜査官が調査した結果を自分の手帳に書きうつしていたのだが、司明遠《スー・ミンユエン》は申明《シェン・ミン》が殺された一九九五年当時、現場の近くの工場で働いていたらしい。もしかしたら、あの夜、司明遠が工場を抜けだして、申明を殺しにいったということがあるだろうか？　馬鹿ばかしい！　葉蕭《イエ・シャオ》は自分の考えを鼻で笑った。そんなことを言いだしたら、あの夜、現場付近にいた労働者たちが全員容疑者だということになる。

　それにしても、黄海《ホアン・ハイ》捜査官は、どうして申明と司望《ワン》を赤い線で結んだのだろう？　申明が死んだ時、司望はまだこの世に生まれてもいないのに……。葉蕭は自問した。それは、司望が自分のことを申明の生まれ変わりだと言っていることと関係しているのだろうか？　もし司望が本気でそう思っているなら、そのことは黄海捜査官にも話していたにちがいない。あのふたりの仲なら、その可能性は十分に考えられる。

　いや、司望は本気でそう思っている。この間も、「自分はどうやら、忘却の河を渡る前に孟婆のスープを吐いてしまったらしく、申明の記憶だけでなく、生きていた時の性格や感情もそのまま受けついでいて、それがはっきりと表に出ることがある」と言っていた。その言葉を裏づけるかのように、司望は申援朝《ユエンチャオ》検事の家にあったオストロフスキーの『鋼鉄はいかに鍛えられたか』の見返しに、申明が赤いペンで主人公の言葉を書きうつしていたと言って、その言葉をそらで紙に書くこともできた。しかも、その筆跡は見返しに書かれた申明のものと同じだったのだ。

そして、もしそうなら、司望が谷秋莎《グー・チウシャー》の養子になったことも説明できる。申明である司望は自分を見捨てた谷親子を恨み、復讐をしようとしたのではないか？　実際、司望が養子になってから一年もしないうちに、谷家は破産しているのだ。だが、それなら申明は自分を逮捕して勾留した黄海捜査官にも恨みを抱いていたことになる。まさか、黄海捜査官の死に司望が関係しているというようなことは……。

馬鹿ばかしい！　葉蕭は再び自分の考えを鼻で笑った。生まれ変わりなどあるはずがない。司望のなかに申明がいるなどという話はとうてい信じられなかった。また、信じる気もなかった。

葉蕭は手帳を閉じると、部屋から出て鍵をかけた。その時、電話が鳴った。蘇州河の北の再開発中の土地から白骨死体が見つかったという。場所は司望の家の近所だ。

葉蕭は急いで現場に向かった。

現場近くでは、再開発のため、住人の退去した建物が取り壊され、あちこちでブルドーザーが瓦礫《がれき》の山をつくっていた。そのなかのひとつに、近所の住民が群がっている。見ると、上のほうに白骨死体があった。地中に埋められていたものが、そっくりそのまま出てきたらしい。

葉蕭は瓦礫の山をのぼり、白骨死体のそばにかがんだ。ぽっかりとあいたふたつの黒い穴が何か言いたげにこちらを見ている気がした。

いったい、誰の遺体なのだろう？　誰かに殺されて、埋められていたのだろうか？　頭蓋骨を見ながら考えていると、誰かの視線を感じた。葉　蕭《イエ・シャオ》はうしろをふりかえって、そこに知っている顔を発見した。司望《スー・ワン》だ。司望はこちらに合図するでもなく、放心したように骨のほうを見つめていた。

二〇一三年一月二日（水曜日）

翌日には、遺体についていくらかわかってきた。まだ身元は特定できなかったものの、検死医の報告によると、遺体は男性のもので、死亡当時の推定年齢は三十五歳から四十歳、身長は百七十六センチで、死後十年ほどたっているという。頸椎《けいつい》に錐《きり》のような鋭利なもので刺された跡があり、殺人の線が濃厚だった。取り壊された家は所有者が何度も変わって、空き家になっていたことも多い。つまり、所有者の誰かが殺したか、空き家だと知っていた近所の人間がひそかに遺体を埋めたか、その可能性だって十分にある。そこで、まずは歴代の所有者も含めて、十年ほど前にこのあたりに住んでいた人々にあたりをつけて、捜査が開始されることになった。

こうして捜査方針が決まると、葉蕭はその夜のうちにもう一度、現場を訪ねる決心をした。その前に司望のアパートに寄ってみることにする。昨日の夜、どうして司望が、あんなに呆然とした顔で白骨死体のほうを見ていたのか、それが気になったのだ。

アパートの建物まで来ると、その前にあるエンジュの木はすっかり葉を落としていた。司望を送って、この建物の前まで来たことはあるが、なかに入ったことはない。母親にも会ったことがなかった。

下から見あげると、三階の部屋に明かりはついていなかった。きっと司望は出かけているのだろう。そう考えて、葉蕭は遺体が発見された場所に向かった。

瓦礫の山は月光に照らされていた。よく見ると、その上でうずくまっている人影がある。青白い月の光のもと、人影は背中を震わせて泣いていた。誰かと思って近づいていくと、人影がこちらを見た。司望だ。司望が泣いているのだ。

「どうしたんだ？」葉蕭は声をかけた。

司望は答えなかった。葉蕭は瓦礫の山にのぼり、司望の隣に腰をおろした。もう一度、尋ねる。

司望は顔をあげると、逆に訊いてきた。

「ここにあった遺体の身元は判明したんですか？」

「どうしてそんなことを訊くんだ？」

「身元が判明したら、わかることです」

「あいかわらず、謎に満ちた答えだな。特別に教えてやるが、身元はわかっていない。死亡当時の年齢は三十五歳から四十歳。身長は百七十六センチで、死後十年ほどたっている。首のあたりを錐のようなもので刺されて死んでいる。刺殺だな」

「そうですか……」そう言うと、司望《スー・ワン》はがっくりと肩を落とした。

「なんだなんだ。知っていることがあるなら、はっきり言ってくれ」

するると、司望は悲しげな顔でこう言った。

「時が来ればすべてお話しします。でも、その前にまだやらなきゃいけないことがあるんです」

「やらなきゃいけないこと？」

「葉　蕭《イエ・シャオ》さん、ある人について調べてくれませんか？　お願いです」そう言うと、司望はこちらの返事も待たずに言葉を続けた。「もしかしたら、ご存じかもしれませんが、一九八三年に安息通りで殺人事件がありました。殺されたのは路　竟南《ルー・ジンナン》という男です。その男は実は路中岳《ジョンユエ》の叔父《おじ》にあたる人なんですが、路竟南が殺された時、最初に死体を発見したのは被害者の娘だったそうです。その娘について、調べてくれませんか？」

「確かにその事件は知っているが……。だが、どうしてそんなことが気になるんだ？」

「理由は言えません。でも、お願いです。調べてくれませんか？」

ということは、司望もあの事件を追っているのか？　葉蕭は考えた。いや、追っているとしたら、司望というより申　明《シェン・ミン》か……。申明は路竟南が殺された時、向かいの家に住んでいた。もしかしたら、その事件が申明が殺された事件と関係があると考えているのかもしれない。それで、被害者の娘から何かを訊きだそうと……。

「わかった。その娘について、調べてみよう」葉蕭は約束した。

二〇一三年一月六日（日曜日）

それから、四日の間に葉蕭は路竟南の娘について調べた。だが、奇妙なことにその娘に関する書類はどこにも残っていなかった。路竟南の親戚に尋ねてみたところ、娘は路明月《ミンユエ》という名で、実の娘ではなく養女だったらしい。それもあって、事件のあとは誰もその娘のことは引きとろうとしなかった。そのうちに、再びどこかの夫婦の養女になったらしいが、誰もその夫婦の名前は知らず、その後はどうなったかわからないという。ただ、娘の写真を持っている者がいて、葉蕭はその写真をもらってきた。

そして、四日後の日曜日、葉蕭は調査の結果を報告するとともに、路竟南の親戚からもらってきた一枚の白黒写真を司望に渡した。それは事件が起きた、ちょうどその年に通っていた中学校の前で撮られたものらしく、校門のところに学校の名前が見えた。娘が十三歳の時の写真だ。写真の娘は美しく、カメラに向かって悲しげな笑みを浮かべていた。

第二章

二〇一三年二月初め　春節の数日前

路継宗《ルー・ジーゾン》は生まれてから一度も父親に会ったことがなかった。

家族と言えば、母親と母方の祖父母しか知らない。「ほかの子にはお父さんがいるのに、どうして、ぼくにはお父さんがいないの？」小さい頃、そう尋ねるたびに母親はこう答えた。「おまえのお父さんはろくでなしなんだよ。あの男はわたしとおまえを捨てたんだ。ずっと遠くにいるし、この先も会うことはないからね」

だが、一度だけ、母親はそのろくでなしの父親を頼ろうとしたことがある。あれは七年前、まだ自分が十歳の頃のことだ。あの頃、母方の祖父母があいついで亡くなり、母親は幼い自分を抱えて、ひとりではどうしようもなくなっていた。そこで、そのろくでなしの男——自分の父親である路中岳《ジョンユエ》を頼ることにしたのだ。

父親は上海にいるということだった。そもそも父親と母親は上海で出会ったらしい。だが、自分を妊娠中に母親は父親に捨てられ、祖父母が住む、この西方の田舎町にやってきた。したがって、自分はこの町で生まれ、母親と一緒に上海に行ったあの時まで、町から離れたことがなかった。

初めて目にする上海は驚きの連続だった。高層ビルや途切れることのない車の流れ……。バスに乗って、そんな風景に目を見はっているうちに、父親が住んでいるという屋敷に着いた。

けれども、父親は屋敷にいなかった。たまたま屋敷の前にいた、父親の従妹《いとこ》だという女性に話を聞くと――長い黒髪の美しい人だったが――屋敷はもう持ち主が変わって、自分の父親である路中岳は、なんと殺人事件の容疑者として警察から指名手配を受けているという。それでは頼ることなど、とうていできる話ではない。がっかりしている母親に、その女性は従兄《いとこ》のしたことは自分の責任でもあると言って、三千元を渡してくれた。

その女性とは母親が携帯の番号を交換して別れた。そして、自分と母親は暗い気持ちのまま、再びこの田舎町に戻ってきたのだ。その後、女性からの連絡はない。路継宗は時々、その女性のことを思い出すことがあった。

生まれ育った町は、周囲を山と河に囲まれている。冬場は今日のように日の差さない日が多く、厳しい寒さが身に沁《し》みる。上海のような大都会と比べれば、通りもうらぶれている。狭い通りには安食堂や、ぼろ屋を改造したインターネットカフェが並び、いつもどこかから数年前の流行歌が流れている。一年じゅうゴミであふれ、雨が降ればぬかるみに変わるような通りだ。

あれから、母親は屋台で生計を立て、苦労しながら自分を育ててくれた。十七歳になった今、自分は背も高くなり、身長は百八十センチまで伸びている。

それなのに……。路　継宗《ルー・ジーゾン》は唇を噛《か》んだ。自分は学校に行くでもなく、こうして無為にインターネットカフェで時間をつぶしているのだ。仕事につくあてもない。こんなはずではなかった！　おととし、中学校を卒業して、就職に有利というふれこみの私立の職業学校に入学した時には前途洋々たる未来が開けていると思ったのに……。その学校で勉強したあとは、広東省《カントンしょう》でどこかの日系合弁企業の自動車工場に就職し、月三千元は稼げると考えていた。だが、この春節の数週間前に、校長が学校の金を横領して逃げたという事件があった。そのせいで学校の閉鎖が決まり、思い描いていた将来は泡と消えてしまったのだ。

外が見える窓ぎわの席に座って――だが、視線は目の前のモニターにぼんやりと注ぎながら、路継宗はため息をついた。その額には、生まれながらの青い痣がついていた。

その向かいの桂林米粉《ビーフン》の店では、やはり表が見える窓ぎわの席に座って、これまた額に青い痣のある男が路継宗のことを見つめていた。路継宗の父親、路中岳《ジョンユエ》だ。

今はちょうど牛腩粉《ニウナンフェン》（牛バラ肉のスープビーフン）を食べおえたところだ。

食後の煙草に火をつけると、路中岳はあらためて路継宗を観察した。〈まちがいない！　やっぱり、おれの息子だ。額の痣は勘定に入れなくても、顔つきや、身体の骨格が若い時の自分にそっくりだ。こいつはおれの血を分けた子供だ〉そう思うと、胸が高鳴った。こんな気持ちになるのは初めてだった。わざわざこんな田舎町に来た甲斐《かい》があったというものだ。

　もともと、この町にやってきたのは、千にひとつの可能性に賭けて、子供に会えないかと考えたからだ。ここは十七年前に別れた、かつての恋人陳　香　甜《チェン・シアンティエン》の実家がある町だ。別れたというよりは、捨てたと言ったほうがいいが、それはともかく、あの時、陳香甜は子供を身ごもっているから、結婚してくれと言ってきた。自分のほうは谷　秋　莎《グー・チウシャー》をなんとか手に入れようと思いはじめた時だったので、結婚するつもりなどなかった。そこで、五千元を渡して、堕ろすようにと言ったのだが、今になって、〈もしかしたら、あの女は中絶なんかしないで、子供を産んだのではないか？〉という思いが芽生えてきたのだ。考えにくいことではあるが、決してあり得ないことではない。そう思ったら、矢も楯《たて》もたまらず、長距離バスに揺られて、この西方の田舎町までやってきたのだ。二日前に、大勢の人々が春節で故郷に帰るのにまぎれて……。

　目だけはあいかわらず息子の姿を捉えながら、路中岳はこの七年間のことに思いを馳《は》せた。

　そうだ、長距離バスに揺られて……。偽の身分証は持っているものの、七年の間、用心して飛行機には一度も乗っていない。列車も切符の購入に身分証の提示が必要になり、記録が残るようになってからは使っていない。移動に関しては、身分証明書のチェックが厳しいのだ。その点、住居のほうはチェックがゆるやかで、安宿に泊まったり、アパートを借りたりする時は、偽の身分証明書が役に立った。それでもある程度、利用したあとは、闇で売られている他人の身分証のなかから年恰好《としかっこう》と顔の似たものを探して、あらたな偽の証明書を手に入れる必要があったが……。

まったく、この七年間よくも捕まらずに生きてこれたものだ。最初のうちは、どこに行っても、自分の手配写真が貼られているので、警官が近づいてくるたびに不安になったものだ。だが、やがて平気になった。額の痣を隠してしまえば、決して気づかれないとわかったからだ。

けれども、警察から逃げるために何度も身分証明書を替え、居場所も変えていくうちに、会社が倒産した時に持ちだした金《かね》は底をついてしまった。それからは、闇市場で仕入れた品物を販売して、糊口《ここう》をしのぐ生活だった。一時《いっとき》、上海に戻って、南明《ナンミン》通りでＤＶＤショップを開いたこともあったが、すぐに警察に嗅ぎつけられてしまった。二年半前の九月のことだ。やってきたのは黄　海《ホアン・ハイ》という捜査官で、その男のことならよく覚えていた。申　明《シェン・ミン》が女子生徒殺しの疑いで捕まった時に話したことがあったし、賀　年《ホー・ニエン》の死体が見つかった時にも、学園のまわりをうろうろして、しつこくつきまとってきたからだ。黄海は銃を片手に、いきなりＤＶＤショップに飛びこんできた。激しい雨が降る日だった。自分は裏口から逃げだすと、建設中のビルの上階から隣のビルに飛びうつり、追跡をかわそうとした。いっぽう、あとを追いかけてきた黄海のほうは、どうやら飛びうつるのに失敗したらしい。地上六階の高さから落下して死亡したと新聞に出ていた。

それ以来、警察はますます躍起になって、自分を捜しているようで、今ではどこの駅に行っても、どこの銀行の入口を見ても、手配写真が目立つかたちで貼られている。だが、こちらだって気をつけて、二度と警察に目をつけられるような真似はしなかった。

でも、どうして自分はこんな目にあっているのだろう？　警察の目を恐れて、逃げまわる生活をしなければならないなんて……。路 中岳《ルー・ジョンユエ》は思った。

いや、答えはわかっている。司望《スー・ワン》のせいだ。

司望はどうして、秋莎《チウシャー》に近づいてきたのだろう？　秋莎は小学校の授業を視察した時にたまたま見かけ、その才能にひと目ぼれしたと言っていたが、実際はそうではあるまい。なんらかの意図があって、司望のほうから秋莎に近づいてきたのだ。司望自身の意図でなければ、あの母親の差し金か？　だとしたら、金のためだろうが、そうだとするとその後の展開が腑《ふ》に落ちない。

司望は馬力《マー・リー》という男を使って、谷家《グー》を破産に追いこんでいるのだ。いったい、あの親子と谷家の間には、どんな関係があるというのだろう？　いずれにしろ、自分は秋莎の義父の谷長龍《チャンロン》に仕返しする意味もあって、司望の計画に加担した。だが、それは失敗だった。前もって、こっそりと香港に設立していた会社に爾雅《アルヤー》学園グループの資金を振りこんで、学園が倒産したあとは香港で優雅に暮らせるはずだったのに、一カ月もしないうちに、その会社の不正が暴かれ、会社が倒産してしまったのだ。金庫から現金を持ちだすのが精いっぱいだった。今考えると、香港の会社の倒産も、司望《スー・ワン》の計画に入っていたにちがいない。自分は馬力《マー・リー》という男に騙《だま》されたのだ。

それからは転落の一途だった。香港から上海に戻って、ぶらぶらしていたところ、偶然、谷 長龍《グー・チャンロン》に姿を見られたらしく、居所を突きとめられてしまった。娘婿が裏切ったせいで学園が倒産したと思って、よほどの恨みを抱いていたのだろう。谷長龍は、ナイフを手に部屋まで乗りこんできた。まったく、どうしようもない爺《じじい》だ。おかげさまで、こっちは殺人犯だ。最初は適当にあしらっていたが、そのうちナイフを振りまわしはじめたので、攻撃を避けようと揉《も》みあっているうちに、刺し殺してしまったのだ。人を殺したのは初めてというわけでもないので、爺の命ひとつくらい、なんでもなかったが、そうなったら上海にはいられない。だから、置きみやげに娘の秋 莎《チウシャー》も殺していくことにした。

もちろん、後悔はしていない。その反対だ。くそったれ！　あの女、何度、殺しても飽きたらない。なにしろ、子供ができない身体だということを黙って結婚したくせに、食事に薬を入れて、こちらを不能にしたのだ。その話を馬力から聞かされた時には、冷たい怒りで全身の血が凍りつくかと思った。

結局、秋莎を殺して、すぐに上海を離れ、逃亡生活に入ったのだが、その間、面白いことなどひとつもなかった。唯一の望みは司望を殺してやることだけだ。司望さえ養子に入ってこなければ、こんなことにはならなかった。司望が谷家を破産させようと、馬力をひきこんで、自分にその片棒をかつがせなければ……。

よし、いずれ、司望は始末することにしよう。路中岳《ルー・ジョンユエ》はあらためて決心した。だが、その前に、ひとつやるべきことがある。通りの向こうのインターネットカフェにいる少年――息子の継宗《ジーゾン》に親子の名乗りをあげ、この腕で抱きしめることだ。

秋莎に薬を飲まされて以来、自分はもう子供を持てないのだとあきらめていた。だが、逃亡生活を続けるうちに、昔のことを思い出し、ある考えが浮かんで頭から離れなくなった。そうだ。〈もしあの時、中絶させようとした女がその言葉にさからって、子供を産んでいたら……〉という考えだ。確かに、その可能性は低い。あの女には手切れ金も含めて、中絶費用として五千元、渡してやったし、家族が上海にいるわけでもないので、ひとりで子供を産んで育てることはできないからだ。けれども、もしあの女が実家に戻って、子供を産んでいたとしたら……。千にひとつの可能性だが、決してあり得ないことではない。

そんな自問自答を繰り返したすえに、自分はその千にひとつの可能性に賭けて、この町にやってきたのだ。幸い、その女――陳香甜《チェン・シアンティエン》の実家の住所は、手帳に残っていた。あとは実際にその場所に行ってみるだけだ。

そう考えて、おととい長距離バスに揺られて、この町に到着すると、路中岳はさっそくその住所を訪ねてみた。

番地を頼りに、狭い通りを歩いていくと、そこはみすぼらしいアパートだった。その前でしばらく様子を見ていると、なかからずんぐりした四十代の女が現れた。最初はそれが陳《チェン・》香甜《シアンティエン》だとわからなかった。昔のほっそりとした面影はもうどこにもなかったからだ。それでも、一応、郵便受けを確かめてみると、陳香甜の名札を貼ったボックスがあった。

そこで、昨日は朝からそのアパートの前を張っていたのだが、少し待っていると、おとといの太った女が十七、八の少年を連れて、建物の外に現れた。少年は背が高く痩せていた。自分の若い頃の体型に似ている。顔つきも似ている。そう思って、少年の額を見た時、まちがいないと確信した。

少年の額には自分と同じ青い痣があったのだ。

ふたりの姿が見えなくなると、路中岳《ルー・ジョンユエ》は郵便受けに突進し、陳香甜のボックスを開けて、なかの手紙を見た。手紙のひとつに〈路継宗《ジーソン》〉という宛名のものがあった。路中岳は封を切って、なかを覗いてみた。なんとかという職業学校からの通知だった。手紙の書き出しも、〈路継宗様〉になっていた。

路という姓を名乗っているなら、もはや疑いようがない。やはり、おれの血を分けた子供だ。そう考えると、これまでになく希望がわいてくるのを感じた。だが、親子の名乗りをあげるには、慎重に計画を練らなければならない。なにしろ、自分は指名手配中の殺人犯なのだから……。

そこで、とりあえず今日も朝からアパートを見張っていたところ、継宗が建物から出てきた。少し距離を置いてあとからつけていくと、息子はインターネットカフェに入っていった。今日は学校はないのだろうか？　それとも、休みなのだろうか？　そう思いながら見ていると、息子は窓ぎわの席に腰をおろした。それで、自分は向かいのビーフンの店に入って、様子を観察することにしたのだ。

吸っていた煙草を灰皿で揉み消すと、路中岳は決心した。しばらく、この町に潜伏しよう。そうして、息子に名乗りをあげる機会をうかがうのだ。おれの息子に……。

第三章

二〇一三年二月九日（土曜日）　春節の大晦日

今年は例年より遅いが、明日は旧暦の正月――春節だ。そして、今日は旧暦の大晦日《おおみそか》。本当だったら、もう少し気分が浮きたってもよかったのに、路継宗《ルー・ジーゾン》は浮かない気持ちで、母親と一緒の食卓についていた。数日前に起こった出来事を思うと、いっそう気分が沈んでくる。郵便受けを開けてみたら、学校から来た自分宛ての手紙が開封されていたのだ。いったい、誰がそんなことをしたのだろう？

テレビでは毎年、大晦日に放映されるバラエティ番組、《春晩》が流れて、出演者たちが陽気な笑い声をたてている。だが、自分は暖房もない、狭いアパートの一室で、母とふたり、鍋をつついている。ぐつぐつと煮える鍋の湯気だけが、部屋を暖めてくれていた。淋しい大晦日だ。

その時、玄関の扉をノックする音がした。

誰だろう？　大晦日に訪ねてくる客などいないはずなのに……。

「まさか……あの人？　今になって来られても……」

はっとした顔で、母親が言った。だが、玄関には行かず、こちらを見ている。

ノックの音が大きくなった。継宗は立ちあがって、玄関に行った。

扉を開けると、そこには女の人がいた。三十代くらいのきれいな人で、長い黒髪がコートの肩にかかっている。ひと目見た瞬間に、路継宗は思い出した。七年前に、上海の大きな屋敷の前で会った人だ。

少し遅れて、母親も玄関にやってきた。女の人だとわかって、ほっとした顔をしている。

「こんにちは。こちらは陳　香　甜《チェン・シアンティエン》さんのお宅ですね」女の人が尋ねた。

「そうですが……。あの、どちらさまで……」

「欧陽　小枝《オーヤン・シャオジー》です。七年前に上海でお会いしました」

その言葉で、母親も思い出したらしい。

「ああ、路中岳《ジョンユエ》の従妹さん！　どうぞおあがりください」

そう言って、家のなかに招きいれると、食事をしていたテーブルに女の人を案内した。そうだ。小枝さんだ。この人の名前は……。路継宗は思い出した。

小枝さんが椅子に座ると、母親が尋ねた。

「でも、どうして急にこんな田舎にいらしたんですか？　それも大晦日に……。あの、ひょっとして、路中岳の居場所がわかったんでしょうか？　あの人はもう死んだのでは？それなら、そのほうがいいんですけど……」

「死んだのかどうか……。いずれにせよ、従兄の行方はわからないままです。実は、わたしは仕事の関係でこのあたりに来ることになりまして……。確か、こちらの町にお住まいだったと思って、ご挨拶に来たんです。以前、メールをお送りしたら、住所を教えてくださったでしょう？」

「そうでしたね。覚えています。そうですか、こちらにお仕事でいらっしゃることになったんですか？　それなら親しくおつきあいできますね。どうぞ、ゆっくりしていってください。たいしたものはありませんが、一緒に食事をしましょう。大晦日ですから、にぎやかなほうが楽しいですし……。わたしのことは〈お義姉《ねえ》さん〉と呼んでくださいな」

「ありがとうございます。では、わたしのことは小枝《シャオジー》と呼んでください」

そう言うと、小枝さんは大きなバッグのなかから、いくつも包みを取り出した。

「春節の贈り物です。どうぞお受け取りください。はい、それから、これは継宗《ジーゾン》君にお年玉……」

「ありがとうございます。継宗にまで、気を遣っていただいて……」

「とんでもない。ずいぶん会わないうちに、継宗君も立派になって……。将来が楽しみですね」

「それが、そうでもないんですよ。実は、通っていた職業学校が閉校になってしまいましてね。毎日、ネットカフェでぶらぶらしてばかりなんです」

継宗は何も言えず、うつむいて鍋の餃子《ぎょうざ》をつついた。でも、しばらくして、思い切って顔をあげると言った。

「今はそうだけど……。でも、もうすぐ仕事を探して、お金を稼ごうと思ってます」

するとと、小枝さんはにっこり笑って、こう言った。

「それはいいことね。わたしでよければ、力になるわ」

「本当に？」

継宗は目を輝かせた。

結局、小枝さんはそれから一時間ほどいて、年が明ける前に帰っていった。継宗は母親と一緒にアパートの下まで見送った。小枝さんは携帯の番号が変わったと言って、新しい番号を教えてくれ、これからも時々来ると約束してくれた。

これでまた将来の道が開けるかもしれない。継宗は希望の明かりが胸に灯《とも》るのを感じた。

新年を迎える爆竹があちこちで鳴っていた。


盛大に鳴る爆竹の音を聞きながら、小枝は、陳香甜《チェン・シアンティエン》のアパートからそう遠くない場所にある、小さなホテルに戻った。

このあたりに仕事で来ることになったというのは本当だった。春節の休みが終わったら、この町から少し離れたところにあるミャオ族の村で国語を教えることになったのだ。村での住居も決まり、授業の準備も始めている。赴任先をそこに選んだのは、もちろん、路中岳《ルー・ジョンユエ》の息子が住む町からそう離れていないからだが、赴任先がどこであろうと、南明《ナンミン》高校からの転出は避けられなかった。去年の年末に司望《スー・ワン》を夜中まで家にとどめたことが問題になって、南明高校を辞めざるを得なかったのだ。そんなプライベートのことが明るみに出たのは、「息子が女性教師の家に泊まって朝帰りをした」と司望の母親が張鳴松《チャン・ミンソン》先生に訴えたためだ。ただ、辞任の理由については、生徒に与える影響を考慮して、「本人の希望により、欧《オー》陽小枝《ヤン・シャオジー》先生は異動することになりました」という、あたりさわりのないものになった。

司望には、何も言わなかった。司望のほうも、自分の近くには寄ってこなかった。

ただ、いよいよ南明高校を去ることになった日、ちょうどタクシーをとめたところで、司望が校門から飛びだしてくるのが見えた。だが、小枝はそのままタクシーに乗った。司望のほうは見なかった。空は暗く、南明通りには身を切るような冷たい風が吹いていた。

そして、翌日小枝は新しい赴任先に向かうため、西に向かう列車に乗っていた。

司望には、スマホからショートメールを送った。いや、宛先は司望だったが、送ったのは申明《シェン・ミン》先生にだった。

申明先生、今の自分を大切になさってください。もう一度、人生を歩むチャンスがあるのですから、先生は幸運に恵まれています。先生が今、持っていらっしゃるもので、これからの人生を楽しんでください。そして、わたしのことは忘れてください。もうお目にかかってはいけないと思います。最後に——心から感謝しています。

遠い場所から　欧陽小枝

メールを送信すると、小枝はスマホの番号を変えた。このメールを読んだら、司望はショックを受けるだろう。だが、それでもかまわない。司望のためにも、このほうがいいのだ。そう思いながら……。

外から聞こえる爆竹の音がいっそう大きくなった。ホテルの部屋でその音を聞きながら、小枝はあらためて、申明先生のことを思った。先生を殺した犯人のことを……。

一九九五年のあの日、先生が殺されたとわかってから、小枝はずっと誰が犯人なのか考えてきた。犯人を見つけて、先生の仇《かたき》を討ちたいという一心で……。最初はもちろん、見当もつかなかった。けれども、路 中岳《ルー・ジョンユエ》という男が、先生の元婚約者の谷 秋莎《グー・チウシャー》と結婚したと知った時、直感的にその男が犯人だと思った。先生が殺されてから二年後、自分が上海師範大学二年生の時のことだ。

それから、いろいろ調べてみると、路中岳が犯人だという疑いはますます強まった。まず第一に、動機がある。路中岳はなんと申明先生の南明高校時代の同級生で、寮の部屋も同じだった。当時を知る人に尋ねてみると、ふたりは仲が良かったらしい。

それならどうして殺したのかということになるが、申明《シェン・ミン》先生が貧しい家庭の出ながら、努力して北京大学に行き、南明高校の教師として迎えられたのに、路中岳《ルー・ジョンユエ》は裕福な家庭に育ち、役人をしていた父親のコネでどうにか工業大学に入ったものの、工場の技術者として、ぱっとしない人生を送っていた。しかも、その工場が閉鎖になって、当時は無職だった。その一方で、友人の申明先生は、爾雅《アルヤー》学園グループの理事長の娘と婚約し、上海市の教育委員になって、将来は中国共産主義青年団の書記の地位まで約束されることになった。路中岳の性格を考えると、激しい嫉妬にとらわれたことはまちがいない。実際、友人として招かれた申明先生の婚約パーティーでは泥酔して、なんであんな貧乏人の息子がこんなきれいな妻をもらって、将来も約束されるんだと、近くにいた人たちにわめいていたという。動機は嫉妬だ。

それから、もうひとつ……。調べている間に実際に路中岳の顔を見た時、小枝《シャオジー》は自分の考えは正しいと確信した。その額には青い痣があったのだ。小さい頃、空腹に耐えかねて、弁当の鶏肉を盗んだ時、自分を捕まえて、《魔女区》の工場の地下室に閉じこめた、あの高校生の額にあったのと同じ痣が……。あの時の高校生は路中岳だったのだ。小さな女の子を地下室に突きおとし、そのまま放っておくなんて！　そんなひどいことができる男なら、嫉妬のために友人を殺したっておかしくない。いや、あの男なら、絶対にそうするはずだ。

そう考えて、学生のうちはどうやったらあの男の罪を暴くことができるかと、ずっと思案していたのだが、そのうちに大学を卒業して、西方の貧しい村で教鞭をとることになったので、しばらくは探索を続けることができなくなってしまった。そして、二〇〇六年の初めに上海に戻って、もう一度、路中岳の身辺を探ろうと思ったのだが、その時には谷《グー》家は破産し、路中岳もどこかに消えていた。そこで、住んでいた屋敷を見張っていれば、路中岳の消息がつかめるかもしれないと思って屋敷に通っていたところ、たまたま陳香甜《チェン・シアンティエン》と路継宗《ジーゾン》の親子に出会ったのだ。

　あの時は、これは「天の配剤だ」と思った。路中岳が捨てた恋人のもとに戻るということは考えられなかったが、少なくとも息子のほうには会いにくる可能性があるからだ。もともと屋敷の守衛に「自分は路中岳の従妹だ」と名乗っていたので、この親子にもそう自己紹介したのだが、おかげで話は進めやすかった。路中岳の従妹なら、連絡先を訊くこともできる。親子が困っていたようなので、三千元を渡して、携帯の番号を訊くと、母親はすぐに教えてくれた。それから、しばらくして電話をすると、住所も教えてくれた。

　そのあと南明高校に赴任してからも、路中岳の手がかりを探しもとめたが、結局、何もわからないまま、日が過ぎてしまった。けれども、いつか必ず路中岳を見つけだして、先生の仇をとる——その思いだけは変わらなかった。

　そして、今度の出来事があって、南明高校を辞めることになった時、新しい赴任先にミャオ族の住む山岳地帯の貧しい村を選んだのは、その近くの町に陳香甜と路継宗の親子が住んでいたからだ。路 中岳《ルー・ジョンユエ》はいつかこの町にやってくる。そうしたら、自分は——その時こそ、自分は先生の仇を討つのだ。先生を忘れていないことを示すために……。

でも、先生は死んだのだろうか？　小枝《シャオジー》は思った。司望《スー・ワン》のなかには、確かに申 明《シェン・ミン》先生がいた。それは生まれ変わりだということだろうか？　でも、司望が申明先生自身だとも思えない。いや、それはもうどうでもいい。小枝は首を横に振った。どちらにしろ、わたしは申明先生とも司望とも別れてきてしまったのだから……。

そんなことを考えているうちに、ふと先生から聞いたT・S・エリオットの『荒地』の詩の冒頭が頭に浮かんできた。

四月はいちばん残酷な月だ。
死んだ大地から　ライラックが生まれ、
記憶と欲望が　ひとつに混ざり、
春の雨で重くなった根が　活動を始めるから。

あれは一九九五年の四月のことだった。南明高校の競技場で、若葉がまぶしい夾竹桃を見つめながら、「四月はいちばん残酷な月だ」とつぶやくと、先生は『荒地』の第一部の「死者の埋葬」の最初の四行を暗誦したのだ。

「四月は残酷なんですね？」自分は言った。「じゃあ、先生、生きることと死ぬことだったら、どちらが残酷ですか？」

「もちろん、死ぬことだろう」ちょっとびっくりしたように先生は答えた。

「生きるというのは素晴らしいことだから……。そうですね。素晴らしいことだから……」

その時、先生の首にカセット・ウォークマンのステレオ・イヤホンがかかっているのを見て、急に訊きたくなった。

「ウォークマンですね。先生はどんな曲を聴いているんですか？」

先生はイヤホンの片方を耳につけてくれると、カセットを再生した。すぐに、陳百強《ダニー・チャン》の「人生に何を願うのか」が響いてきた。人生に何を求めたらよいのかわからないまま日々を過ごしてきた結果、求めたものは手に入らず、手に入れたものも失ったという徒労感に包まれ、生きる意味を見失った歌だ。

それを聴いて、思った。死ぬことよりは残酷ではないかもしれないけれど、先生にとって、生きるのは素晴らしいことではないのだと。自分と同じように……。

四月はいちばん残酷な月だ。

「先生、わたしがプレゼントしたネックレス、まだ持ってくれていますか？」

何かにすがりたくて、そう尋ねずにいられなかった。けれども、先生は「ああ」と短く答えただけだった。

「大切に持っていてね」

そう重ねて言うと、先生はイヤホンをはずして言った。わかっていたけれど、聞きたくなかった言葉を……。

四月はいちばん残酷な月だ。

「小枝《シャオジー》。もうふたりだけで会うのはやめにしよう。こんなふうに会うのはよくない。ぼくは担任で、きみは生徒なんだ。こんな姿を見られたら、ほかの生徒から誤解を受ける心配もある……」

風が吹いて、髪が揺れた。髪の香りから逃れるように、先生は少し離れた。そして、続けた。

「もし上海師範大学に合格したいなら、受験勉強に専念するんだ」

「先生はもうすぐ結婚するから……だから、そんなことを言うんですね？」

「それとこれとは関係ないよ」

「先生と結婚する人、とってもきれいなんですよね？　写真を見た子はみんな、そう言ってました」

「そんなこと、どうでもいいだろう？」

「先生、幸せになってください。結婚式にはクラス全員で出席して、花嫁さんに本物の水晶のネックレスをプレゼントしますから」

あの時、自分はにっこりと笑った。心のなかでは泣いていたのに……。

「そうだな。人からはそう言われている。きれいな人だと……」

そうぽつんとつぶやくように言うと、先生はこちらの目を見て、続けた。

「小枝、いつかきみも結婚する日が来るよ」

「いいえ、わたしは一生結婚しないの」

でも、その時には先生はもう背中を向けて歩きだしていた。その背中に向かって、もう一度、声をかけた。精いっぱい明るい声で……。

「申　明《シェン・ミン》先生、早く子供ができるといいですね！」

その二カ月後、申明先生は殺された。ふたりで会っていた時、先生はたまに冗談ともつかない口調で、こう言っていた。

「私が死んだあと、私のことを覚えてくれている人はいるのだろうか？」

覚えています。わたしは忘れません。新年を祝う爆竹の音を聞きながら、小枝は心のなかでつぶやいた。

第四章

二〇一三年二月九日（土曜日）　春節の大晦日

外では、新年を迎える爆竹が鳴っている。司望《スー・ワン》はベッドのなかで、嗚咽《おえつ》を洩らしていた。声が外に聞こえないように、頭から布団をかぶって……。母親のこと、父親のこと、そして小枝《シャオジー》のこと、いろいろとありすぎて、どうしていいかわからなかった。

その時、部屋のドアが開いて、母親が声をかけてきた。

「望君、どうしたの？　部屋の前を通ったら、泣いているような声が聞こえたんだけど……」

司望は何も言わなかった。すると、母親が布団をめくって、背中をなでてきた。ちょうど痣のあたりだ。

「あの女の先生がいなくなってしまったから？　先生は西の地方に行かれたそうね。恨むなら、母さんを恨みなさい。でも、あなたのためだったの……。あなたはまだ高校生なんだから、あんなことをしてはいけないわ」

小枝のことはショックだった。でも、それは小枝が南明《ナンミン》高校を辞めて、遠くに行ったからではない。あの夜に起きたことの本当の意味を考えると、悲しくてたまらなくなるのだ。あのあとにもらったメールも同じ意味で悲しかった。しばらくして、スマホに電話をしてみたが、番号が使われなくなっていて、電話は通じなかった。

「先生だって、あなたのためを思ったのよ。一時《いっとき》は教師にあるまじき振る舞いをしたけど、それを反省してね。だから、遠くに行ったんだと思う。大丈夫。失恋の痛みなんて、たいしたことはないわ。母さんも子供の頃にはよく泣いたものよ。あなたより、もう少し小さかった時にはね。あの悲しみに比べたら……」そう言うと、母親は口をつぐんだ。

母さんはぼくが小枝のことだけで泣いていると思っている。司望は心のなかでつぶやいた。でも、それはちがう。その母さんを悲しませた出来事のこと、それから父さんのことを考えると、泣かずにはいられないのだ。

「ねえ、母さん、父さんを憎んでいた？」司望は尋ねた。

「どうして？　失踪したまま、帰ってこないから？」

「ううん、失踪する前から……。父さんが出ていったのは、母さんとうまくいかなくなったからじゃないの？」

「さあ、どうかしら？　工場が閉鎖になって職を失ってからは、麻雀《マージャン》ばかりしていたので、もっと真面目に仕事を探してちょうだいと言ったことはあったけど……。それに父さんのほうも荒れていた。母さんが別の男の人と会っているという噂を耳にしたせいで、母さんのことを責めていた」

「その噂は本当のことなの？　父さんが失踪する前、母さんは別の男の人と？」

「そんなこと、あるわけないでしょ！」母親は即座に否定した。「父さんがいた頃だって、いなくなってからだって、そんな人はひとりもいなかったわ。声をかけてくる人はいっぱいいたけれど、誰ともそんなことにはならなかった。黄《ホアン・》海《ハイ》さんとだって……。黄海さんはわたしたちにとっても親切にしてくれたし、今、生きていれば、とっても頼りになったと思うけど……」

司望《スー・ワン》は何も言わなかった。黄海さんが母さんをあきらめたのには、自分も関係していると思ったからだ。

「春節が終わったら、いよいよ引っ越しだし……。去年の暮れから、荷物を箱に詰めたりして、望君も大変だったでしょう？　うちは未亡人と子供だけの家庭で、男手がないから、黄海さんがいれば……」

「未亡人？」司望は母親の言葉を聞きとがめた。「やっぱり、父さんは死んでいるってこと？」

「さあ、ずっと消息がないし……」母親は口ごもった。「それより、黄海さんがいれば、去年の秋に立退きのことでいろいろあった時にも、親身になって相談に乗ってくれていたと思うの」

司望は黙りこんだ。立退きのことでは自分も母親を困らせていたからだ。一年半ほど前に、この地域の再開発の話が出てからというもの、近隣の住民たちはその多くが開発業者の提示した条件をのみ、立退き料をもらって引っ越していた。その結果、近所の家の多くは取り壊され、まるで爆撃された跡のように瓦礫の山ができている。だが、司望の家だけは立退きに反対し、このアパートに住んでいるのは、今では自分たちだけになっている。それは自分がこの家を出るのを嫌がったからだ。

もともと母親は立退きに賛成だった。《荒村書店《ホアン・ツン》》の売り上げは、あいかわらず低調で、家計は苦しくなっている。オンラインモールの淘宝《タオバオ》のほうで教科書が売れているおかげで、なんとか暮らせてはいるが、それでも生活はぎりぎりだった。自分が大学に行けば、学費も馬鹿にならない。そんな状況では立退き料に頼るほかはないというのだ。すでに立退きをした隣人の話によれば、その額はかなりのものになるということだった。

けれども、司望は頑《かたく》なに立退きを拒否していた。この家には幼い頃からの思い出が詰まっている。立退きが決まって、このアパートが取り壊されてしまったら、小さい時に部屋の壁に描いた桜の木も、窓枠に彫った詩も消えてしまう。窓の外のエンジュの木も切られてしまう。それだけではない。このアパートには、おぼろげながらもまだ父親の思い出が残っている。出ていけば、それも消えてしまうのだ。そう、父さんの思い出が……。そう思うと、いくら母親に説得されても、首を横に振りつづけていた。

だが、母親のほうは、やはり大学の学費のことが気になったようで、開発業者と話し合い、数十万元の立退き料とひきかえに、このアパートを出ていくことを決めてきてしまった。

司望《スー・ワン》は最初、文句を言っていたが、結局は立退きを受け入れた。母親が大学の学費のこととか生活環境とか、息子である自分のことを思って、決めたことだとよくわかっていたからだ。何があっても、司望は母親のことが大好きだった。今でも甘えて、母親に抱きついたりすることがある。そして、母親に抱きしめられると、子供のように安心した気持ちになるのだ。

「再来週には引っ越しよ」母親が言った。「《荒村書店》のそばにいい部屋を見つけたから、ここよりは快適よ。あなたの部屋もあるから、新しいベッドも買いましょうね。立退き料じゃ、マンションを買うことはできないけど、大学の学費にあてることにすれば、そのための貯金をしなくてもすむし。2LDKの清潔なマンションで、今よりもいい暮らしができるわ。あなたが手伝ってくれたおかげで、引っ越しの荷物もほとんど箱に詰めたし、あとは前日に食器を詰めるだけ……」

そう、引っ越しの準備は去年の暮れから始まっていた。母親はたくさんの物を捨てていた。そして、そのなかに母親の昔の写真とクッキーの缶を発見した時……。そのことを思うと、司望はまた目に涙を浮かべた。涙はあとからあとからあふれ出てきて、止まることがなかった。

「また、欧陽《オーヤン》先生のことを思い出したのね。でも、教師と生徒だもの。あんなことがあっていいはずがないわ。かわいそうだけど、あきらめなさい」

そう言うと、母親はまた背中をなでて、部屋から出ていった。司望はまた頭から布団をかぶって、すすり泣いた。

二〇一三年三月二日（土曜日）

引っ越しから一週間後の週末の夜、司望はダイニングの椅子に座っている母親にうしろから近づいた。前から気になっていたことを〈今夜はどうしても確かめなければ〉と思ったのだが、内容が内容だけに面と向かって話す勇気はなかった。そこで、母親の髪をとかしながら、話すことにしたのだ。

「母さん、ひさしぶりに髪をとかすよ。高校に入ってからはあまりしていなかったけど、中学生の時はよくやっていたでしょう。鏡台の前に座って……」

「あら、それはありがとう。望君はいつも優しいのね」

そう言って、母親は鏡台の前に座った。司望は黙ってくしをとると、髪をとかしはじめた。

「望君、母さんは年をとったと思わない？」

「そんなことないよ。髪だって、中学生の女の子みたいだし」

「中学生だったのは、三十年も前のことよ。いくらなんでも、その頃と同じわけがないでしょう」

「でも、あんまりつやつやしているから……。母さんが中学生だった頃の話、聞きたいな」

「そんなの聞いても、面白くないわよ」

母親の答えはそっけなかった。やっぱり、その頃の話はしたくないのだろうか？　あのことがあるから……。

「あの……。何か話せないことでもあるのかな。昔のことで」

「何言ってるの」強い調子で、母親が答えた。「昔の話なら、望君《ワン》だって、ちゃんと知っているでしょう？　わたしの両親はあなたが生まれる前に亡くなったの。そして、わたしは学校を出たあと、ずっと郵便局で働いていたわ」

「じゃあ、その前は？　どこの学校に通っていたの？　子供の頃はどこに住んでいたの？　上海郵政局技校（郵便関係の職業訓練学校）に通っていた時の写真は、古いアルバムで見たけど……」

「古いアルバムで？　じゃあ、望君、引っ越しの時に母さんの持ち物を見たのね」

「ごめんなさい」

そう言いながら、司望《スー》はいったんくしを置いて、戸棚の奥から、アルバムを取り出した。赤い表紙にカビが生えている、古いアルバムだ。うしろから母親の前に置き、表紙を開く。最初のページには、色あせた写真が貼ってあった。ワンピースを着た少女が郵政局技校の門の前に立っている。風にあおられているのか、少女はスカートの裾を手で押さえていた。

十七歳か十八歳の頃の母親だった。

髪型も服装もあかぬけていないが、とても美しかった。目は悲しげで、遠くを見ている。その顔は日本の歌手、山口百恵《やまぐちももえ》を思わせた。

次のページからは家族写真が貼られていた。といっても、母親の両親と親戚が何人か写っているだけで、友人と一緒の写真は一枚もない。父親の司明遠《ミンユエン》の写真もないが、それはまだ出会う前だったからだろう。

アルバムに続いて、司望は戸棚の奥からブリキ製の四角い缶を取り出した。

「それも見つけたの？」

「うん、去年の暮れに引っ越しの準備を始めた時にね」

それはクッキーの缶だった。蓋には『紅楼夢』の女性たちが描かれている。安息通りの家――殺された路竟南《ルー・ジンナン》の家――で見つけた缶と同じタイプのものだ。なかにはテレサ・テンのカセットテープが入っていた。『水上人』というアルバムで、A面とB面にそれぞれ六曲ずつ入っている。

「テレサ・テンのカセットテープね。昔、よく聴いていたわ。でも、その缶は引っ越しで捨てたはずなのに……。どうしてとっておいたの？」

その質問には答えず、司望は言った。

「引っ越しの荷物にはなかったけど、ぼくは母さんが中学生だった時の写真を見たことがある。十三歳の時の写真だ。葉蕭《イエ・シャオ》さんが見せてくれたんだ。といっても、葉蕭さんは母さんだって気づいていなかった。まあ、黄海《ホアン・ハイ》さんのお葬式の時に会ったくらいだから、無理はないけど……」

「わたしが十三歳の時の写真？　どこで撮られたもの？」かすれた声で母親が尋ねた。

「南湖《ナンフー》中学だよ。安息通りと南湖通りの角にある中学校。母さんは一年二組だったんだね」

「人ちがいよ」

「路明月《ルー・ミンユエ》。この名前に覚えはない？」

「何を言っているの？」

司望《スー・ワン》は鏡のなかの母親を見つめた。

「母さん、本当のことを言って。母さんだってもうわかっているはずだよね。ぼくが母さんの秘密を知っているって……。ぼく、役所に行って調べたんだ。路明月と母さんの誕生日は同じだった。母さんの書類は一九八三年から始まっていて、一九八三年以前のものは何もなかった」

「黙ってちょうだい！」

だが、司望は黙らなかった。

「路明月の書類のほうは、一九八三年までしかなかった。きっと、その年にあの家の父親が殺されたことが関係しているんだと思う。娘の路明月は父親の遺体の第一発見者だったんだ」

「何が言いたいの？」母親は下を向いた。

「母さんはあの家の娘だった」司望は言った。

「望君、どうして、そんなことを……」

「母さんの名前は何　清影《ホー・チンイン》じゃない。路明月だ。そうだよね？」

「もともとの名前は路明月でもないわ。四歳の時に路家の養女になったから、その前は別の名前だったの。もう忘れてしまったけれど……」

「母さんが路家の養女だったことも知っている。それも葉　蕭《イエ・シャオ》さんが教えてくれたからね。その前に何があったのか知らないけれど、母さんは四歳の時に、路竟南《ジンナン》の養女になったんだ」

その名前を聞くと、母親は顔を歪《ゆが》めた。

「あなた、いったい、母さんをどうするつもり？」

「助けたいんだ。そのためには、まず真実を知る必要がある。その真実がどんなものであっても、ぼくはそれを受けとめる。そのうえで、何があっても母さんを守る。どんな辛い真実を知ったとしても……」

そう言うと、司望は背後から母親を抱きしめた。もう一度、言う。

「何があっても、母さんを守るよ。ぼくはいつでも母さんの味方だ。それだけは約束する」

すると、母親が悲しげな声で言った。

「真実はもう見当がついているんでしょう？　きっと安息通り十九番地の家も見てきたんでしょうね。そうよ、わたしはあの家で生まれたの。実の父は――あなたの本当のおじいさんは――有名な翻訳家だった。でも、わたしが四歳の時に首を吊って自殺してしまったの。それがわたしの最初の記憶……。どうして父が首を吊ったのかはわからないけれど、当時は文化大革命のさなかだったから、いろいろとあったのでしょう。それからまもなく、実の母もあとを追うように死んでしまった。たぶん、心労のせいね。それで、あの家には路竟南《ルー・ジンナン》という役人の夫婦が住むことになったの」

「路竟南の養女になったのは？」

「わたしの父母には親戚がいなかったし、その夫婦には子供がいなかった。なので、わたしがそのまま養女として引き取られるのは、ある意味で自然な成り行きだったのよ。特に養母がそれを望んだらしくて……。養母は優しい人だったわ。だから、子供の頃のわたしは決して不幸ではなかったの。でも、十二歳の時に養母が自殺してしまった。夫の路竟南に愛人がいると知って、川に身を投げて死んでしまったの。それからは、わたしを守ってくれる人は誰もいなくなった」

「つまり、路竟南が……」

「そうよ。わたしは毎日、あの男から自分の身を守るので必死だった。でも、あの男は何度も何度も、しつこく迫ってきて……」

「それで殺したの？」単刀直入に司望《スー・ワン》は訊いた。

母親は何も言わなかった。

「大丈夫だよ。母さん。あの事件は結局、犯人が見つからずにお蔵入りになったんだ。証拠も残っていないし、これから捜査が再開される心配もない。母さんが捕まることはないよ。

それに、路竟南は卑劣な男だった。仮にあの時、母さんが殺したとわかっていたって、正当防衛が認められたよ。そうなんでしょう？　路竟南に襲われて自分の身を守るために、それで母さんは……」

司望はもう一度、背後から母親を抱きしめた。腕に母親の涙が落ちた。司望は指の先で、母親の頬をそっとぬぐった。

「ええ、わたしは人を殺したわ」母親が言った。

「路竟南を、だね？」

「あの男はけだものだったのよ。前からしつこくしてきたけれど、あの夜は特別だった。酔っぱらって、帰ってきたかと思ったら、突然、わたしに襲いかかってきたの。わたしは部屋じゅうを逃げまわって、必死で抵抗したわ。そして、窓辺でもみあっているうちに、窓ガラスが割れた。わたしはその破片を拾って、気がつくと、あの男の喉をかき切っていたの。何がなんだかわからないうちにね。あの男が床に倒れて、ふとまわりを見たら、あたりに血が飛びちっていた。それで……」

「玄関の石段で泣いていたんだね？」

「ええ、そうしたら、近所の人に『どうしたの』と尋ねられて、すぐに警察がやってきた」

「事件の目撃者はいなかったんだよね？」司望は尋ねた。「いや、いたはずがない。だって、目撃者がいたら、母さんは捕まっていたはずだもの」

　すると、母親から意外な言葉が返ってきた。

「いたわ。目撃者はいたの。ひとりだけ……」

「誰？」

「路中岳《ルー・ジョンユエ》よ。路竟南《ジンナン》の甥の……。あの日、路中岳は、たまたまあの家に来て、犯行現場に居合わせてしまったの」

「それで？　警察には何も言わなかったの？」

「びっくりして逃げだしてしまって、あの家に来たことも言わなかったのよ。もともと度胸のない人だから。でも、あとでわたしを脅迫してきた。ばらされたくなかったら、おれとつきあえとか言って……。それは拒否したけど、一度だけ、郵便局がらみで不正なことをさせられた。そのあともしつこくて……。そのうち、何にも言ってこなくなったと思ったら、谷秋莎《グー・チウシャー》さんと結婚していたのね。今は殺人犯として警察に追われているけど。でも、このまま捕まらなかったら、またなんと言ってくるか……」

「ちくしょう！」司望《スー・ワン》はうなった。「あの男、やっぱり、そんなひどいやつだったんだ。大丈夫だよ、母さん。あんな男は死刑にしてやって、二度と母さんを困らせないようにしてやる。ぼくは母さんの味方だ。ぼくが必ず、あの男を捕まえてみせる！」

　そう言うと、司望はもう一度、母親を抱きしめた。だが、もうひとつ訊こうと思っていたことは、ついに訊けずに終わった。

第五章

二〇一三年三月三十日（土曜日）

申敏《シェン・ミン》は、五一中学校のそばにある麻辣湯《マーラータン》の店に立ち寄った。軽く食べられるので、よくひとりで来るのだ。

ふうふう言いながら辛い春雨スープを食べていると、肩をぽんとたたかれた。司望だった。

「わあ、驚いた！　久しぶり！」申敏は喜びの声をあげた。

「ああ、久しぶりだね」

そう笑顔で言うと、司望は通りの向かいにある《荒村《ホアン・ツン》書店》という本屋を指さして続けた。

「ぼくはあの本屋で週末だけアルバイトをしているんだけど、店の前の掃除をしていたら、きみがこの店に入るのが見えてね」

「そうなの。でも、本屋さんでアルバイトなんて素敵！　あとで本を買いにいくね」

「それはやめておいたほうがいいよ」あいかわらず笑顔で司望が言った。「あの店の女主人は気難しいから。もし、きみとおしゃべりしてるところを見つかったら、辞めさせられるかもしれない」

「わかった。じゃあ、やめとく」

申 敏《シェン・ミン》は照れ隠しにちらっと舌を出した。

「あのさ、お父さんは元気にしてる？」司望《スー・ワン》が真面目な声で尋ねた。

「まあね。変わった本ばっかり読んでるけど」

「変わった本って？」

「パパが読むのは、殺人事件を扱う本ばっかりなの。ほかには古代の秘儀とか秘密結社の話とか……。ねえ、パパは頭がおかしくなったのかな？」

「そんなことないよ。きっと、亡くなったお兄さんのことが気になるだけさ。そう言えば、お兄さんのお墓に行ったことはある？」

「もちろん。中学生になってから、毎年パパに連れられて一緒にお墓参りしてるから」

「そうなんだ。そのお墓はどこにあるの？」

申敏はお墓の場所を教えた。それから、少しおしゃべりをしたあと、さよならをした。司望は向かいの書店に戻っていった。


二〇一三年四月四日（木曜日）　清明節――死者を弔う日

雨がしとしとと降っていた。

申援朝《ユエンチャオ》は妻のお墓参りを終えると、娘の申敏とともに、今度は息子の申明《ミン》の墓に向かった。息子の墓は郊外の公営墓地にある。十八年前に突然の死を遂げた時に、自分が建てたのだ。

妻が眠っている墓地もそうだったが、今日は清明節なので、墓地には多くの人が訪れる。そのせいで、入口にある花屋には行列ができていた。だが、申援朝は少しでも早く息子のそばに行きたかった。そこで、花と冥銭を買うのは申敏に任せて、自分は先に墓石のある場所に行くことにした。

けれども、墓石の近くまで行くと、誰かがその前でひざまずいているのに気づいた。十六、七の少年のようだ。冥銭を焚いたばかりらしく、煙が薄く立ちのぼっている。

「誰かね？」

声をかけると、少年がふり返った。その顔を見て、申援朝はびっくりした。黄海《ホアン・ハイ》捜査官の息子、黄之亮《ジーリアン》だったからだ。死後も幽霊となってこの世に現れている少年だ。去年の清明節に黄海捜査官のお墓の前で会って以来、姿を見せなくなっていたが、まさかここで会えるとは……。

こちらを見ると、之亮は気まずそうな顔をして、立ち去ろうとした。申援朝はあわててその腕をつかんだ。

「待ってくれ」

「すみません。ぼくはただお参りを」之亮が言った。

「いや、あやまることはない。息子のために、お参りをしてくれるなんて……。嬉しいよ」

そう言うと、申援朝《シェン・ユエンチャオ》は感動のあまり、思わず之亮《ジーリアン》を抱きしめた。

いきなり抱きしめられて、之亮のほうは少し戸惑ったようだったが、そのうちにおずおずと背中に腕を回してきた。申援朝は之亮を抱く腕に力を込めた。すると、之亮もしっかり抱きしめてきた。

「犯人はぼくが必ず捕まえます」之亮が言った。

「きみが私の息子だったらよかったんだが……」申援朝はつぶやいた。

それから腕をほどくと、気まずさを隠すように二度咳ばらいをしてから言った。

「いや、すまない。今のは年寄りのたわごとだよ。今日はわざわざ申明《ミン》のお参りにきてくれて、ありがとう」

雨が激しくなってきた。花と冥銭を買うのに手間取っているのだろう、申敏《ミン》はまだやってこない。

申援朝は、あらためて之亮を見つめた。これは幻ではない。今、しっかりと抱きしめたのだから……。その感触はまだ腕に残っている。この子は確かにこの世に存在するのだ。ただし、幽霊として……。それを確かめようと、申援朝は之亮に尋ねてみた。

「きみはまだこの世にいるんだね？」

奇妙な問いのはずだったが、清明節の墓地ではそれほど不思議にも思えない。

だが、それには答えず、之亮は申明の墓を見つめていた。墓碑には、

愛する息子、申明、ここに眠る
一九七〇年五月十一日―一九九五年六月十九日　享年二十五歳
（父、申援朝　泣いて之を建てる）

という文字が刻まれている。そこから目を離さないのだ。

しばらくして、之亮がきっぱりと答えた。

「息子さんを殺した犯人が罰せられるまで、ぼくはこの世から消えません」

「つまり、死んだあとも、まだこの世にいるということだね」申援朝はうなずいた。「それならば、息子の申明だって、この世のどこかにいるかもしれない。あの子は今年四十三歳になるんだ」

そう言って、墓の前にひざまずくと、祈りはじめる。

「申明、この世のどこかにいるのなら、どうか私の前に現れておくれ」

それからしばらくして、申援朝はお祈りをやめて顔をあげた。だが、そこにはもう黄之亮《ホアン》の姿はなかった。黄之亮は煙のように消えていた。

第六章

二〇一三年六月十九日（水曜日）　午後九時三十分

自宅の一室で、張　鳴松《チャン・ミンソン》は大きく息を整えた。これから司望《スー・ワン》に取り憑いた申　明《シェン・ミン》の霊魂をはがし、憑代として用意した玉器《ぎょくき》に一度、移してから、冥界に返してやるのだ。

今日は六月十九日、申明が殺されてから十八回目の命日だ。この儀式を行うなら、命日がいちばんふさわしい。去年の秋に、〈司望に幽霊が取り憑いていて、それは申敏の霊だ〉ということがわかって以来、張鳴松は、いろいろな文献を調べて、準備を進めてきた。そうして、今日いよいよ儀式を行うのだ。

申明が殺されたのは、午後十時だ。その時刻が近づくにつれて、身体じゅうの血が興奮でわきたつのを感じた。

二〇一三年六月十九日（水曜日）　午後九時五十九分

床に置いた座布団の上に膝をつくと、張鳴松は上半身裸になった。これから、胸に描いた六芒星《ろくぼうせい》を指でなぞりながら、呪文を唱えるのだ。いくつか文献に書いてあったような仕草もする必要がある。もし、そんなところを人に見られたら、有名な数学教師としての評判はがた落ちだろう。だが、そうしなければ、死者に取り憑いている幽霊をはがして、憑代に移すことはできないのだ。

司望に申明の幽霊が取り憑いていると最初に思ったのは、去年の二月のことだ。それまでも、司望を見るとなぜか申明のことを思い出すので、その可能性を疑っていたのだが、去年の九月に司望が安《アン》先生の授業で問題を起こした時にまちがいないと思った。司望は「幽霊は存在する。自分のなかには幽霊がいる」と言ったというのだ。実際、司望は自分が尋ねた時にも、「はい。ぼくのなかには幽霊がいます」と、はっきり答えた。それからというもの、張鳴松は司望の様子を注意ぶかく観察した。そして、司望のなかに申明の幽霊がいるという確信をさらに強めた。

本当だったら、司望の身体から申明の幽霊が離れる瞬間を見たいものだが……。張鳴松は思った。だが、夏休みが始まってからここ数日、司望は格闘技クラブに通ってばかりいた。それに何か口実を設けて、ここに呼びよせるのも難しかった。

張鳴松は時計を見た。あと十秒。いよいよ儀式の始まりだ。

と、その時、玄関のベルが鳴った。

いったい、誰だ？　こんな時刻に……。これでは儀式ができないではないか！　今日は個人授業の予定は入れていない。とすると、生徒がまちがえたのか？　あるいは、保護者がつけ届けの品でも持ってきたのだろうか？　まったく、タイミングが悪い！

いまいましい気持ちで座布団を片づけ、ワイシャツを身につけると、張鳴松《チャン・ミンソン》は玄関に向かった。扉を開けると、見知らぬ男性が立っていた。年齢は六十代半ばだろうか？　厳しい目でこちらを睨んでいる。

「どなたでしょうか？」張鳴松は尋ねた。

だが、その瞬間に思い出した。前に図書館で会ったことのある男だ。確か、検事だと言っていた。まずい！　この男をなかに入れてはいけない！

張鳴松は急いでドアを閉めようとした。だが、その時にはもう遅かった。頭に棍棒《こんぼう》がふりおろされ、あっと思った時には、床に倒れて気を失っていた。


二〇一三年六月十九日（水曜日）　午後十一時

それから一時間後、張鳴松は意識を取り戻した。

どうやら寝室の隅にころがされているようだ。手足は縛られ、口には布が詰められている。額のあたりがずきずきと痛んだ。このぶんだと出血もしているだろう。

と、男の姿が目に入った。棍棒を手に、行ったり来たりしている。まるで、古代の処刑人のようだ。

「よし、目が覚めたか？」

足でこちらの首を押さえつけながら、男が続けた。

「いいか。これからする質問に答えるんだ。ただし、口の詰め物はそのままにしておく。それをとったら、きっと叫びだすだろうからな。だから、首を振って答えろ。『はい』ならうなずけ。『いいえ』なら首を横に振るんだ。いいな？」

張鳴松はうなずいた。

「では聞く。おまえは殺人犯だろう？」

張鳴松は首を横に振った。びんたが飛んできた。

「壁に貼ってあるのは、《神の全能の目《プロヴィデンス・アイ》》だな。フリーメイソンのシンボルのひとつだ。おまえは会員なのか？　それとも興味を持っているだけか？　いずれにしろ、おまえが魔術やら異教の儀式やらに興味を持っているのはわかっている。おそらく、そんな儀式のために人を殺したのだろう？」

張鳴松は、また首を横に振った。再び、びんたが飛んでくる。

「おまえは一九九五年六月十九日の夜十時、申明《シェン・ミン》を殺した。そうだな？」

張鳴松は必死に首を横に振った。口に詰め込まれた布が喉に詰まりそうだった。

「まだ嘘をつくのか！　あれから十八年、私はおまえが捕まるのをずっと待っていた。だが、これ以上は待てない。だから、警察に頼らず、自分で片をつけることにした。おまえはナイフを使ったが、私はこの棍棒を使うつもりだ」

その言葉が終わると同時に、男が棍棒を振りあげた。張鳴松は目を閉じた。身体ががたがたと震えていた。失禁しそうだった。

だが、その時、玄関のベルが鳴った。

張鳴松《チャン・ミンソン》は安堵《あんど》して、そっと目を開けた。男は棍棒をさげ、じっとしている。それから、警戒しながら玄関のほうに行った。

二〇一三年六月十九日（水曜日） 午後十一時五分

いったい誰が来たのだろう？　棍棒を手にしたまま、申援朝《シェン・ユエンチャオ》は、いぶかりながら玄関に向かった。

再びベルが鳴った。扉の前に立つと、人の気配を察したのか、小さな声が扉ごしに話しかけてきた。あたりをはばかるような声だ。

「申検事、そこにいらっしゃいますか？　黄之亮《ホアン・ジーリアン》です」

「之亮君か？　どうしてここに？」

「きっと、ここにいらっしゃるのではないかと思って……。検事さんに罪を犯させてはいけないと思って、飛んできたのです」

「いや、これはきみには関係のないことだ。帰ってくれ」

「いえ、帰りません。検事さんは張鳴松が犯人だと思っていらっしゃいますね？　でも、ちがうんです。お願いです。この扉を開けてください。開けてくれなければ、残念ですが警察を呼ばなくてはなりません」

　申援朝は細く扉を開けた。すると、すぐさま之亮が扉をすりぬけてきて鍵をかけた。

「之亮君、ようやくこの手でやつを殺せる時が来たんだ。やつは犯人だ。まちがいない。私は確信しているんだ」

「いいえ。張鳴松は犯人ではありません。はっきりしたアリバイがありますから……。警察も最後まで、そのアリバイを崩せなかったんです」

「でも、やつはいろいろなミステリを研究して……」

「無理なんです。証人もいます」

　申援朝は黙った。張鳴松が犯人だという確信はある。だが、之亮を説得するための言葉は見つからなかった。しかたなく、申援朝はほかのことを口にした。

「だが、どうして、私がここにいるとわかったのだ？　いくら幽霊だからと言って……」

「三十分ほど前に、お嬢さんの申敏《ミン》さんが心配して電話をくれたんです。『パパが朝に家を出たまま、帰ってこない』と言って……。それから、手紙を残していることも教えてくれました。その手紙には、《犯人に復讐しにいく》と書いてあったと。申敏さんは賢い子ですから、ぼくに助けを求めたんです。『このままだったら、パパは殺人犯になってしまう。警察に知らせたら、たとえ相手を殺していなくても、捕まってしまうし……。どうしよう？』と。それで、ぼくが今夜のうちに無事に申検事を連れかえるって、約束したんです」

「でも、手紙には行き先を書いていなかったはずだが……」

「それくらい、すぐにわかりますよ。申《シエン》検事が《犯人に復讐しにいく》と書きおきを残して出かけたのなら、行き先はここしか考えられませんから……。張 鳴松《チャン・ミンソン》はどこですか？　検事さんはあの男に何をしたんです？」

申 援 朝《ユエンチャオ》は手に持った棍棒を見つめた。それから、ついてくるようにと目で合図をすると、之 亮《ジーリアン》を寝室に連れていった。張鳴松は仲間がやってきたのかと怯《おび》えた様子をしていたが、之亮の顔を見ると、びっくりしたような顔をした。

之亮は張鳴松のそばにかがみ、その口から詰め物をとった。張鳴松が咳きこんだ。そこで思いがけないことが起こった。之亮が張鳴松にあやまって、傷の具合を確かめはじめたのだ。

「すみません、張先生。来るのが遅かったようですね。お怪我は大丈夫ですか？」

「何をしているんだ！」

思わず、かっとなって、申援朝は棍棒を振りあげた。そのまま之亮に打ちかかる。だが、之亮はすばやく身をかわすと棍棒を奪い、静かに立ちあがった。申援朝は尋ねた。

「きみはこの男と知り合いなのか？　この男を助けに来たのか？」

「はい、張先生はぼくの高校の担任です。ぼくは先生を助けに来たんです」

そう言うと、之亮はさらに驚くようなことをした。持っていた棍棒で、自分の額を強く打ったのだ。額から血が流れ、口に伝っていった。その姿に申援朝はなぜか息子の申明《ミン》が殺された時の姿を重ねあわせた。息子が死んだ時も、血はこんなふうに流れたのだろうか？

「きみは、なぜそんなことをするんだ。棍棒で自分の額を打つなんて……」

「幽霊ではないことを証明するためです。そのうえで、検事さんにあやまるためです。この血は検事さんに対して申しわけないと思っている、ぼくの気持ちの証《あかし》です。ぼくは黄《ホアン》之亮ではありません。最初に検事さんが勘ちがいなさったのをそのままにしてしまったのです。けれども、そのあと黄海《ハイ》捜査官のお墓で捜査官の息子さんが亡くなっていることがばれてしまったので、今さらひっこみがつかず、それで幽霊のふりをしたんです。申しわけありませんでした」

「じゃあ、きみは？」

「ぼくは本当は司望《スー・ワン》と言います。父は司明遠《ミンユエン》で、母は何清影《ホー・チンイン》です。南明《ナンミン》高校の生徒で、秋から三年生になります」

「しかし、また、なんでそんな嘘を……」

「いえ、まんざら嘘というわけでもありません。黄海捜査官はぼくを息子のように思ってくれていましたから……。だから、黄海捜査官の遺志を継いで、検事さんの息子さんを殺した犯人を突きとめようとしていたんです。それは本当です」

「犯人なら、わかっている」申援朝は言った。「お願いだ。私にこの男を殺させてくれ。私は息子を殺された復讐をするのだ。この男は変質者で、おかしな儀式のために人を殺すんだ。これまでにもきっと何人もの人間が殺されている。息子もそのひとりなんだ」

「いいえ、張《チャン》先生は息子さんを殺した犯人ではありません」

「どうして、そんなことが言えるんだ？」

「さっきも言ったように、アリバイがあるからです」

「そんなものは……」

「いいえ。これについては、黄海《ホアン・ハイ》捜査官がきちんと調べました。当日、張先生が宿泊していたホテルまで行って、一緒にいた人の証言をとって。その結果、張先生が南明通りの現場に行くのは不可能だとわかったのです」

「だが、この十八年間、私はずっと息子のことを考えてきたんだよ。どれだけ時間がたっても苦しみは消えなかった。いや、それどころか苦しみは増すばかりだった。あの子にはどれだけ償っても償いきれない。だから、私はあの子を殺した犯人に復讐すると誓ったんだ。たとえこの命と引き換えにしても……。私の目の前にはいつだってあの子の顔が……。いや、きみにはわかるまい」

「わかりますよ。息子さんだって、お父さんがそんな気持ちを持ちつづけていると知ったら、すごく嬉しいでしょう。きっと、あの世で喜んでいますよ。それに検事さん、ぼくが助けに来たのは、張先生だけではありません。検事さんも助けに来たんです。もし申《シェン》検事が殺人の罪で捕まったら、お嬢さんはどうなるのでしょう？　人を殺した罪で死刑になったら……。かわいそうに申敏《ミン》さんはまだ十八にもならないのに、この先、殺人犯の娘として生きていかなければならないんですよ」

申援朝《ユエンチャオ》はがっくりと肩を落とした。

「復讐はあきらめたほうがいいということか……」

「ええ、そんなことをしても、息子さんは戻ってきませんから……。その代わりと言ってはなんですが、息子さんを殺した犯人は、必ずぼくが見つけてみせます。それが黄海さんの遺志でもありますし」

そう言うと、之亮《ジーリアン》は――いや、司望《スー・ワン》と名乗った少年は、張鳴松《ミンソン》を縛ったロープを解きはじめた。

「張先生、痛かったでしょう。申検事に代わって、お詫《わ》びします。申検事は息子さんを失った悲しみで、こんなふうになってしまったのです。だから、今夜のことはどうぞ許してあげてください。それから、ひとつお願いがあります。勝手なお願いだとは思いますが、警察には知らせないでください。そうしてくださったら、先生の言うことは何でも聞きますから。約束します」

「わかった。そうしよう。今夜のことは誰にも言わない。警察にも、誰にも……。約束するよ」張鳴松はうなずいた。

「ありがとうございます。ぼくも約束を守ります」

やれやれ、これでは子供に尻ぬぐいさせる、だめな大人ではないか。申援朝《シェン・ユエンチャオ》は思った。確かに、申敏《ミシ》のことを考えたら、この司望《スー・ワン》という少年に頭があがらない。司望は棍棒とロープを床に放りだしてあった袋にしまうと、その袋を自分の肩にかついで出口に向かった。

「さあ、帰りましょう。お宅まで送ります」こちらを向いて言う。

申援朝はおとなしくその言葉に従い、張鳴松の家をあとにした。

通りに出ると、司望がタクシーを拾った。先に乗りこみ、住所を告げる。

時刻は十一時半になろうとしていた。

十八年前の今頃、申明《ミシ》はすでに、南明《ナンミン》通りの工場の地下室で遺体となっていた。殺された時の痛みはどれくらいだったのだろう？　今はただ永遠に続く静寂のなかにいるのか？　それはどんなものなのだろう？　タクシーの窓から暗い夜空を見つめ、申援朝は息子を包む静寂を想像した。

その時、司望が沈黙を破った。

「お願いがあります。これからはもう息子さんを殺した犯人を探そうとしないでください。さっきも言ったように、犯人はぼくが見つけますから……」

「いや、しかし、見つけると言っても、きみはまだ高校生じゃないか」

「はい、今は高校生です。でも、大人になったのはずっと前です」

その言葉の意味はよくわからなかったが、なぜか頭のなかに三十数年前の思い出がよみがえってきた。

申援朝はぽつりと語った。

「申明は非嫡出子だったんだよ。申敏とは異母兄妹でね。申明の母親は、あの子が七歳の時に亡くなっている」

「知っています」

「昔、あの子がまだ小さかった頃、五月の労働節の休みに一度だけ、あの子を人民公園に連れていったことがあるんだ。私がまだ申敏の母親と結婚していなかった頃だった。あの子は幸せそうに笑っていた。メリーゴーラウンドに乗って、こちらに手を振ってくれたよ。買ってあげた風船を嬉しそうにしっかりと握っていた。一緒にオレンジジュースも飲んだんだ」

「ええ、覚えています」司望が言った。「覚えていますよ、お父さん」

その言葉に、申援朝はびっくりして、司望を見た。だが、司望は窓の外をじっと見つめている。きっと何かの聞きまちがいだったのだろう。申援朝は、話を続けた。

「ああ、たとえ幽霊でも、息子が私の目の前に現れてくれたら……。そして、お父さんと言ってくれたら……。実は私は、ある道士に頼んで、あの子の霊を呼びだしてもらったことがあるんだよ。その道士に息子が死んだ工場の地下は恐ろしいところだから、死後も霊魂が閉じこめられてしまうと言われて……。ただし、息子の霊を呼びだせば、四十九日に私のところに来てくれ、その後、生まれ変わることもできるという話をされてね」

「その結果は？」

「何もなかった。四十九日に息子の霊は現れなかったよ。たぶん、その道士は金目当てのインチキ道士だったのだろう。私はがっかりした。だから、きみが之亮《ジーリアン》君の幽霊だと言った時、幽霊はやはり存在するのだと思って、再び希望を抱いたんだ。もしそうなら、息子の幽霊に会えるのではないかと……」

「すみません。ずっと嘘をついていて……。この世に幽霊はいません。ですから、検事さん、もう息子さんの幽霊は探さないでください」

そう言いながら、司望《スー・ワン》はこちらの手を握った。温かな手だった。こんなに温かい手が幽霊の手であるはずがない。

申援朝《シェン・ユエンチャオ》は何も言わず、その手のぬくもりを感じとっていた。

やがて、タクシーはマンションの入口に着いた。司望も一緒にタクシーを降りて、つきそってくれた。マンションの下から見あげると、四階の窓に明かりがともっている。申敏《ミン》が起きて待っているのだ。きっと、一晩じゅうでも待っているつもりだったのだろう。もし今夜、自分が殺人犯になっていたら、あの子はどうなっていただろう。申援朝は今さらながら、自分のしようとしたことの重大さに思いいたった。

ふたりはエレベーターに乗って、四階まであがった。だが、自宅の扉の前まで来ても、申援朝は呼び鈴を鳴らすことができなかった。娘に合わせる顔がなかったのだ。すると、こちらの気持ちがわかったのか、司望が代わりにボタンを押してくれた。

そのとたん、なかから走ってくる足音が聞こえた。そして、扉がさっと開いたかと思うと、申敏が飛びついてきた。泣きながら笑っている。申援朝も娘をしっかりと抱きしめた。

しばらくして、申援朝は娘から身を離し、司望にお礼を言おうとした。だが、その時にはもう司望の姿は消えていた。

第七章

二〇一三年八月　高校生活最後の夏

来年の六月にはいよいよ大学入試が待ち受けている。目指す大学に合格しようと思ったら、この一年が勝負で、特に夏休みは重要だった。そこで、受験生たちはみずから進んで補習を受けたり、家庭教師に家に来てもらったりしていた。だが、申　敏《シェン・ミン》は普段から成績がよく、模試の結果も抜群なので、夏休みだからと言って特別に勉強する必要はなかった。そこで、よく司望《スー・ワン》に声をかけて、一緒に出歩いていた。司望も成績がよいので、大学入試のことはほとんど気にかけていないらしく、誘いに応じて出てきてくれた。ただ、せっかく会っても父親の話ばかりして、気分をそがれることはあったが……。

あの書きおきをして出かけた六月十九日以来、父親はおとなしくしていた。朝の運動をすると、書道にいそしみ、昔の検事仲間とお茶を飲んだり、自分と同じく仕事を引退した党員の仲間たちと一緒に《環球時報》や《参考消息》などの新聞を読んでは、国家の問題について議論を交わしたりしていた。そんな父親の近況を報告すると、司望はいつも安心したような顔をした。そんな時、申敏はひそかに思った。パパのことじゃなく、もっとわたしに関心を持ってくれればいいのに、と……。

申敏は司望に恋をしていた。

だから、父親を助けてくれたお礼だと口実を設けて、よく麻辣湯《マーラータン》のお店でごちそうしたり、映画のチケットを買っておいて、一緒に見にいったりした。

映画はホラーが多かった。もともと好きなのもあったが、何回か一緒に見にいくうちに、デートにはホラーがうってつけなのがわかったのだ。たとえB級のつまらない作品でも、二時間のあいだには何度も身の毛のよだつ場面がある。そんな時に恐怖の声をあげて、司望の腕にしがみつき、肩に頭を乗せることができるからだ。司望のほうは、ちょっと困っているようだったが、それはあまり気にしないことにした。

もっと司望に近づきたい。もっと仲良くなりたい。そう思って、ある日、申敏は思い切って、司望を家に誘ってみた。

「ねえ、明日はパパが退任者の集まりで出かけるんだけど、家に来ない？」

言ってから赤くなったけれど、司望は来てくれると言った。

翌日、申敏は朝からクッキーを焼き、おしゃれをして司望が来るのを待った。お気に入りのピンクのミニスカートをはき、髪も念入りに整えた。

司望は時間どおりにやってきた。申敏は司望を居間に案内すると、手作りのクッキーとお茶を出し、ふたりでしばらくおしゃべりをした。

「ねえ、パパから聞いたんだけど、パパには本名を言わず、黄之亮《ホアン・ジーリアン》って人の幽霊だと言ってたんだって？」

「ちょっと事情があってね。もともとはお父さんがぼくのことを黄海《ホアン・ハイ》捜査官の息子だと勘ちがいしていて……。でも、なかなか訂正する機会がなくて、そのままにしておいたら、その息子さんが死んでいるってことがお父さんにわかっちゃったんだ。それで……」

「じゃあ、司望《スー・ワン》っていう名前も嘘かもしれないね。あなたの話のうち、わたしは何を信じればいいのかな？」

「何も信じないほうがいい」

「もう、嘘つき！」

そう言って、申敏《シェン・ミン》は司望の座っていたソファのほうに移動した。司望はちょっと身を引いて言った。

「もしかしたら、ぼくは本当に幽霊かもしれないよ。そしたら、怖い？」

「怖くない。全然、怖くないよ。あなたみたいな素敵な幽霊だったら……。高校でもモテるんでしょ？」

「モテないよ」

「嘘つき！」

そう言うと、申敏は司望の腕をとって立たせた。

「ねえ。わたしの部屋、見たくない？」

居間の暖炉の上には申明《ミン》の写真が飾ってあった。申敏に腕をとられて立ちあがったものの、司望はその場を動こうとせず、じっと写真を見つめた。と、それに気づいたのか、申敏が言った。

「兄の写真よ。でも、わたしは兄に会ったことがないの」声は淋しげだった。

「会ったことがなくても、お兄さんはずっときみのそばにいるよ」

「幽霊になって、そばにいるってこと？」

「怖い？」

「怖くないよ。兄の幽霊なら……。幽霊がほんとにいるならだけど……」

「いるよ。ぼくはきみのお兄さんの幽霊だ」

「どうして。兄の幽霊があなたになって出てくるの？」

「きみを守るためだよ」

「嫌よ。あなたは幽霊じゃないもの」

「わかった。じゃあ、こうしよう。幽霊ではないけれど、ぼくはきみのお兄さんだ。それでいい？」

「だめよ。だいたい、あなたはわたしより一日早く生まれただけじゃない」

「うん、でも、ぼくはきみのお兄さんなんだ。少なくとも、ぼくはきみのことを妹だと思っている」

するとその言葉の意味がわかったのか、申敏《シェン・ミン》はうなだれた。目にはうっすらと涙を浮かべている。

「ぼくはこれからいろいろとやらなければならないことがある」司望《スー・ワン》は言った。「大学の受験勉強だって、少しはやらなくちゃならないし……。きみだって、まったく何もしないわけにはいかないだろう？　だから……」

「だから？」

「しばらくは会わないほうがいいと思う」

「嫌！」

申敏は激しく首を横に振った。

「いつ、どこにいても、きみのことは兄として見守っているから……」

そう言うと、司望は玄関のほうに向かおうとした。だが、申敏は行かせまいと、つかんでいた腕をぎゅっと握った。

「わかるね。ぼくはきみのお兄さんなんだ」

申敏の手から力が抜けた。司望は申敏の瞳を見つめた。その瞳は悲しみに満ちていた。

「わかった……」

そうつぶやくように言うと、申敏は儚《はかな》げに笑った。きれいな子だ。司望は思った。あと数年もしたら、美しい女性になるだろう。

「いつでも見守っているから……」

もう一度、そう言うと、司望は玄関に向かった。

外に出ると、マンションの前の広場には夾竹桃の花が咲いていた。その花の前で、司望はつぶやいた。

「まずはあいつを片づけなければ！」

第八章

二〇一三年九月十六日（月曜日）　最終学年の始まり

「どうだね？　一緒に卓球でもしないかね？」放課後に司望《スー・ワン》の姿を見かけたので、張《チャン・》鳴松《ミンソン》は声をかけた。

授業以外で話をするのは、あの六月の出来事以来、ひさしぶりだ。あれから三カ月の間、張鳴松は司望との約束を守って、申援朝《シェン・ユエンチャオ》を警察に訴えることはしなかった。だが、司望に対する興味はますます強くなっていった。

司望は、そもそも何者なのか？　あの日、自分は司望の身体から申明《ミン》の霊魂をはがすために儀式を行おうとしていた。すると、申明の父親の申援朝元検事が現れて、自分に復讐しようとした。それはもちろん、完全な勘ちがいから来たものだったが、相手は本気だった。そして、まさに相手に殺されそうになった瞬間に、司望が現れたのだ。あのふたりは知り合いのようだったが、申明の幽霊が司望に取り憑いているなら、それも納得がいく。おそらく、申明が司望を操って、申援朝に近づいたのだろう。これは面白い。いつかまた申明の降霊術をする時のためにも、調べてみる価値がある。

だが、司望に対する興味が強くなったのは、それだけが理由ではなかった。あの時、司望は、「先生の言うことなら、何でも聞く」と言ったのだ。そう言われたら、どうしたって興味を惹かれずにはいられない。そこで、まずは声をかけてみることにしたのだ。

司望の目を見ながら、張鳴松は重ねて言った。

「卓球はできるんだろう？」

「少しだけなら……」

「じゃあ、私とひと勝負しようじゃないか」

卓球室は男子寮の四階の廊下の突きあたりにある。申明が十八年前までの三年間、居室として使っていた部屋だ。柳曼《リウ・マン》の殺害事件があって、その後、申明が解雇された時、卓球室に改装されたのだ。もし申明の幽霊が司望に取り憑いているなら、自分が住んでいた部屋に入って、どんな反応を示すだろう？　その点も観察してやろう。

そんなことを考えながら、張鳴松は卓球室のドアを開けた。卓球台の上には埃が積もっている。卓球室に改装されてから、ほとんど使われていないのだ。

「司望、きみはこれまでにこの部屋に入ったことがあるかね？」ラケットを手に取ると、相手の反応をうかがいながら、張鳴松は尋ねた。

「はい」

司望は自分もラケットを手に取ると、部屋を見まわしながら答えた。

「いつだね？」

「前世で生きていた時です」

「面白いことを言うね。さあ、行くぞ」

背中がぞくぞくするのを感じながら、張鳴松《チャン・ミンソン》はサーブをしたが、司望《スー・ワン》が強く打ちかえしてきて、ポイントを取られた。

「うまいじゃないか！」

それから三十分ほどゲームを続けたところで、張鳴松は休憩を求めた。ひとまず椅子に座って、ソーダを飲む。身体じゅう、汗びっしょりだった。それは司望も同じで、シャツを脱ぐと上半身裸になった。鍛えられた見事な身体だった。

「司望、この間はありがとう。命を助けてくれて……」張鳴松は言った。

「いえ、別に……。でも、どうしてぼくが申《シェン》検事と知り合いなのか、お尋ねにならないんです？」

「それほど大切なことではないからね」

本当は知りたくてしかたがなかったが、張鳴松はあえて無関心を装った。すると、司望のほうから話しだしてきた。

「父の古い友人なんです。それで、よく家に遊びにいって……。あの時は、検事の娘さんから電話があって、検事が先生のところに向かったと聞いたので……」

「じゃあ、あの事件のことも知っているんだな。一九九五年に、この南明《ナンミン》高校で国語の教師をしていた申明《ミン》という男が、当時の教頭を殺して、そのあと自分も誰かに殺されたということを……」

「ええ。その国語の先生というのが、検事の息子さんだということも……」

「あの検事は私が申明を殺したと思いこんでいるのだ。もちろん、真実ではない。私にはアリバイがあるし、警察だってそれを認めたんだからね。だいたい、もし私が殺人犯なら、この高校で教務主任を続けていられると思うかね？」

「いいえ。検事はまちがったことを信じているのです」

張鳴松は、ほっとため息をついた。それから、天井を見あげて言った。

「見たまえ。クモの巣が張っているだろう。当時、この部屋には申明が住んでいたんだ。そのせいで、せっかく卓球室に改装したというのに、ここにやってくる者はほとんどいない。この部屋には幽霊が出るという噂が立ってね」

「申明さんの幽霊ですね。誰かその幽霊を見た人はいるんですか？」

「いるだろう。もしかしたら、きみは見ているのではないかと、私は思っていたのだが……」張鳴松はかまをかけた。

その時、天井の蛍光灯が震えるようにまたたいた。それは幽霊の存在を思わせた。

「ほら、やっぱりいる」張鳴松は感情を表さないようにして言った。「申明の幽霊だ。この部屋のどこかにいることはまちがいない」

それから、司望《スー・ワン》の裸の肩に手を置いて、続けた。

「シャツを着なさい。そうして、部屋に戻るんだ」

二〇一三年十一月十八日（月曜日）

秋は深まっていた。アオギリの落葉が風に舞って、教室の窓に貼りつく。なかでは、三年生の生徒たちが必死になって勉強をしていた。大学受験まで、あと半年。今はもう死にものぐるいでやるしかなかった。

張　鳴松《チャン・ミンソン》のもとには、放課後に個人授業をしてほしいという依頼が殺到していた。だが、張鳴松はそのほとんどを断わり、時間があれば司望と一緒に過ごしていた。欧陽　小枝《オーヤン・シャオジー》との出来事があって以来、司望は高校では問題行動を起こす生徒だと見られ、教師も生徒も一定の距離をとっていた。司望に親しく話しかけるような者はいない。けれども、張鳴松はいつでも積極的に声をかけ、良好な関係を保っていた。これなら、かねてから温めていた計画を実行に移すことができるかもしれない。張鳴松はそう考えて、機会を待つことにした。

そして、今日――。競技場の端を歩いている司望を見つけて、ついにその機会が来たと思った。

「司望、どこに行くんだ？」

「図書館です」

「じゃあ、途中まで一緒に話そう。私は自分の部屋に戻るところだから……」

「はい」

と、その時、司望のスマホが鳴った。着信メロディは、張　雨生《チャン・ユーシェン》の「ぼくは秋空の下の一本の樹」だ。司望は電話に出ると、すぐに切った。

「どうした？」

「まちがい電話です」

「張雨生の『ぼくは秋空の下の一本の樹』だね。若い頃、よくその歌を聴いたものだ。三十歳の頃に……」

「この歌をうたった人は、ぼくが生まれてから二年後に死んだとか……」

「きみは一九九五年生まれだったな。そうだ。張雨生は、一九九七年に自動車事故で死んだんだ」

そんなことを話しているうちに、図書館の前に着いた。張鳴松は深刻な口調を装って、切りだした。

「司望、しばらく前から数学の成績がよくないね。ここ一カ月ほどで急降下している」

「数学は昔から苦手なんです」

「では、どうだろう？　私はきみに個人授業をしてもいいと思っているのだが……」

司望はすぐには返事をしなかった。顔を上に向けて、図書館の屋根を見つめている。それから、ぽつんと言った。

「先生の授業なら、受けたい人は大勢いるでしょうに……」

「いや、私はきみに教えたいのだ。今夜は図書館で宿題の採点をするつもりだが、たぶん十時には終わっているだろう。どうだ？　そのあとできみの勉強を見るというのは……。きみは教科書を持って、その時間にやってくればいい」

数時間後、張《チャン・》鳴松《ミンソン》は図書館で宿題の採点をしていた。まだ十時前だ。司書はもうとっくに家に帰っている。図書館にいるのは、自分ひとりだ。やがて採点がすべて終わったので、張鳴松は書架に行き、ダン・ブラウンの『天使と悪魔』を取り出すと、席に戻って読みはじめた。はたして、司望《スー・ワン》は来るだろうかと思いながら……。

司望は十時きっかりに現れた。手には数学の教科書を持っている。張鳴松は満面の笑みで司望を迎えた。

「よく来たね。だが、ここはちょっと寒い。上に行こうか」

「上って、屋根裏部屋のことですか？」

「そうだ。幽霊が出るといういわくつきの部屋だ。怖いか？」

「いいえ」

だが、屋根裏部屋にあがる階段の前まで来ると、司望はためらうような素振りを見せた。

「やっぱり、怖いのか？」張鳴松は尋ねた。

「そんなことはありません」

そう言うと、司望は先に立って階段をのぼりはじめた。張鳴松はそのあとについていった。部屋に入ると、天窓から月の光が差しこんで、本が散らばった床を照らしていた。そういえば、しばらくこの屋根裏部屋には来ていない。

張鳴松はうしろ手で、部屋の扉を閉めた。扉は外側からしか鍵をかけられない。また、鍵をかけたら、やはり外側からしか開けることができない。もし誰かが悪意をもって、外から鍵をかけたら、自分たちは天窓から屋根に出て、助けを求めなければならなくなる。もちろん、そんなことは起きるはずもないが……。

そんなことを考えながら、張鳴松は司望に座るように言った。といっても、この部屋には丸椅子がふたつしかない。司望は部屋のなかを見まわすと、思わぬことを尋ねてきた。

「先生、この部屋で昔、女子生徒がひとり亡くなったということですが……」

「そのとおりだ。柳曼《リウ・マン》という生徒でね。かわいそうに、夾竹桃の花から抽出された毒で殺されたんだ」

「犯人は捕まったんですか？」

「いや、申明《シェン・ミン》が殺したのではないかという噂も流れていたが……。けれども、申明はその二週間後に殺されてしまった。だから、その噂が本当かどうかはわからない」

「そうですね」そう言うと、司望《スー・ワン》は椅子を少し離れたところに置いて、そこに座った。

「じゃあ、補習を始めてくれますか?」

「その前に、ちょっとおしゃべりをしよう」張鳴松《チャン・ミンソン》は言った。「きみはほかの男子生徒とは少しちがっているね。二年前に最初にきみを見た時から、そう思っていたのだが……」

「変わっているとは、よく言われます」

「欧陽《オーヤン》先生とのことには、少しがっかりしたがね」

それを聞くと、司望は顔を曇らせた。

「そのことについては、あまり話したくありません。いずれにしろ、もう欧陽先生と会うことはないでしょう」

「きみはまだ若い。だから、世の中にはどれほど望んでも、手に入れられないものがあるということがわからないんだよ。いや、自分自身のことさえ、わからない時もある」

「何をおっしゃりたいんです」

「自分が本当は何を望んでいるのか、それさえ知らない場合があるということだ」

そう言うと、張鳴松は司望のうしろにまわり、耳のうしろからうなじにかけて、息を吹きかけた。

「先生……」

「司望、きみは美しい」甘い声でささやく。「さぞかし女の子たちの胸をときめかせるだろう。だが、きみを見て胸をときめかせるのは、女の子たちだけではない」

　そう言いながら、張鳴松は指の先で、司望の耳たぶ、頬、顎、鼻に触れていった。そして、その指が唇の近くまで来た時、司望が言った。

「先生、ぼくが先生の指を嚙んだら、どうなさるおつもりです？　怖くはないんですか？」

「嚙みたいのなら、嚙んでもいいよ」

　そう司望の耳もとでささやくと、張鳴松は司望の汗のにおいを思い切り吸い込んだ。そして、うしろから司望を抱きしめようと、両手を前に回した。だが、その手が司望の身体に触れた瞬間、

「先生、ごめんなさい」

　まるで電気ショックを受けたように、司望がびくっとして、椅子から立ちあがると、部屋を出ていってしまった。すぐに階段を駆けおりる音が聞こえた。

　青白い月の光のもとで、張鳴松は途方に暮れて、床に座りこんだ。司望の身体に触れた指の先を見つめる。それから、その指にまだ司望のにおいが残っているか確かめるように、指を鼻の下に持っていき、それから口に入れた。

　司望は決して拒絶はしない。なぜだかわからないが、その確信はあった。

第九章

二〇一四年一月十三日（月曜日）午後七時

学期末試験の前日、張鳴松《チャン・ミンソン》は司望《スー・ワン》からショートメールを受け取った。

昨年の秋の図書館の屋根裏部屋での出来事以来、張鳴松は司望の気持ちをはかりかねていた。司望は特に自分に近づいてくるわけではなく、かと言って、自分を避けようとするわけでもなく、ふたりきりで話す時にも、自然な態度で接してくるのだ。まわりに誰もいないことを確認すると、張鳴松はそっと司望の手に触れることもあった。司望は最初こそ、すぐに手を引っこめていたが、次第にこちらにされるままになった。

そして、今日、メールが来たのだ。メールにはこう書いてあった。

張先生。今夜、先生のお宅にうかがってもいいですか？
補習授業をしていただきたいのですが……。

張鳴松はすぐさま返事をした。

わかった。きみが来るのを待っているよ。


早めに学校を出て、家に戻ると、張鳴松は部屋の掃除をして、カーテンを閉めた。それから風呂に入り、全身に香水をふりかけた。そうして、鏡に映った自分の姿を見ると、五十になった中年男というよりは、初恋に胸をときめかせる高校生のようだと思った。

その時、玄関のベルが鳴った。

張鳴松はいそいそと扉を開けにいった。

「やあ、司望、よく来たね」

「こんばんは、先生。今日はありがとうございます」

そう礼儀正しく言うと、司望は家に入ってきた。司望がここに来るのは、あの申援朝《シェン・ユエンチャオ》が押しかけてきた時以来、二度目だ。あの時はまだ未成年だったが、今は成人だ。昨年の暮れに十八歳の誕生日を迎えてから、ほぼひと月がたっている。

張鳴松は司望の腕をとった。

「ずいぶん大きくなったな。もう私より背が高いじゃないか」

そう言って、司望が上着を脱ぐのを手伝う。部屋のなかは高めの温度にしていた。

「何か飲むかね？」

答えはなかったが、張鳴松は冷蔵庫から缶ビールを二本取り出してきて、一本を司望の前に置いた。

「ありがとうございます。でも、喉は渇いていないので……」

「好きにするといい」

そう言いながら、司望《スー・ワン》のうしろに回ると、張鳴松《チャン・ミンソン》はシャツを脱いで上半身裸になった。そうして、司望の耳もとにささやいた。

「さあ、授業を始めようか」

そのとたん、腸がちぎれたかと思った。司望がいきなり、肘で下腹に一撃を食らわしてきたのだ。防ぐ暇もなかった。と思うまもなく、顔に拳骨が飛んできた。張鳴松は意識を失って、その場に倒れた。


気がつくと、張鳴松は全裸にされ、ナイロンのロープで手足を縛られていた。司望が足で胸を踏みつけてきた。

「張先生、どうやら私を侮ったようだね」まるで、別人のような口調で司望が言った。

「悪かった。あやまるよ。あんなことをしてはいけなかった。私がまちがっていた。だから、このロープを解いてくれないか？　きみはもう成人だし、合意の上だと思っていたんだ。それに私はきみに強制したわけではない」

「とっくにわかってはいたことだったが、今日のことではっきりした」司望が言った。「一九八八年に小鵬《シャオポン》がどうして寮の部屋で自殺をしたのか」

「小鵬？」

「覚えてもいないのか？　蒼白い顔をした小柄な少年だった。女の子とまちがわれそうなね」

「どうして、そんなことを知っている？」

「小鵬が死ぬ二カ月ほど前から、おまえは補習をすると言って、個人授業をしていた。補習はいつも夜で、小鵬は真夜中過ぎに部屋に戻ってきた。その頃から口数も少なくなっていた。私たちは大学入試が近いので、小鵬は神経質になっているのだろうと考えていた。でも、実際はちがった。原因はおまえだ。おまえは今日のように小鵬に対して」

「きみはいったい誰なんだ？」

「私が誰であろうと、そんなことはどうでもいい。重要なのはこれまで二十年以上にわたって、おまえが何をしてきたかだ」

そう言うと、司望は浴室に行き、剃刀《かみそり》を手に戻ってきた。その刃を顔に当ててくる。

「吐け！　これまでやってきたことをすべて白状するんだ。さもないと、おまえの顔に文字を書いてやるぞ。休みが終わって教壇に立った時に、生徒たち全員が読めるようにな」

「やめてくれ」

「小鵬が首を吊ったあと、あの部屋は誰も使いたがらなかった。七年後に申　明《シェン・ミン》が暮らすようになるまではな。だが、その申明《シェン・ミン》も死んで、部屋は卓球室に改装された。この間、おまえに卓球をしようと言われて、あの部屋に入って以来、小鵬《シャオポン》の顔と、私の前で揺れていた小鵬の身体が目にちらついて、離れなくなったよ」

「わかった。すべて話す」張鳴松《チャン・ミンソン》は言った。

剃刀の刃の感触が頰に感じられた。

「話せ！　おまえはいつも図書館の屋根裏部屋を使って、小鵬にひどいことをしていたんだな？」

「そうだ。最初はあの子に補習授業をすると言って、声をかけた。だが、実際は……」

張鳴松は言いよどんだ。

「続けろ！」司望《スー・ワン》が言った。

「私の言うことを聞いてくれたら、テストでいちばんいい点数をやると……。そうすれば、大学入試に有利になるからな。でも、そんなことが原因で自殺をするなんて、思いもしなかった……」

「小鵬はひとりで思い悩む性格だったからな。恥ずかしくて、誰にも相談できなかったんだ。私たち友人にも、両親にも……。それで、みずから命を絶ったのだ」

そう言うと、司望は剃刀をテーブルに置いた。張鳴松はほっとした。司望が続けた。

「ほかには誰を犠牲にしたんだ？」

「いや、それが最初で最後だ」

「嘘をつけ！」

そう吐きすてるように言うと、司望はマンションじゅうを探しはじめた。キッチンや寝室、書斎……。戸棚や引き出しを開けたり閉めたりする音が聞こえる。洋服だんすの隠し収納は見つかってしまったのだろうか？　あのなかに入れてあるものに気づかれたら、大変なことになる。一九八八年からの記録が全部とってあるのだ。相手をさせた少年たちの裸の写真も何枚もある。あの屋根裏部屋で、少年たちを凌辱した時に撮った写真だ。

やがてその記録を手に抱えて、司望が戻ってきた。やはり見つかってしまったのだ。

「申検事は正しかったよ。おまえは変質者だ」司望が言った。「ここに山ほど証拠がある」

張鳴松は何も言わなかった。

司望はファイルを開くと、ひとつひとつなかを確かめはじめた。

「これは一九九五年のファイルだな。やっぱり、馬力《マー・リー》がいる。それにしても、ひどいことを……」

おそらく、その時の写真を見たのだろう、司望は顔をしかめて、横を向いた。張鳴松は心のなかでつぶやいた。〈だが、私にこの写真を撮らせなかったら、こいつらは希望する大学に入れなかったんだ。そう、これはこいつらが望んだことだ。だからこそ、誰も警察に訴えなかったんじゃないか〉

すると、司望《スー・ワン》がファイルから封書を取り出した。

「なんだ？　これは……。手紙じゃないか」

そう言うと、中身をひっぱりだして、声に出して読みはじめる。

《馬力《マー・リー》へ
昨日の夜、図書館の屋根裏部屋から屋根に出て、風に当たっていたら、屋根裏部屋に人が入ってきたので、天窓から様子を見ていたの。それで、あなたの秘密がわかってしまった。信じられなかった！　あなたがあんなことをしているなんて思いもしなかった。でも、あなたは強制されたのよね。これ以上、堕落するのはやめて。手遅れになる前に……。もしあなたにその勇気がないなら、わたしが力を貸すよ。

柳曼《リウ・マン》
一九九五年六月一日》

手紙を読みおわると、司望はこちらを向いて言った。

「どうして、この手紙をおまえが持っているんだ？」

もはや隠しても無駄だ。張　鳴松《チャン・ミンソン》は本当のことを言うことにした。

「馬力から渡されたんだ」

「それで、おまえが柳曼を殺したのか？」

張鳴松は鼻で笑った。

「こんな手紙を書いたくらいだ。柳曼だって、私のことを警戒しているだろう。そんな状態で、どうやって私が柳曼に毒を飲ませることができる？　いいか？　柳曼は毒殺されたんだよ。それに、私にはその夜のアリバイがある。申明《シェン・ミン》が殺された夜と同じようにね。鉄壁のアリバイが……」

「わかっている。それ以上は言うな」

怒った顔で、司望が言った。それを見て、張鳴松は美しいと思った。こんな状況ではあるが、司望の顔から目が離せない。

「司望、きみは美しい！」

そう言って、張鳴松は笑みを浮かべて、司望を見つめた。だが、憎しみのこもった司望の目を見て、ぞっとした。顔面で笑みが凍りついたのが、自分でもわかった。

「いいだろう」張鳴松は話しはじめた。「きみは一九九五年のあの頃に、何が起きたのかを知りたいんだろう？　すべて話すよ。柳曼の事件が起きる前に遡ってね。あの頃、私は申明に嫉妬していた。私より若く、生徒たちからも人気があったからね。まあ、給料は私のほうがずっと上だったが……。なにしろ、私は《特級教師》の称号を得ていたからね。卒業したのだって、清華大学だ。あの男の出た北京大学に勝るとも劣らない。ところが、あの年、あの男は大学の元学長で、爾雅《アルヤー》学園グループの理事長をしている谷《グー・》長龍《チャンロン》の婿になることが決まったのだ。七月からは市の教育委員会のメンバーになり、噂によると、将来は中国共産主義青年団の書記の地位まで約束されているという。この私が一介の高校教師で生涯を終えなければならないのに、あの男には輝かしい未来が待ち受けている。これでは嫉妬するなというほうがおかしいだろう」

「それで申《シェン・》明《ミン》を中傷するような噂を流したのか?」

「そのとおりだ。まずは申明と柳曼《リウ・マン》がいかがわしい関係にあると言ってね。これはいかにもありそうなことだったので、噂はすぐに広まったよ。結果的に、柳曼殺しの罪を申明に着せることにも役立った」

そう得意げに言うと、張《チャン・》鳴松《ミンソン》は嬉しそうに続けた。

「それから、申明は非嫡子だという噂を流したんだが、これは路《ルー・》中岳《ジョンユエ》という男から情報を得たんだ」

「路中岳?」

「申明の高校時代の友人でね。申明と仲が良かったことを思い出して、申明について何か知らないかと探りを入れたら、自分からぺらぺらとしゃべりだしたんだ。こっちはちょっとびっくりしたがね。しかし、のちに申明の婚約者だった谷長龍の娘と結婚して、爾雅学園グループの幹部におさまったと聞いて、納得がいった。野心のためには、平気で友人を裏切る男だったんだ」

すると、司望《スー・ワン》が拳で壁を叩いて叫んだ。

「ちくしょう！　あの噂の発信源はあの男だったのか！」

張鳴松は次は自分が殴られるのではないかと、身を硬くした。だが、司望は写真や封書をファイルに戻すと、ほかのファイルと一緒に持ってきた鞄にしまいはじめた。それから、その鞄を肩にかつぐと、こちらを憐《あわ》れむような、蔑むような目で見て言った。

「張先生、さようなら。ぼくがここに来た証拠は全部消しておきました。メールも含めてね」

司望が出ていくと、張鳴松はひとり部屋に残された。あいかわらず裸で、手足を縛られたままだ。どうしよう？　大声をあげて、助けを呼ぶべきか？　いや、その勇気はない。隣人がやってきて、この姿を見たら、なんと思われるか……。いずれにしろ、ろくなことにはならないだろう。そう考えて張鳴松は尺取虫のように身体を使って、床を這いまわった。何かロープを切る道具が見つからないかと思ったのだ。

だが、道具が見つかって身体が自由になったとしても、事態がよくなったとは言えない。これまで二十年以上にわたって、図書館の屋根裏部屋で撮った写真を司望がすべて持っていってしまったからだ。司望はあの写真を校長室に持っていくか、あるいは警察に届けるだろう。もしかしたら、インターネットにアップするかもしれない。そうなったら、自分はもう尊敬される教師ではいられなくなる。自分が凌辱した生徒たちだって、さすがに被害届を出すだろうし、自分は刑務所に入れられるのだ。犯罪者や変質者たちがうようよする刑務所に……。

こうなったら、みずから命を絶つしかない。だが、どうやって？

その時、玄関のほうから冷たい風が吹きこんでくるのを感じて、張《チャン・》鳴松《ミンソン》は気づいた。司望《スー・ワン》は玄関の扉を開けたままにしていったのだ。

第十章

二〇一四年一月十三日（月曜日）　午後九時

シャワーを浴びて、浴室から出ると、スマホが鳴った。公衆電話からの着信だ。ちょっとためらったあと、馬力《マー・リー》は電話に出た。

「馬力、私だ。申　明《シェン・ミン》だ」

「どうしたんです？　こんな遅い時間に……」

「今、張鳴松の家から出てきたところだ」

心臓の動悸《どうき》が激しくなった。だが、それをどうにか抑えると、馬力は尋ねた。

「それで？」

「きみの秘密を知っている」

あまりの衝撃に、馬力はスマホを落としそうになった。いつのまに天気が荒れだしたのだろう。窓の外は吹雪いている。

「何を言っているんです？」

「きみと張鳴松の秘密を知っていると言ってるんだ。張鳴松はすべて私に白状した。私はきみの写真も見た」

馬力《マー・リー》は言葉を失った。裸にされて、衆人環視のもとで雪の積もった地面に膝をついているような気持ちだ。

冷たい声で、中《シェン》先生が告げた。

「柳曼《リウ・マン》がきみに書いた手紙も読んだ」

風が窓を揺らした。外では激しく雪が舞っている。足が震えて止まらなかった。十八年間、封印してきた秘密がついに暴かれたのだ。

「張《チャン》 鳴松《ミンソン》の家は知っているな。ドアストッパーをはさんでおいたので、玄関の扉は少し開いている。あとはきみ自身で片をつけてくれ」

いつかこの日が来るとわかっていた。すべてを終わらせる必要がある。そのためには、まず張鳴松と片をつけなければならない。

そう決心すると、馬力は駐車場に降りていった。ポルシェSUVの運転席に座り、エンジンをかける。

バックミラーでうしろを見ると、そこに柳曼の姿が映っているように見えた。馬力は急いで車を発進させた。

柳曼は自分に夢中だった。政治学や数学の授業をとっていたが、それは自分に勉強を聞きにくるためだったと思う。〈死せる詩人の会《デッド・ポエッツ・ソサエティ》〉に入ったのも、同じ理由だ。現代詩など別に好きではなかったはずなのに、興味があるふりをしていた。あれはただ、《魔女区》の工場の地下室で開かれた朗読会に、自分と一緒に参加したかっただけなのだ。けれども、デートをしたのは一回だけ、一九九四年の夏休みに映画に行った時だけだ。いや、あれはデートと言えたかどうか……。柳曼がチケット代はわたしが出すからと言って、声をかけてきたのだが、自分は誘いを受けておきながら、ひとりでは行かず、友だちを連れていってしまったのだ。柳曼は三人分のチケットを買うことになった。

友だちを連れていったのは、柳曼とつきあいたくなかったからではない。柳曼は自分の気持ちに率直な子だった。そんな純粋な子とつきあうには、自分が汚れすぎていると思ったのだ。

張鳴松の誘いに応じたのは、まだ高校二年の時だった。その結果、馬力はどうして夜中に図書館の明かりがつくのか、その理由を理解した。あれは幽霊の仕業ではない。張鳴松だったのだ。最初に張鳴松に身体をなでられた時、馬力は抵抗すべきかどうかも、大声を出すべきかどうかもわからなかった。

そして、事が終わった時には、何があったか、状況がよくつかめないまま、ひたすら泣きじゃくった。張鳴松は授業中と同じような落ち着いた口調で、「大学受験はストレスがたまる。ストレス解消には、今したことがいちばんいいのだ」と説明した。それから、こうも言った。

「馬力《マー・リー》、きみは美しい。私が会ったなかで、いちばん美しい少年だ。頭もいい。だから、きみの前には輝かしい未来が開けている。その未来を確実にするには、先生の言うことを聞くことだ。それから、学校の規則をよく守り、ただ勉強にだけ集中して、余計な問題は起こさないことだ。そうしたら、きみの入試に有利になるように、推薦状を書いて、試験の点数を割り増してもらうようにする。きみは有名大学のどれかに入れることになる」

有名大学のどれかに入れる……。その言葉に、馬力の心は揺れ動いた。

高校に入学して以来、馬力のたったひとつの夢は、清華大学に入ることだった。清華大学がいちばんいい大学だと思っていたからだ。その夢を叶えるためには、何をすればいいか、馬力は考えた。噂によると、張鳴松《チャン・ミンソン》は自身が清華大学の出身だということもあって、特に清華大学には顔がきき、すでに何人もの生徒を合格させているという。馬力は、どうしたら自分にもそういった便宜がはかってもらえるか、張鳴松に尋ねた。すると、張鳴松は週に一度、この図書館の屋根裏部屋で、今日のように〈補習授業〉を受ければいいと答えた。こうして、あの忌まわしい関係が始まったのだ。

それが一年ほど続いたある夜——大学入試を間近に控えた五月の下旬のことだ——張鳴松に組みしかれて、天窓を見ていると、そこに誰かの顔があるのに気づいた。柳曼《リウ・マン》の顔だった。柳曼に〈補習授業〉を見られてしまったのだ。それから、数日の間、柳曼は馬力の顔を見ると、何か言いたげな顔で近づいてきた。だが、馬力はすぐに逃げだして、話しかけられないようにした。すると、六月一日の木曜日に手紙をよこしたのだ。気が動転して、馬力は張鳴松に相談した。手紙を渡して、どうすればいいかと……。張鳴松はこう言った。

「どうするも、こうするも、するべきことはひとつしかない。きみだって、わかっているだろう？」と……。

その言葉が何を意味するのか、馬力は即座に理解した。この秘密が外に洩れてはいけない。そんなことになったら、清華大学に入学するという、長年の夢はここでついえることになる。馬力は覚悟を決めた。自分のためだけではない。それは母親のためでもあった。

中学生くらいの時に父親がアルコール依存症になり、家計は母親が屋台をやって支えていた。そんななか、母親の願いは息子である馬力を有名大学に入れることだった。そのためなら教育費を惜しまなかった。馬力も期待に応えて、小学校から高校まで、学校ではいつでもトップクラスの成績を維持していた。趣味はわずかな小遣いをためて買う『三国志演義』のカード蒐集《しゅうしゅう》くらいで、当時はやりはじめていたファミコンなどは、金持ちの子供たちの家に行って、触らせてもらうのがせいぜいだった。勉強も大学入試に関係するものにしか力を入れなかった。唯一の例外は二年生の時に担任だった申　明《シェン・ミン》先生の影響を受けて、〈死せる詩人の会〉《デッド・ポエッツ・ソサエティ》に入り、現代詩を勉強したことくらいだ。この時は受験勉強にさしさわりがあるのではないかと、母親が学校に相談し、そのせいで、申先生と張先生が険悪な状態になったらしい。それほどまでに自分に期待をかけている母親の気持ちを、馬力は裏切ることはできなかった。

計画の概要は数日で決まった。馬力《マー・リー》は競技場の周囲にある夾竹桃の植え込みに行き、花を摘んだ。この花から毒を抽出して、殺人に使うことにしたのだ。

決行の時は、週が明けた六月五日の深夜と決めた。その日の夜八時頃、自習室で柳曼《リウ・マン》と申明《シェン・ミン》先生が話しているのを見ると、馬力は廊下で待った。そうして、柳曼がひとりで出てきたところをつかまえ、「このあと十一時に図書館の屋根裏部屋で話がしたい」と告げたのだ。廊下がやけに薄暗かったことを覚えている。

柳曼は約束の時刻に現れた。そして、馬力を見ると、張鳴松《チャン・ミンソン》との補習授業はすぐにやめてほしいと懇願した。「一刻も早く警察に訴えなければ！　もしそうするなら、一緒に行ってもかまわない」とまで言った。馬力は部屋のなかを歩きまわるふりをして、そっと柳曼のうしろにまわると、素早く手袋をして、柳曼の首に腕を巻いた。それから、あらかじめポケットにしのばせておいた毒入りの瓶を取り出し、柳曼の顔を上に向けると、瓶の中身を口に流しこんだ。そのあと、力ずくで顔を上に向けたままにさせておいたので、柳曼は吐きだすこともできず、毒を呑《の》みこんだ。柳曼を突きとばすと、馬力は急いで部屋を出て、外から鍵をかけた。

それから、一時間は生きた心地がしなかった。屋根裏部屋から降りる階段の下で、柳曼が助けを求めてうめきながら、ドアを叩くのを、馬力は息をひそめて聞いた。そして、その声が聞こえなくなり、音がおさまったところで、ようやく寮の自分の部屋に戻ったのだ。

寮の部屋は静まりかえっていた。ほかの寮生たちは揺りおこしても起きないほど、ぐっすり眠っていた。一時間半前、みんなが寝静まったのを見はからって、部屋を出る時に、ベッドの下で催眠性の香を焚いておいたからだ。だから、自分が部屋を出たのも、また部屋に戻ってきたのも、誰にも気づかれなかったはずだ。

だが、翌日の朝六時に部屋の窓から図書館のほうを見ると、屋根の上に柳曼が横になっているのに気づいた。きっと助けを求めて、屋根に出たのにちがいない。ということは、柳曼は生きているだろうか？　そう思うと、気絶しそうになった。

そこに申明先生が現れた。先生は天窓からそろそろと降りてくると、柳曼の様子を確かめていた。その時、突然、閃《ひらめ》いたのだ。申明先生は柳曼とよく一緒にいるところを見られて、生徒に対する以上に親しく柳曼に接していると思われている。いや、ふたりは許されない関係にあるという噂まで流れている。もしそうなら、先生は理想の容疑者になると……。

その日の夕方、申先生が食堂で夕食をとっている間に、馬力は先生の部屋に入り、クローゼットに夾竹桃の毒の入った瓶を隠した。

そして、その瓶を警察が発見したことによって、先生は逮捕されたのだ。

そのあとは予想もつかない展開になった。柳曼が死んでから二週間後、申明先生が殺されたのだ。誰が先生を殺したのか、もちろん馬力にはわからなかった。だが、先生が殺されるきっかけをつくったのは自分だということは、すぐにわかった。

二〇一四年一月十三日（月曜日）　午後九時三十分

張　鳴松《チャン・ミンソン》のマンションの前にポルシェSUVをとめると、馬力《マー・リー》は建物に入っていった。部屋は一階の奥にある。申　明《シェン・ミン》先生の言ったとおり、ドアストッパーをはさんであるせいで、玄関の扉は少し開いていた。扉にはフリーメイソンのシンボルが貼ってあった。

扉を開くと、なかには明かりがついていた。馬力は慎重に廊下を進み、居間だと思われる部屋の扉を開けた。そこには裸で手足を縛られた張鳴松の姿があった。

張鳴松はこちらの顔を覚えていないようだった。

「誰だ？」

「お忘れですか？　張先生」馬力は言った。「こちらは忘れようとしても、忘れられません。なにしろ、先生のおかげで清華大学に入学できたのですから……」

「きみは……馬……」

「そのとおり。馬力です。担任は申明先生でした」

張鳴松は顔をしかめた。

「だが、どうしてここに来たんだ？」

「ある人から電話をもらいましてね」

　張鳴松は歯ぎしりをした。

「司望《スー・ワン》だな。私を助けに来るようにと言われたのか？」

　一瞬、間《ま》を置いて、馬力は答えた。

「いいえ。あとは自分で片をつけろと言われました。つまり、あなたを殺せと……」

「なんだって？」

「柳曼《リウ・マン》を殺したのは誰です？　申明先生を殺したのは？」

「何を言うか？　柳曼を殺したのはきみじゃないか。申明のクローゼットに毒薬の瓶を入れたのも……。いずれにせよ、私はきみにそんなことを頼んだ覚えはない」

「柳曼のことは心から後悔しています。本当にすまないことをしたと……。でも、申明先生にもやはりすまないことをしたと思っています。今でも慚愧《ざんき》に堪えません」

　そう言うと、馬力は張鳴松から見えないように、涙をぬぐった。弱虫だと思われるのが嫌だったからだ。話を続ける。

「申先生の幽霊が子供に乗りうつって、ぼくの前に現れた時、これでようやく、すべてが終わると思いました。結局、片をつけに来るのは今日になってしまいましたが……。十九年は長かったです」

「何を言いたいんだ？　申明の幽霊が子供に乗りうつったって？　どんな子供だ。まさか……。いや、やはり……」

「申《シェン》先生は復讐に成功しました。見事なものですよ。あなたは申先生を見捨て、裏切った。絶望に追いやり、殺される原因をつくった。そこで、申先生はこの世によみがえって、あなたを地獄に送りに来たのです」

「司望《スー・ワン》のことだな。やっぱり、司望には申明《ミン》の幽霊が取り憑いているんだな？」

そう興奮してしゃべる張《チャン・ミンソン》　鳴松の前に、馬力《マー・リー》はかがみこんだ。

「張先生、この十九年間、ぼくはたったひとつのことを夢見ていました。その夢とは、あなたを殺すことです」

そう言うと、キッチンに行き、ナイフを手に戻ってくる。

「もっと早くにあなたを殺せばよかった。そう思うと、自分が許せなくなりますよ。少なくとも、あなたのしたことを世間に公表していれば……。そうすれば、ほかの少年たちがあなたの毒牙にかかって、人生を壊されることを防げたんだ。ぼくのように人生を壊されずに……。あの頃、ぼくはいい大学に入れさえすれば、あの時に受けた屈辱にも耐えていけると思っていました。でも、そうではありませんでした。ぼくはすべてを失ったのです。だから……」

馬力は手に持ったナイフの刃を張鳴松の首に当てた。だが、手が震えて、その先に進むことができなかった。これまで、この瞬間を何度も何度も想像して、その時が来たら、絶対にやってやると心に誓っていた。張鳴松の首から血がほとばしり、返り血を浴びるところまで想像していた。それなのに……。

確かに柳曼《リウ・マン》の命はこの手で奪った。口に毒を注ぎこんで……。だが、毒で殺すことと、ナイフで殺すことはまったくちがうものなのだ。

「くそっ」

馬力はナイフを放りすてて、自分の頬をひっぱたいた。どうして、自分はこんなに弱虫なのだろう。と、張鳴松が言った。

「おい、ぐずぐずするんじゃない。さっさと殺せ！」

自分の耳が信じられなかった。だが、張鳴松はまちがいなく言ったのだ。殺せと……。

「司望は私が撮っていた写真や記録をすべて持っていってしまった。明日には学校じゅうの人間が、私のしていたことを知るだろう。たとえ、校長やほかの教師たちが信じなくても、先生の誰かが生徒に洩らすこともあるだろう。その結果、たちまち世間に知れわたることになるのだ」

「そして、あなたは生徒に性的虐待を加えた罪で、警察に逮捕される」

「いや、警察に捕まるのはどうでもいい。私が恐れているのは、屈辱的なかたちで学校から追い出されることだ。申明がそうだったように……。校長からも、ほかの教師からも、生徒からも、保護者からも見放されて……。いいか、私は《特級教師》の称号を持っているんだ。教え子のなかには、第一級の科学者になった者も大勢いる。誰もが私を尊敬し、党の高級幹部だって、息子に個人授業を受けさせたいと私に依頼してくるのだ」

馬力《マー・リー》はナイフを拾いなおした。

「司望《スー・ワン》にはわかっていたみたいだ。あなたのたったひとつの弱点は、虚栄心だということを……」

「そうだ。評判が落ちて、笑いながら指を差されるくらいなら、私は死ぬことを好む。死ぬのは怖くない。どうせ裸で生まれてきたんだ。裸で死ぬだけだ。さあ、馬力、私を殺せ。どうした？　怖気《おじけ》づいたか？　きれいな顔の男というのは、女の子より弱虫なのか？」

その瞬間、馬力はナイフで張鳴松《チャン・ミンソン》の喉をかき切っていた。

第十一章

二〇一四年　三月上旬

息子の路 継宗《ルー・ジーゾン》のことがあったからだとは言え、この西方の田舎町に潜伏することにしたのは正解だった。ここまで地方に来ると、さすがに自分の手配写真が至るところに貼られているということはない。せいぜい、警察署の前の掲示板くらいだ。通りをパトロールする警官の姿も少ない。つまり、捕まる恐れはそれほどないということだ。仕事もすぐに見つかった。場末の一画に露店の並ぶ通りがあって、そこに電気製品の修理を引き受ける店を出すことができたのだ。上海とちがって、空気もいいから、健康にもいい。

だが、警察から追われる心配は少なくなっても、ここ最近、悩まされている悪夢からは逃れることができなかった。かつての親友、申 明《シェン・ミン》にナイフで刺されて死ぬ夢だ。

夢のなかで、自分は血まみれになっていた。ナイフで刺された傷口から、血があふれて止まらないのだ。血は鼻や口からも出ていた。上着は真っ赤に染まっている。そんな姿で、まるで通りで車に轢《ひ》かれた犬のように、野次馬たちに囲まれながら、道に横たわっているのだ。

夢から覚めて、飛び起きるたびに、路 中岳《ジョンユエ》は鏡の前に走った。そうして、鼻や口から血が流れていないかどうか、自分の顔を確かめた。しわができ、髪の毛がなくなり、目が血走った四十代の顔を……。

最初に申　明《シェン・ミン》に出会ったのは、一九八五年のことだ。どちらも十五歳で、南明《ナンミン》高校に入学したばかりだった。当時はまだ近くに鉄工所があるだけで、それがなかったら、南明高校は世界の果てに建っているようなものだった。建物は古く、教職員室と寮のある棟だけが新しかった。といっても、上海きってのエリート校なので、入学試験は難しかった。よほどの成績でなければ入れない。自分は平凡な成績だったので、父親のコネと賄賂《わいろ》がなかったら、とうてい合格できていなかっただろう。

申明はすりきれた白いワイシャツと紺のズボンをはいていた。バスケットシューズも色が落ちていて、靴はゴミ箱から拾ってきたようだった。目つきも人とはちがっていた。普段はあまり人と目を合わせなかったが、その目でじっと見つめられたりすると、誰もが落ち着かない気分になった。

顔つきも同級生たちに比べると、はるかに大人っぽく見えた。

仲良くなったのは、寮の部屋が一緒だったからだ。同室の六名のなかで、申明はいちばん貧しかった。おやつにアイスキャンディーも買えないくらいだった。だが、頭がよく、努力もしていた。夏には窓を開けて、蚊帳《かや》を吊って寝るが、みんなが寝たあとも、その蚊帳の下で、いつまでも勉強していたのを見た覚えがある。また、授業も完璧に理解していた。そのせいか、最初は中くらいだった成績もどんどんあがり、一年もたたないうちにトップクラスになっていた。特に国語と英語の点数がよかった。そのため、教師たちはみんな申明に好感を持っていた。ただひとり、張　鳴松《チャン・ミンソン》という若い数学の教師を除いて……。

それにひきかえ、自分は劣等生だった。理科系の科目がなんとか普通にできたので助かったが、そうじゃなければ進級もおぼつかなかっただろう。

それでも申明とは親友だった。

申明はきわめつきの無口な性格で、自分といる時しか口を開かなかった。そして、自分が何か困った事態に陥って、解決策が見つからずに焦っていると、「まあ、ゆっくりやろうよ。そんなに急いで生まれ変わらないといけないのか？」と言って、気持ちを落ち着かせてくれた。「そんなに急いで生まれ変わらないといけないのか？」というのは、申明の口癖だった。その反対に申明が金のことで困っている時には、自分が助けてやった。

そう言えば、二年生の時に一緒に繁華街にある裏通りの店でビリヤードをやって、柄の悪い連中に取り囲まれたことがあった。申明は意外と喧嘩に強く、その連中をあっというまに叩きのめしてしまった。その代わりに額に七針も縫う傷をこしらえて、病院に行くことになったが……。もちろん、学校には本当のことは言わず、ころんで怪我をしたと嘘の報告をした。

その出来事があってから、自分たちはさらに仲良くなり、ある夜、南明高校の芝生に寝ころがって、一緒に星を見ていた時、申明《シェン・ミン》が自分の生い立ちを話してくれた。それによると、申明はかなり悲惨な子供時代を送ったらしい。家が貧しく、近所の子供たちにはいじめられて、学校でも友だちはいない。時には文房具にも事欠く始末で、祖母の雇い主だった老人に鉛筆を借りにいったこともあったという。毎日、肉を食べられるようになったのは、高校の寮に入ってからだと言っていた。

そして、はっきりとこう宣言していた。

「ぼくはこれまでとは、まったくちがう人生を生きるつもりだ」と……。

そのちがう人生の出発点になるのが、おそらく北京大学に入学することだったのだろう。だが、三年生になって入学試験が近づいてくると、申明は沈んだ顔をするようになった。志願者が数千人もいると聞いて、悲観的な気分になったのだ。自分のほうは、大学ならまあどこかに入れればいいと思っていたので、気楽だったが……。

高校の近くで、火事があったのはそんな時のことだ。工場の敷地あとに、農村から来た労働者たちがバラックを建てていたのだが、そこに火がついたのだ。自分はほかの寮生たちと一緒に火事を見物していた。ところが、申明は――まさかそんなことをするとは想像もしていなかったが――燃えさかる火のなかに飛びこむと、幼い少女を救いだしてきたのだ。少女を腕に抱いた申明の姿は今も目に焼きついている。少女については、どこかで見た顔だと思ったが、くわしくは思い出せなかった。

それはともかく、この英雄的な行為によって、申明は北京大学に入学することを認められ、エリートへの道を進むことになった。

その後は、しばらく別々の人生を送った。申明は北京で勉強を始め、自分は地元の上海第二工業大学に入った。南明通りで別れる時、ふたりは抱きあって泣いた。申明は弘一《こういつ》の「送別」を歌ってくれた。

二十六年前の話だ。

だが、あの頃は親友だったのに、そのあとは……。自分は今、犯罪者となって、警察に追われる身だ。それもこれも申明が秋莎《チウシャー》と婚約したのがいけないのだ。あの婚約がなければ、申明を羨むことはなかったし、パーティーで秋莎を見て、この女を奪ってやろうと思うこともなかっただろう。そのために申明を陥れることも……。

それだけではない。そのあとに、子供ができたから結婚してほしいと言ってきた陳《チェン・》香《シアン》甜《ティエン》を追い払うこともなかったはずだ。「ほかの女と結婚するから、結婚はできない。五千元やるから、子供は堕ろせ」と言ったりすることは……。そうして、今頃は親子三人で暮らしていただろう。妻の陳香甜と息子の継宗《ジーゾン》とともに……。陳香甜はすっかり変わって、自分が愛していた時の美しい面影はなくなってしまったが、継宗は十八歳の若者として立派に成長している。身体も大きく、頑健で、何よりも父親の自分によく似ている。

そんなことを考えながら、路《ルー・》中岳《ジョンユエ》は息子の前に姿を現して、名乗りをあげる機会を虎視《こし》耽々《たんたん》と狙っていた。

日増しに暖かくなる、この早春の日々を、路継宗《ルー・ジーゾン》は鬱屈した思いで過ごしていた。去年の春節の休み前に職業学校が閉鎖になって以来、別の学校にも通わず、かといって何かの職に就くこともなく、継宗は毎日、ネットカフェに入り浸っては、ポルノ動画を見たり、オンラインゲームをしたりしていた。そのゲームで知り合った人たちとチャットをする以外は、ほとんど誰とも話していない。

もちろん、女の子に声をかけたりすることもない。額の痣を見ると、あからさまに嫌な顔をして、逃げだしてしまうからだ。

そんなこともあって、継宗は額の痣に気づかれないように、いつも下を向いていた。たまに誰かと目が合うと、相手は継宗の殺伐《さつばつ》とした目つきに震えあがった。なかには目つきを見て、逆に絡んでくるチンピラもいたが、たいていは一撃でのしていた。ネットカフェで絡んできて、「私生児！」と罵ってきた相手は半殺しの目にあわせてやった。そいつはこの小さな町では有名な半グレ集団のメンバーだったが、その出来事があってからは、そいつはもちろん、その仲間たちも継宗を見ると目を合わせないようにして、急いでそばを通りぬけるようになった。

仕事もあるので、路中岳《ジョンユエ》は息子の継宗の様子を四六時中、見張っているわけにはいかなかった。しかし、それでもネットカフェに出入りする息子の姿を見ては、いつ親子の名乗りをあげようかと考えていた。息子の名を呼び、腕に抱きしめるのを……。だが、そのためには必然的に犯罪者である自分の身元を明かすことになるので、ふんぎりがつかずにいた。

そのうちに、路中岳は息子の母親である陳　香　甜《チェン・シアンティエン》のもとに若い女が訪ねてくることに気づいた。来るのは週末で、いつも果物や菓子の包みを持っている。見たところ、三十歳にはなっていないようだった。着ているものはシンプルだったが、素材がよいのはひと目でわかった。そして何より、びっくりするほど美しかった。どうして香甜にこんな友だちがいるのだろう？　路中岳は不思議に思った。

その女は継宗とも親しいようで、時おり一緒に散歩をしている姿を目にすることもあった。その様子は、若いカップルのようにも見えた。

この地方の女ではない。それはまちがいなかった。女はたぶん、都会から来たのだ。路中岳は女のあとをつけ、女がこの町から少し離れたところにあるミャオ族の村で、国語を教えていることを突きとめた。そして、女の名前も……。女は欧陽《オーヤン・シャオジー》　小枝といった。

二〇一四年四月十九日（土曜日）

いったい、何が起こったのだろう？　路中岳は心配になった。ここ一カ月ほど、息子の姿が見えないのだ。欧陽《オーヤン》 小枝《シャオジー》も姿を消している。

路《ルー》 中岳《ジョンユエ》は何度もネットカフェに行ってみた。だが、継宗《ジーゾン》が姿を現した様子はない。家の前で何度も張ったが、息子の姿を見かけることはなかった。息子に何があったのか？

そのうちに、ついにこらえきれなくなって、路中岳は息子の母親が暮らすアパートのドアを叩いた。陳《チェン》 香《シアン》 甜《ティエン》のアパートのドアを……。

「どなたですか？」

香甜は誰が訪ねてきたのか、わからなかったらしい。無理もない。もう二十年近くも会っていないうえに、廊下の薄暗がりでうつむいて、顔を見せないようにしているのだ。

「息子はどこだ？」路中岳は言った。

香甜は不安に襲われたような顔をした。

「息子が何をしたんです？　継宗が……」

「何もしてない」

そう言って、路中岳は一歩前に進んで、顔をあげた。玄関の明かりで、額の痣が見えるように……。

香甜は信じられないといった顔をして、頭を左右に振りながら、二、三歩あとずさった。

「あなたは……。まさか……」

「おれだ」

そう答えて部屋に入ると、路中岳はうしろ手で錠を差した。

部屋は散らかっていて、揚げ物のにおいがした。

「路中岳？」

そう怯えたような声でつぶやくと、香甜は腕を伸ばして、こちらの肩と顔に触り、あわてて
てひっこめた。そのまま部屋の隅に走り、そこでうずくまった。

「なんてこと……」

「おれに会えて嬉しくないのか？」

「一時《いっとき》、生活に困って、あなたを頼ろうとしたことはあったけれど……。でも、今は……。

それに、わたしはもうあなたが」

「死んだと思っていたのか？」

路中岳は手を伸ばして、香甜のたるんだ頬をなでた。

「おれは最初におまえに会った頃のことをよく思い出すよ。あれは一九九五年だった。おま
えはかわいかった……」

「手をどけてよ」香甜が言った。

「おまえはどうだ？　この二十年の間、おれのことが恋しくならなかったか？」

「憎んでいたわ」

「そいつはどうも」そう言って、なんとか座れそうな場所を見つけると、路中岳はつけ加え

た。「おまえには感謝しているよ。なにしろ、おれの息子を産んでくれたんだからな」

「おれの息子だなんて、言わないで。あなたはあの子の父親として、ふさわしくないもの」

「継宗《ジーゾン》はどこだ？」

そう言いながら、路中岳《ルー・ジョンユエ》は香甜《シアンティエン》の首に手をかけた。息を詰まらせながら、香甜は答えた。

「この町を出たわ。一カ月前に……」

「どこに行った？」

「上海よ。そこで働いて、大きなチャンスをつかむって……。それから……」

「それから？」

「これは母親の勘だけど、上海に行けば、あなたが見つかるって思っているんじゃないかしら……。あの子はあなたが生きていると思っているのよ。それであなたに会いたいのよ」

「おれに？」

路中岳は香甜の首から手を放した。香甜は何回か、苦しげに咳をした。

「ええ。理由はわからないけれど……。『お父さんはどんな人だった？　見ればわかる？』って、出発前に何度も聞いていたから……」

「なんて答えたんだ？」

「見ればすぐにわかるよ。額に同じ痣があるからって……」

「継宗の電話番号は？」

「わからないわ。出発してから数日後に電話が通じなくなってしまったの。その番号はもう使われていないってメッセージが流れて……。あの子のほうからは電話をかけてこないし……。わたしも心配していたところなの」

「そんな馬鹿な！　そう言えば、最近よくこの家に来ていた女がいただろう？　あれは誰だ？」

「小枝《シャオジー》のこと？　あなたの従妹じゃないの？」

「従妹だって？　その小枝の電話番号は知っているか？」

「ええ」

そう言うと、香甜はスマホのアドレス帳を探して、番号を教えてくれた。

「小枝には、わたしも電話したんだけど……。継宗が今、どこにいるかはわからないって言うの。ただ、継宗のほうから、時々小枝に会いにくることがあって、元気にはしているらしいけど……。もちろん、本当に居所を知らないのかって何度も訊いたわ。でも、知らないって言うから……」

「嘘だな」

路中岳は吐きすてるように言った。そのままドアに向かいかける。と、香甜に声をかけられた。

「ねえ、お願い。あの子を探さないで。そっとしておいてやって……」

何を言っているんだ！　こいつは……。路中岳《ルー・ジョンユエ》は憎しみを込めて、香甜《シアンティエン》のほうを向いた。その顔には恐怖が浮かんでいた。その瞬間、路中岳は悟った。この町には警察署の掲示板くらいにしか指名手配書は貼られていない。だが、おれが殺人を犯して、逃亡中だということは、この女は知っているにちがいない。いや、たとえ指名手配書を見ていなくても、おれの従妹だと名乗る小枝《シャオジー》という女から聞いているだろう。だとしたら、おれがこの家を出たとたん、この女は警察に通報するに決まっている。

路中岳はにやりと笑った。あと戻りして香甜のうしろに回ると、うなじをなでながら猫なで声を出す。

「香甜、おれのことが恋しかったただろう？　おれだって、時にはおまえのことを思い出したんだぜ」

「やめて！」

「捨てたりして、すまなかった。許してくれ」

そう言いながら、路中岳は香甜の首を絞めた。香甜はその手を振りほどこうと、手足をばたばたさせていたが、やがて喉からヒューッという音を出すと、ぐったりした。

「昔の恋人に抱かれて息を引き取るのも悪くないだろう」

床にくずれおちて、横たわる香甜を見おろしながら、路中岳は煙草に火をつけた。

「それにしても、みっともない死体だ」

煙草を吸いながら床にかがんで、死体を見つめる。それから、煙草の灰が香甜の顔に落ちたのに気づくと、手の甲で払って言った。

「すまない。これでもおれの息子の母親だからな。死に顔を汚すわけにはいかない」

そうして立ちあがると、固定電話のところに行って、香甜から教わった電話番号にかけた。

「もしもし、欧陽《オーヤン》小枝さんですか？」

「はい、そうですが、どなたでしょう？」声は若く、まるで大学生のようだった。

路中岳は即座に電話を切ると、殺人現場を離れた。部屋にあった鍵で、錠をかけていくのも忘れなかった。

もうこの町に用はない。借りていたアパートに戻ると、路中岳は雇い主にショートメールを送って、この町を出ると告げた。それから、長距離バスの発着所に向かった。

今日は四月十九日。二カ月後には申　明《シェン・ミン》の十九回目の命日がやってくる。

第十二章

二〇一四年四月二十一日（月曜日）

更能消、幾番風雨（更に幾番の風雨を消《すご》すこと能《あた》ふや）
怱怱春又歸去（怱怱《そうそう》として　春は又歸《かえ》り去く）
惜春長恨花開早（惜春　長《つね》に恨むは　花の開くことの早きを）
何況落紅無數（何ぞ況《いは》んや　落紅の無《む》數《すう》なるをや）
春且住（春よ　且住《しばしとど》まれ）

運動場を歩いていると、うしろで誰かが詞を朗誦する声が聞こえた。南宋の詞人、辛棄疾《しんきしつ》の「摸魚児《ぼぎょじ》」という詞牌の詞だ。欧陽《オーヤン・シャオジー》小枝は、うしろをふり返って、あとからついてくる少女の姿を認めた。六月に大学入試を控えた三年生の生徒だ。この子を見るたびに、自分が十八歳だった時のことを思い出してしまう。

「先生！　先生はどうして辛棄疾のこの詞が好きなんですか？」

「春は死を思わせるからよ」

小枝は首に巻いていた紫のスカーフを直した。髪が風に揺れて、視界を隠した。その髪を払うと、生徒の顔を見つめる。

「申敏《シェン・ミン》、どうして、あなたはわたしのあとばかりついてくるの？」

「先生はほかの先生とちがうから……」

おそらく、教師を理想化する年頃なのだろう。小枝は思った。この高校に勤めはじめてから、一カ月近くになる。西方のミャオ族の村で一年ほど国語を教えたあと、三月の下旬に上海のこの学校に転任してきたのだ。申敏はこの高校の生徒だ。

「あなたはほかの人とちがうから……。誰もが口にする言葉ね。男でも女でも……」

すると、申敏は思い切ったような顔で尋ねてきた。

「先生はどうして今まで結婚しなかったんですか？」

「もうずいぶん前に、ある男の人を愛していたんだけど、その人がわたしにプロポーズしなかったからよ」

「奥さんがいたとか？」

まったく最近の女子高生はませているんだから……。小枝は思った。

「いいえ、その人は死んでしまったの」

すると、申敏は思いがけないことを言った。

「わたしも好きな人がいるんですけど、その人はもうふたりで会ったりしてはいけないって言うんです。ぼくはきみのお兄さんの幽霊だからと言って……」

「男の子の言うことを全部、真に受けてはいけないわ。さあ、学習室に戻って、復習をなさい」

申《シェン》 敏《ミン》は身をひるがえして、去っていった。そのうしろ姿を見送りながら、小枝《シャオジー》はふと身をかがめて、運動場に落ちていた赤い花びらを拾った。手のひらにのせて、息を吹きかける。ちょうど吹いてきた風に乗って、花びらはひらひらと飛んでいった。それを見ているうちに、悲しみが襲ってきた。

もう一年以上、司望《スー・ワン》に会っていない。電話もしていない。こちらに戻ってきたことも伝えていない。司望と鉢合わせするのが怖くて、《魔女区》の工場の地下室に冥銭を焚きにいくこともしていない。もっとも、申明《ミン》先生は司望のなかで生きているのだから、冥銭を焚くというのもおかしいのだが……。だが、六月十九日の命日はどうしよう？　その日は司望と出会う可能性が高くなる。もしそこで会ってしまったら……。ああ、でも、今はそんなことを考えている時ではない。ほかにすることがあった。

四時に学校を出ると、小枝は家に帰って着がえをせず、そのまま地下鉄に乗って、古くからある下町のごちゃごちゃと飲食店が並ぶ通りに入っていった。夕食時ともなると、大勢の人でごった返す通りだ。

だが、この時間はまだ人通りも少なく、店も暇そうにしている。小枝は福建《フッケン》料理の店に入った。客はなく、なかは閑散としていた。隅のほうのテーブルで、従業員たちがのんびりとトランプをしている。小枝は雲呑《ワンタン》を注文した。

やがて、若い店員が雲呑を運んできて、こちらの顔も見ずにテーブルに置いた。背が高く、身体のがっしりした若者だ。小枝は代金を差しだすと言った。

「時間があったら、少しお話ししない？」

店員はびっくりしたような顔をしたが、こちらの顔を見るとすぐに顔をほころばせた。

「小枝叔母《おば》さん！　ひさしぶりだね」

「そう、あれっきり継宗《ジーソン》君に会っていなかったから、どうしているかと思って……。元気？」

「まあね」

「何か変わったことはない？　おかしな人がまわりをうろついているとか……」

「どうして、そんなことを訊くの？　おかしな人って……」そう言いかけて、継宗は口をつぐんだ。それから、すぐにこう続けた。「こう見えて、ぼくは喧嘩に強いんですよ。おかしなやつに絡まれたら、すぐにのしてやりますよ」

「そう……。でも、あなたを上海に連れてきた手前、やっぱり心配だから……」

継宗は元気そうだった。だが、その顔にはどこか思いつめたような表情が浮かんでいる。

何かこちらには言えない理由で、思い悩んでいることがあるようだ。それは母親のことだろうか？

そう考えていると、厨房《ちゅうぼう》からひとり、料理人が出てきて、継宗《ジーゾン》の肩を叩いた。

「よかったな。大好きな叔母さんが来てくれて……」こちらを向くと、料理人は続けた。「こいつは真面目に働いていますよ。どうやら、ここが気に入っているみたいでね。ちゃんとしたレストランとちがって制服はないし、料理の油で髪はべとべとになるし、仕事はきついしで、大変だと思うけどね。でも、がんばっている。まったく、どこから元気が出てくるかって感じでね」

「そうですか。継宗君、それを聞いて安心したわ」

継宗は頭を掻《か》いた。

「まあ、給料は月二千元でたいしたことはないけどね。でも、おれは楽しくやっています。店の人はみんな優しくしてくれるし……。あと二年ここで働いて、その間にお金を貯《た》めて、どこかに店を開くつもりなんです」

「それは素敵ね。その時が来たら、お金を用立てるわ。というより、投資するわ。教師は薄給だけど、一万元くらいだったら、貯金できるんじゃないかしら……」

それを聞くと、継宗は歯を見せて笑った。何か悩みごとはあるにしろ、西方のあの小さな町にいた時とはまったくちがう。小枝《シャオジー》は思った。あの頃は、母親の陳　香　甜《チェン・シアンティエン》のところに行くと、ネットカフェに入り浸って、喧嘩ばかりしていると心配していた。顔つきも暗かった。友だちはひとりもなく、話し相手は母親だけだったらしい。そう、時々、自分と話す以外は……。

そんな継宗を見て、小枝はなんとかしてやりたいと思った。もちろん、継宗親子を訪ねたのは、もし路中岳《ルー・ジョンユエ》が生きているなら、必ず息子のところに顔を見せると考えたからだ。そのために陳香甜のところにも時々通って、路中岳が現れていないか探りを入れていたのだが、あの小さな町で継宗が働き口もなく、すさんだ生活を送っているのを見て、もっと若者らしく希望に満ちた人生を送らせてやりたくなったのだ。そこで、上海で仕事を見つけてやろうと決心したのだが……。

その決心をした裏には、路中岳が動きを見せてきたということもあった。

いや、あれが本当にそうだったかはわからない。去年の暮れあたりから、陳香甜の家を訪ねていくと、その行き帰りに誰かに見張られているような気がしたことが、何度かあったのだ。時にはその誰かにつけられているように感じたこともあった。陳香甜の家の周辺だけではなく、ミヤオ族の村でも、時おり、誰かの足音が近づいてくる気配に不安を覚えて、うしろを振り返ることがあった。だが、そういう時は決まって誰もいなかった。

いったい、誰だろう？　そう思いながらも、小枝はそれが路中岳だと直感していた。おそらく陳香甜の家を訪ねる自分を見て、誰だか突きとめたくなったのだろう。それならば、西方の小さな町やミヤオ族の村にいるより、上海に戻ったほうがいい。こちらは姿を隠したまま、攻撃をしかけやすくなるからだ。また、路中岳《ルー・ジョンユエ》のほうも、警察の目が光っているぶん、動きがとりにくくなるだろう。ミャオ族の村にいる時に、突然襲われたりしたら、ひとたまりもない。それに路中岳が自分を見張っていたなら、自分が継宗《ジーゾン》を連れて上海に来たことも、いずれ突きとめるだろう。その時までに継宗の生活を確立させてやって、自分は路中岳に復讐する準備をすればいい。申明《シェン・ミン》先生の仇を討つために……。路中岳を殺す準備を……

そういろいろと考えて、一カ月前に継宗を連れて、上海に戻ってきたのだ。話を持ちかけると、継宗は自分から上海に行きたいと言って、「ぜひお願いします」と頭をさげた。一日じゅうネットカフェにこもって、毎日まいにち、ゲームをするだけの人生では生きている実感がない。このままでは緩慢な自殺をするようなものだ。それよりは、どんな犠牲を払ってでも、大きな町でチャンスをつかみたい。都会で暮らすのは前からの夢だったと言って……。母親のほうは自分のそばにとどまっていてほしかったようだが、継宗の決心が固いのを知ると、引き留めるのは無理だとあきらめたようだった。そこで、路中岳の〈従妹〉である小枝《シャオジー》〈叔母さん〉に息子を託すことにしたのだ。

旅は十時間以上も続いた。上海に着くと、小枝は知り合いの伝手《つて》を頼って、福建料理の店に、継宗の働き口を見つけてやった。福建省出身の店の主人は、店の二階の小さな部屋を住まいとして使えばいいと言ってくれた。窓を開けると、隣のビルの壁しか見えないような部屋だったが、新生活の始まりとしてはまずまずだった。

だが、仕事と住まいが決まったあとに、驚くことがあった。携帯ショップに連れていってほしいと継宗が言うので案内したら、いきなり電話番号を変えて、しばらく母親とは連絡を取らないというのだ。小枝にも自分の居場所を母親に知らせないでほしいと懇願する。小枝は迷った。息子と連絡がとれなくなったら、母親は心配して自分に電話をかけてくるだろう。その時に、継宗の居場所を告げられないのは辛い。子供を持ったことはないが、母親の気持ちは痛いほどわかるからだ。けれども、もし母親に居場所を教えたら、継宗は自分との連絡も絶ってしまうにちがいない。そうなったら、路中岳が現れても、わからなくなってしまう。しかたがない。しばらくの間は、居場所がわからないことにして、おりを見て母親には安心させるようなことを言おう。

小枝はそう決心して、実際に母親から電話があった時にはそう答えた。母親には申しわけなかったが、そうするしかなかった。路中岳に復讐するには、継宗とのつながりを絶つわけにはいかない。路中岳は必ず息子のもとに現れるのだから……。

雲呑のスープを最後まで飲むと、小枝は言った。

「やっぱり心配だから、何かおかしなことがあったら、すぐにわたしに連絡してね。怪しい人を見たりしたら……」

継宗はちょっと顔をしかめると、黙ってうなずいた。

第十三章

二〇一四年六月六日（金曜日）

夏とはいえ、肌寒い夜だった。葉蕭《イエ・シャオ》は司望《スー・ワン》に言われた屋台の食堂に入って、まわりを見まわした。時刻はもうそろそろ九時になる。だが、司望はまだ来ていない。母親に止められて、家を出ることができないのだろうか？　無理もない。明日は大学の入学試験日だ。受験生なら誰もが家にこもって、必死に勉強しているはずだ。母親だって、外に出したくないだろう。だが、司望は試験のことなど、どこ吹く風で、一緒に食事をしようと言ってきたのだ。

席に座ると、葉蕭は焼き米粉《ビーフン》とホタテの料理を頼んで通りを眺めた。すると、遠くのほうから司望が歩いてくるのが見えた。出会った時はまだ十五歳で、身体も細かった。けれども、今は筋肉隆々で、ヘラクレスのようだ。喧嘩も強い。治安のよい地域に引っ越しをしたおかげで、前ほどではないが、それでも街で喧嘩を吹っかけられると積極的に買っていた。葉蕭が間に入って、うまく処理してやらなければ、学校も退学になっていたかもしれない。葉蕭は「いい加減、態度をあらためろ」と何度も説教したが、司望は鬱屈した気持ちを晴らそうとでもいうように、喧嘩をするのをやめなかった。もっとも、喧嘩はほとんどは相手から売られたもので、それ以外は誰かが絡まれているのを見て、仲裁に入った時とか、スリを捕まえようとした時に、つい手が出てしまったというようなものばかりだった。しかし、それでもヘラクレスのような体格で相手を叩きのめすので、三国時代の武将、周処《しゅうしょ》のように思われていた（二三六―二九七、呉の生まれ。若い頃は乱暴者として知られ、人々を悩ます虎や水龍を退治したのに、一緒に死んでくれればよかったと言われた。のちに改心して、呉の武将。ついで晋の武将となる）。

そんな司望を見て、ある日、葉蕭はついに堪忍袋の緒を切らして「おい、おれと素手で勝負しろ。もしおれに負けたら、もう二度と街で喧嘩をするな」と言ってやったことがあった。司望はその勝負を受けて立った。結果は――司望の完敗だった。司望はサンドバッグ状態で、床にのされていた。

司望がやってきて、向かいの席に座った。すぐに牛スジの串焼きを注文する。

「やっと家から抜けだしてきましたよ」

「お母さんとしたら、きみの脚の骨を折ってでも、外に出したくなかっただろう。明日は大学入試なんだから……。大丈夫なのか？」

「心配いりません。この町でいちばんの成績で、合格してみせますから……」

「幸運を祈るよ」

「ありがとう。でも、ぼくはそんな話をしにきたんじゃないんです」

「じゃあ、なんの話だ？」

司望の表情が暗くなった。

「ここ何日か、誰かに見張られているような気がするんです」

「誰に？」

そう言いながら、葉　蕭《イエ・シャオ》は左右を見わたした。だが、まわりの席には勤め帰りの人たちと、出勤前に食事をしているバーのホステスたちしかいない。

「わかりません。でも、路　中岳《ルー・ジョンユエ》のような気がします」

その名を聞いて、葉蕭は司望《スー・ワン》のほうに身を乗りだした。黄　海《ホアン・ハイ》捜査官が命を犠牲にしてまで、捕まえようとした男だ。

「しかし、また上海に戻ってくるとは……。絶対に捕まらないという自信があるのか？　まったく、警察をなめやがって……」

「でも、葉蕭さんからしたら、路中岳を捕まえるいいチャンスでしょう。十三日後の六月十九日は申　明《シェン・ミン》の命日ですから、《魔女区》に姿を現すかもしれません。もし路中岳が申明殺害の犯人だとしたら……」

「チャンスはチャンスだが」そう言って、プラスチックのコップを握りつぶすと、葉蕭は続けた。「路中岳は慎重な男だ。申明の命日だからと言って、へたな動きはするまい。それじゃあ、自分から警察の張った網に飛びこむようなものだからな。それに路中岳が犯人かどうか、おれには疑問がある」

「そうですか。いずれにせよ、ぼくはその日を待っています。申明の十九回目の命日ですから……。《魔女区》に行けば、きっと何かが起こるような気がするんです。誰にせよ、犯人がそこに姿を見せるとか……」

それを聞いて、葉蕭は司望の腕をつかんだ。

「六月十九日には外に出るな！　家でお母さんを守っているんだ」

「葉蕭さんは？」

「《魔女区》にはおれが行く。まあ、路中岳がそこに姿を見せることはないと思うがな」

司望は下を向いた。それから、話題を変えるように言った。

「今日は六月六日ですね。南明《ナンミン》高校の図書館の屋根で、柳曼《リウ・マン》が死体で発見されてから、十九年になる……。昨日が命日でした」

「そうだったな」

「柳曼は馬力《マー・リー》に殺されました。そして、馬力は自分が柳曼を殺すきっかけをつくった張《チャン》鳴《ミン》松《ソン》を殺した……。馬力に対する判決は出たんですか？」

「ああ、今朝ね。中級人民法院が死刑の判決を下した。黄海捜査官から受け継いで、おれは柳曼の事件も担当していたからな。それで裁判も傍聴したんだ。判決が下った瞬間、柳曼の父親は興奮して、今すぐ処刑してくれと叫んでいたよ」

そう言うと、葉蕭は張鳴松殺害の犯人として、馬力が自首してきたあとのことを話した。

今から五カ月前の一月の半ば、南明高校の数学教師、張鳴松が、かつての教え子である馬力に殺された。馬力《マー・リー》は即座に警察に自首すると、十八年前に南明高校で起きた事件についても、自分が犯人だと告げた。秘密を知られたという理由で、同級生の柳曼《リウ・マン》という女子生徒を毒殺し、証拠を捏造《ねつぞう》して、罪を担任教師であった申 明《シェン・ミン》に押しつけたというのだ。

取り調べの間、馬力は冷静で、取り乱したところはなかった。ただ、申明の死に関しては、責任を感じていると口にしていた。もちろん、直接手を下したわけではないが、先生を死なせる原因をつくってしまったと言って……。張 鳴松《チャン・ミンソン》の殺害に関しては、いつか復讐してやろうと思っていたということだった。事件当夜は、張鳴松を裸にしてロープで縛ると、キッチンで見つけたナイフで喉をかき切った。それから、家じゅうをひっくり返して、張鳴松が性的な虐待をしていた証拠の書類や写真を探しだすと、警察に出頭する途中で捨てたという。

このニュースが伝わると、すぐに上海じゅうが大騒ぎになり、張鳴松の毒牙にかかったと、みずから名乗りでる被害者も五人いた。実際の被害者はもっと多いと思われたが、おそらく性的な虐待を受けたことを世間に知られるのを恐れたのだろう、この五人以外に証言に現れる者はいなかった。

葉 蕭《イエ・シャオ》は同僚の捜査官とともに、張鳴松のマンションを徹底的に検証した。その結果、現場の状況はほぼ馬力が供述したとおりだとわかった。だが、細かい点では、いくつか不審な点が残った。たとえば、馬力は張鳴松の家の鍵を持っておらず、自分がマンションに来た時には、扉にドアストッパーがはさんであったと供述していた。だが、張鳴松がわざわざそんな状態にしておくとは考えられない。とすると、誰かが馬力のために、扉にドアストッパーをはさんでいったことになる。また、馬力は張鳴松を縛ったロープをどこで手に入れたかも説明することができなかった。最初はオンラインショップで買ったと言っていたのだが、店の名前を訊かれると供述を変え、道に落ちていたのを拾ったと言いだしたのだ。張鳴松が性的な虐待をしていた証拠の書類や写真も、馬力が捨てたという場所からは見つからなかった。

馬力は共犯の存在は否定して、これは自分ひとりでやったことだと、かたくなに言い張ったが、はたしてそれは本当だろうか？

「司望《スー・ワン》、きみならどう考える？」

司望はちょうど牛スジの串焼きをほおばっていたところだが、それを呑みこむと答えた。

「確かにそれは不思議ですね。馬力がひとりでやったとすると、説明がつかないことがたくさんある……」

葉蕭はそれ以上、踏みこむかどうか迷った。とりあえず、司望の反応が見たくて訊いてみたものの、訊いてどうなるというものでもない。馬力が自白したことで、事件はもう片づいているのだ。細かいところを掘りかえしてもしかたがない。

いや、掘りかえそうにも証拠がない。共犯者がいたことを示すものは、何ひとつ見つかっていないのだ。張鳴松のマンションの部屋の前には防犯カメラがついていなかった。建物の玄関にはカメラがついていたが、地下の駐車場から階段であがってくれば、カメラを避けて部屋の前まで来ることができた。

だが、葉　蕭《イエ・シャオ》はもう少し、粘ってみることにした。

「馬力《マー・リー》のスマホの通信記録を調べてみたんだが、最後の電話は張　鳴松《チャン・ミンソン》の家の近くの公衆電話からかかってきたものだった。殺害の一時間前にね。馬力はまちがい電話だと言っていたが……。おれはそのあたりの防犯カメラも調べてみた。だが、問題の公衆電話はカメラの死角になって、誰が電話をかけてきたのか突きとめることはできなかった」

そう言って、葉蕭はあらためて司望《スー・ワン》の顔を見た。司望は黙って、串焼きを食べることに集中していた。葉蕭はもう一歩、先に進むことにした。

「実は馬力の通信記録をずっと以前に遡って調べてみたんだが、二年前にきみは馬力に電話をかけているね」

「谷《グー》さんのところにいた時に、馬力とは知り合いでしたから……。財務の仕事を一緒にしました」

「そうだったな。馬力は爾雅《アルヤー》学園グループで、財務担当の理事長補佐として働いていた。谷秋莎《チウシャー》の下でね。だが、尋問の最中にきみのことを訊いたら、その当時きみは小学生だったから、接点がなかったと言っていたぞ」

そこで、いったん言葉を切って司望の反応をうかがうと、葉蕭は続けた。

「つまり、きみの話が本当なら、馬力は嘘をついたことになる。どうしてだろう？　おれはそれが知りたい」

「さあ、そう言われても……」司望は言った。「それより、訊きたいことがあるんです。判決は死刑だと言いましたよね？」

「そうだ。死刑だ」

これまで多くの殺人犯を捕まえてきたという自負から、葉蕭は〈死刑〉という言葉に力を込めて答えた。

「馬力は控訴するでしょうか？」

「いや、犯行の事実を認めて、一刻も早く処刑されることを願っている。今回の判決は中級人民法院で下されたものだから、控訴がなければ三日後には高級人民法院に行き、最後は最高人民法院に行く。そこで執行命令が下されるというわけだ。これは死刑判決だからね。執行命令は最高人民法院が出すんだ」

と、司望が顔をしかめた。

「この肉は香辛料がききすぎだ」

葉蕭は言った。

「さあ、きみの質問には答えたぞ。今度はきみがおれの質問に答える番だ。馬力は嘘をついているのか？　張鳴松殺害の共犯はいるのか？」

だが、司望は話をはぐらかした。

「でも、事件はもう解決したんでしょう？　ぼくがそんな質問に答えて、どうなると言うんです。それより、まだ訊きたいことが残っています。死刑執行はいつになりますか？」

「最高人民法院が死刑判決を認めれば、一週間後だ」

「処刑方法は銃殺ですか？」

「いや、今は薬殺だ。薬を注射することになる」

それを聞くと、司望《スー・ワン》は唇を噛んだ。口に手を当てて、何かつぶやいている。

「何だ？」葉　蕭《イエ・シャオ》は尋ねた。

「『レ・ミゼラブル』の本にあった、いたずら書きだと言ったんです」

「どういうことだ？」

そうさらに尋ねると、司望は謎の言葉を口にした。

「《この書き込みを目にした者は、誰であれ、尖ったもので命を落とすことになるだろう。ナイフであれ、注射の針であれ……》」

第十四章

二〇一四年六月十九日（木曜日）　午前四時

まだ暗かった。司望はベッドから起きあがった。悲しい気分だった。身支度をすませたあとに鏡を眺めると、そこに映っているのは大人の顔だった。とりわけ、瞳は……。瞳には屈託があって、とうてい十八歳の少年のものとは思えなかった。

大学の入学試験は十日ほど前に終わっていた。司望はほとんどの科目で、試験の終了時間前に答案を提出し、一番に教室を出て、ほかの受験生や監督官を驚かせていた。

入試が終わったあとは、インターネットでホラー映画ばかり見ていた。母親は心配そうな顔をしていたが、外に出て喧嘩をするよりマシだと思っているようだった。葉蕭にのされてからは喧嘩をやめていたが、母親はそのことを知らないのだ。

今日出かけることは、母親には内緒にしていた。だが、少し困ったことになった。昨日、突然、葉蕭が家に現れ、「明日は絶対に息子さんを外に出さないでください」とわざわざ忠告しにきたのだ。葉蕭とはいつも外で会って家には来させないようにしていたのだが、いきなり訪ねてきたのでは、どうすることもできなかった。母親を見つめながら、葉蕭はこう続けた。「もし息子さんが外に出てしまうようなことがあったら、すぐにこの携帯の番号に電話をかけてください」と。母親は「必ずそうします」と約束していた。

だが、母親もさすがに午前四時に出かけるとは思っていなかったのだろう。司望《スー・ワン》は見とがめられることなく、家を出ることができた。梅雨の季節なので、湿度が高く、胸が苦しい。じきに雨が降りそうだった。

自転車で住んでいる町を駆けぬけ、屋台の店で蛋餅《ダンビン》（卵のクレープ）をふたつ買うと、自転車通勤をする大勢の人の流れを見ながら、腹ごしらえをする。それから、安息通りに向かった。銀杏《いちょう》の葉叢《はむら》の向こうに家々の窓が見える。小鳥のさえずりが聞こえた。

十分ほどして、安息通りに入ると、司望は古い建物の前で自転車を止めた。建物の半地下は窓が埃に覆われていて、なかが見えなかった。尹玉《イー・ユー》の顔が頭に浮かんできた。それから、尹玉が前世でおじいさんだった時の顔と、そのおじいさんに家政婦として雇われていた祖母の顔が……。

大きく息を吸うと、司望はうしろをふり返った。そこには廃家《はいか》になった建物があった。三十一年前に殺人事件があって、今はもう誰も住んでいない建物。

安息通り十九番地の建物だ。

通りを渡ると、司望は建物の裏側にまわり、塀を乗りこえて中庭に降りた。腐葉土と猫の小便の臭いに吐き気がした。いったん二階を見あげて、一階の壊れた窓から部屋に入る。部屋は暗かったが、窓から差しこむ朝の光で、なかの様子はぼんやり見えた。この前に来た時と何も変わっていない。少なくとも、そう思えた。

一九八三年のある雨の日、この部屋で自分の母親の何 清影《ホー・チンイン》が養父であった路 竟南《ルー・ジンナン》を殺害したのだ。ガラスの破片で喉を切って……。

現場検証の時につけられた印や線はまだ壁に残っていた。だが、血の跡はきれいに掃除されていた。

家のなかは埃っぽかった。手で鼻を押さえながら、司望は奥の居間を通りぬけ、その先の階段から二階にのぼっていった。窓は開いていて、そこから吹きこんでくる風が埃を舞いたたせている。クモの巣がゆらゆら揺れていた。

二階には廊下に面して扉が三つあった。最初は浴室の扉で、その奥からはひどい臭いがした。ふたつ目はベッドがひとつぽつんとある部屋。三つ目が子供の頃に母親が使っていた部屋だ。

司望はその部屋の扉を開けた。だが、ドアノブに手をかけた時、背中がぞっとするのを感じた。この感覚には覚えがある。そう、十九年前の一九九五年の六月十九日に地下室の上げ蓋を開けた時に感じたのと同じものだ。前世で、申 明《シェン・ミン》だった時に感じたものと……。

この家の二階もまた《魔女区》なのだろうか？　そして、この部屋は……。

そう思った瞬間、うしろに気配を感じてふり返ると、金属の棒が振りおろされるのが見えた。棒は額に命中した。避ける暇はなかった。

司望《スー・ワン》は床にくずおれ、顔だけ横にして、うつぶせに倒れた。額から流れた血が口に入る。血は塩からかった。死の味がした。

廊下を歩く足音が遠ざかり、また近づいてくるのが聞こえた。司望はどうにか瞼を開けた。だが、血が目に入って、よく見えない。視界はぼんやりしていた。

突然、胸と頬に痛みが走った。火傷をした時のような痛みだ。足首をつかまれ、ひきずられていくのだ。

しばらくして、目を開けると、古いタンスが目に入った。タンスの上には、服を着ていない木製の人形がいくつか並んでいる。母親が遊んでいた人形だろう。人形たちはこちらを見つめているように見えた。このうちのひとつが、ぼくを襲ったのだろうか？　司望はそんなあり得ない想像をした。タンスの脇には木製のベッドがある。ベッドには竹のござが敷いてあって、シーツと枕もあった。この前に来た時にはなかったものだ。そして、壁にはスーツケースがひとつ、立てかけてある。床にはカップ麺の包装や、キャンピングガス、やかん、水差しなども置いてあった。

司望は少しだけ身体を持ちあげて、顔を反対側に向けた。そちらには鏡がある。鏡はきれいに磨かれていた。

と、その鏡に人影が映った。廊下の側は暗いので、顔はよく見えない。だが、近づくにつれて、だんだんはっきりしてきて、誰なのかわかった。

「路中岳《ルー・ジョンユエ》！」

もう八年も会っていないが、額の痣を見れば、まちがいない。司望は恐ろしさに身体が震えるのを感じた。

路中岳は窓の近くに行くと、少しだけカーテンを開けて、外の様子を眺めた。それから司望のそばに戻ると、スマホを取りあげ、一階に降りていった。

やがて、ロープを手に再び二階に現れると、路中岳は言った。

「どうやらひとりで来たようだな。おとなしくしてもらうぞ」

司望は立ちあがって、路中岳と戦おうとした。だが、身体が言うことを聞いてくれない。あっというまに椅子に座らされて、ロープで縛られてしまった。

「ひさしぶりだな」路中岳が言った。

「やっぱり、生きていたんだな」

司望は答えた。言葉を発するたびに頭が痛んだ。

「しばらく前から、おまえのことは見張っていた」路中岳が続けた。「こっちに戻ってきてから、おまえの居場所を突きとめて、二週間前には誰かと飯を食っているところも見ている。だが、まさかここで会うとは、思ってもみなかったぞ。この八年間の逃亡生活のおかげで、おれは物音に敏感になってね。誰かがこの家に入ってきたのがわかったんだ。そうじゃなければ、今頃はおれのほうがその椅子に座って、血を流していたはずだ。なにしろ、おまえはおれに恨みを持っているはずだからな」

「黄　海《ホアン・ハイ》捜査官のことか？　それとも、申　明《シェン・ミン》のことか？」

「申明だって？　どうして申明がおまえに関係あるんだ。そうか、馬力《マー・リー》がそんなことを洩らしたことがあったな。おまえは申明の生まれ変わりだって……。もちろん、おれはそんなことは信じなかったがね」

「いや、ぼくは申明の生まれ変わりだ」司望《スー・ワン》は言った。「申明はぼくのなかにいる。だから、今日はこのあとで自分が殺された場所に行くつもりだったんだ。《魔女区》の工場の地下室に……。今日は六月の十九日だ。それがなんの日か知っているだろう？」

「まったく！　おれは半年間、おまえの養父だったけどな。確かにあの頃から、おまえには妄想癖があった気がする。だが、それがここまで進んでいるとは……。でも、ここにはどうして来たんだ？　おれを探してか？　だが、おれがここにいるとは誰も知らないはずだ。おれはある目的があって、二カ月前に西のほうの小さな町から、この上海に戻ってきた。もちろん、身分証明書は三つばかり、偽造したものを持っているが、それではホテルには泊まれない。そこで、この家のことを思い出したんだ。ここは三十一年前に殺人事件があった家で、それ以来、誰も住んでいない。不吉な場所だから、外から入ってくる者もいない。警察だって、おれがここにいるとは思っていないはずだ。それなのに……」

「ぼくだって、おまえがここにいるとは予想もしていなかった」司望は答えた。「さっきも言ったように、ぼくは今日の夜の十時に《魔女区》の工場の地下室に行くつもりだった。午後は南明高校のあたりをぶらぶらしてね。でも、その前に申明が小さい頃、住んでいた家を見ようと思ったんだ。で、そのついでに通りを渡って、この家にやってきた。ここはぼくの母親が小さい頃、住んでいた家だったからだ。それはおまえも知っているだろう？」

「知っているよ」路中岳《ルー・ジョンユエ》は言った。「そうか、おまえは何清影《ホー・チンイン》の息子だったな。三十一年前に、この家で養父を殺した女のな」

「言うな！　そんな証拠はどこにもない。殺人犯のおまえの証言以外にはな」

「威勢のいいことを言うじゃないか」路中岳はにやりと笑った。司望の顎を持ちあげて続ける。「そうか、おまえは申明の生まれ変わりなのか？　それなら、いいことを教えてやる。申明、おまえはあの時に死んでよかったんだよ。おれは申明のことなら、誰よりもよく知っている。本人以上にな。そのおれが言うんだから、まちがいない」

「どうしてだ？」

それには答えず、路中岳は窓のところに行って、煙草に火をつけた。それから、戻ってくると言った。

「もし申明が秋莎《チウシャー》と結婚して、谷長龍《グー・チャンロン》の婿になっていたら、何が起きたと思う？　あの家では、申明はまともな扱いをされない。なにしろ、血筋が血筋だからな。ただの私生児だ。谷長龍にとっては、ひとつの駒にすぎなかっただろうよ。あの柳曼《リウ・マン》とかいう女子生徒が殺害された事件で申明《シェン・ミン》は逮捕され、谷《グー》親子から見捨てられたが、それがなくても申明はあの家から放りだされることになったはずだ。遅かれ早かれな」

「ありがとう。教えてくれて……。だが、おまえのほうも、秋莎《チウシャー》とは結婚しないほうがよかったんじゃないか？　そうすれば、薬を盛られて不能になることもなかったんだし……」

まちがいなく痛いところを突かれたのだろう、路中岳《ルー・ジョンユエ》は煙草を床で揉み消すと、司望《スー・ワン》に平手打ちを食わせた。それから、司望の頬をなでながら言った。

「そうか。おまえは申明なのか。まあ、そんなことはあり得ないと思うが、もしおまえが申明なら、おれはおまえにあやまらないといけない。申明のたったひとりの親友としてな。あいつにはおれしか友だちがいなかった。この路中岳しか……」

「おまえは今でも、申明を友だちだと思っているのか？」

「おれは変わっていない。いろいろと悪いことをしたが、あいつはおれの心の友だ」

そう言うと、路中岳は司望の目の高さまでかがんで、申明に話しかけた。

「申明、悪かったな。許してくれ。高校の寮で初めてルームメイトになってから、おれは心からおまえの成功を願ってきた。おまえがうまくいくと、自分のことのように嬉しかった。おまえが北京大学に入学した時も。南明高校の先生になった時も、婚約したという話を聞いた時も……。婚約パーティーで、その相手が谷秋莎と知るまでは……。その時、おれは初めておまえに嫉妬を覚えたんだ。谷長龍《グー・チャンロン》とおれの親父《おやじ》は友人だったから、おれと秋莎は小さい頃、一緒に遊んだこともある。その幼馴染《おさななじ》みがすっかり美しい娘になって、おまえの隣に並んでいる。しかも、まわりの連中はおまえをちやほやして、おまえの靴を舐めんばかりだ。おまえは美しい妻と輝かしい将来をいっぺんに手に入れたんだ。それにひきかえ、おれはどうだ？　おれの親父は政府機関の地方支部で高い地位に就いているが、おれの人生はどちらかと言うと失敗だった。二流の大学を出て、鉄工所に勤めるのがせいぜいだったからな。しかも、その鉄工所は婚約パーティーのしばらく前に閉鎖になって、おれはくびになった。みじめなもんじゃないか！　高校時代はおれのほうが上で、親友だと思うから、金の面倒まで見てやったのに……」

「おまえはそんなふうに思っていたのか？」

「あたりまえだ。世の中、なんといっても生まれが第一だからな。いや、もちろん、そう思っているやつはたくさんいて、おまえがいずれそんな連中に足を引っぱられるのはわかっていた。今はちやほやしていても、いずれおまえの秘密を嗅ぎつけて、陰でこそこそ言いはじめるだろう。あの男は私生児で、小さい頃は半地下の薄汚い部屋で暮らしていたんだと……。そこで、おれはおまえが結婚して、そんな目にあう前に、おまえをひきずりおろしてやろうと思ったんだ。おまえの出生の秘密をばらしてな」

「やっぱり、あれはおまえの仕業だったんだな」

「そうだ。さっき、おまえは向かいの建物の半地下で暮らしていたと言ったが、おれは高校の時からそれを知っていた。おまえは自分の家に人を呼ばなかったが、おれはおまえのことなら、なんにでも興味があってな。おまえのあとをつけたことがあるんだ。おまえはおれの叔父さんの家の向かいの半地下で暮らしていた。まあ、それにも驚いたが、もっと驚いたのは、そこにおまえの父親がやってきたことだ。そう、おれは物陰に隠れて、おまえの父親がおまえの祖母《ばあ》さんに金を渡しているところを見たんだ。それで、今度はおまえの父親のあとをつけたら、それが検事だと知ってさらに驚いた」

「なるほど、そうやって秘密を知ったというわけか」

「だが、おれはそのことを誰にも言わなかった。なにしろ、親友だからな。そんなことをしたら、大切な友情をぶちこわすことになる」

「でも、結局はあの噂を流したんだろう。ぼくが非嫡出子だという噂を……」

「いや、流したのは張《チャン・》 鳴松《ミンソン》だ。あの男もおまえのことを嫌っていたからな。何かおまえを貶《おと》める話はないかというので教えてやったんだ。おれがしたのはそれだけだ」

「知っているよ。だが、同じことだ」

「いや、今から思えば、親友に対して、よくあんなことをと思うが、あの時は嫉妬で頭がおかしくなっていてな。だから、申《シェン・》 明《ミン》、おまえが申明ならあやまるよ。悪いことをした。でもおまえだって、よくなかったんだぜ。失業したのを知って、次の就職先は決まったのかと、根ほり葉ほり聞くから……。それで、おれは絶対、おまえから秋 莎《チウシャー》を奪ってやると決めたんだ。子供ができたから結婚してくれと言ってきた女を捨ててまでな。その女は結局、おれの息子を産んでくれたが……」

「おまえには息子がいるのか？」

「ああ、路継宗《ルー・ジーソン》といってな。十八になる立派な若者だ。きっと、娘たちにもてるだろう。いや、それはともかく、あの時のおれにはただひとつの目的しかなかった。どんなことをしても、秋莎を自分のものにすることだ」

「それで、張鳴松に噂を流させたり、ほかにもひどいことをしたんだな。たとえば、あの手紙だ」

「おまえが養父になる谷長龍《グー・チャンロン》の悪事をほのめかしたという、あの手紙か？　そうだよ。あの手紙はおれが書いたものだ。おまえの筆跡を真似ることができるのは、おれしかいないからな。親友であるおれしか……。賀年《ホー・ニエン》と結託して、おれはその手紙をおまえが賀年宛てに送ったことにして、賀年から谷長龍に送らせたのだ。その偽の手紙を封筒ごと、差出人のない別の封筒に入れてな。賀年宛ての封筒のほうには、ちょっと細工をして、半年前の消印を押させておいた。申明が谷長龍に悪意を抱いたまま、出世のために娘と結婚し、あとからゆすろうと思っていることがわかるようにな。賀年はすぐにその話に乗ってきたよ。あいつは北京政府の要職に就いていたんだが、その職を解かれて、上海の教育委員会の事務所で働いていたからな。おまえが教育委員としてやってきたら、部下として仕えることになる。プライドの高いやつだったから、それに耐えられなかったのだろう」

「賀年《ホー・ニエン》を殺したのはおまえか？」

「そうだ。おれたちは申明《シェン・ミン》を一緒にひきずりおろし、おれは谷長龍《グー・チャンロン》の婿になって、爾雅《アルヤー》学園グループの幹部になった。それで、賀年をグループの事務局で雇ってやることにしたんだ。やつは上海の教育委員会でも、仕事に失敗して、くすぶっていたからな。だが、しばらくして、おれをゆするようになってきた。それでやつを殺して、ジープのトランクルームに隠し、蘇州河のほとりに放置したんだ」

「おまえは谷長龍も殺した」

「殺すつもりはなかったんだが……。でも、ある日、あいつが家にやってきて、いきなりナイフをおれの胸に突きつけてきたんだ。そのあとは揉みあいになって、何がどうなったか覚えてないがね、気がつくと、あいつが床に横たわっていた。血まみれになってな。おれは正当防衛を主張することもできたが、なにしろ、賀年を殺していたからね。黄海《ホアン・ハイ》と関わりを持ちたくなかった。賀年の死体が発見された時も、あいつはしつこく、おれにつきまとっていたからな。それで逃げることにしたんだが、駅に行ったら、もう警官がたくさん見張っていた。だから、とりあえず上海に潜伏したんだ。それに上海を抜けだす前に、おれにはやらなきゃいけないことがあった」

「秋莎《チウシャー》を殺すことか？」

「そのとおりだ。世界でいちばん憎い女だからな。あの女、おれの知らない間に薬を盛って、おれを不能にしやがったんだ。男だったら、絶対に許せないはずだ。だから、おれはあの女を殺した。ちくしょう！　自分が子供のできない身体だからって、夫も同じようにしようだなんて！　まあ、あの女と結婚する前に、つきあっていた女に子供を孕《はら》ませていたからいいようなものの、そうじゃなかったら、おれは今頃、生きる希望を失っていただろう。もし、継宗《ジーゾン》が生まれていなければ……」

そう言うと、路中岳《ルー・ジョンユエ》はまた煙草に火をつけた。その唇は紫色だった。

「つまり、おまえは息子をいちばん大切に思っているというわけか？」

「そうだ。この八年、おれは野良犬のような生活を送ってきた。逃亡生活なんて、みじめなもんだ。いっそのこと、捕まって死刑になるほうがよっぽど楽だと思うぜ。だが、そうなったら、誰が息子を守ってやれる。父親がいないせいで、息子は世間から馬鹿にされて生きていくんだ。申明、おまえのようにな。おれは息子をそんなふうにしたくない」

「おまえは犯罪者なんだぞ！　そんな人間の息子だと知れたら、その子は生きていくのが大変になる。おまえは息子の人生をだめにしようとしているんだ」

「いや、もっときちんとした身分証を手に入れて、おれは息子と暮らす。生きているかぎり、おれは息子を守ってやるんだ。申明は父親に守ってもらえなかった。だから、最期《さいご》はあんなみじめなかたちで、工場の地下室で死ぬことになったんだ」

「そうだ。ぼくは工場の地下室で死んだ。そのことで、ひとつだけ聞かせてくれ。おまえはぼくを殺したのか？　一九九五年の六月十九日に、あの《魔女区》の工場の地下室で……」

「ぼくというのは申明《シェン・ミン》のことか？」馬鹿にするような声で、路中岳《ルー・ジョンユエ》が言った。「いいか、司望《スー・ワン》。悪ふざけはおしまいだ。おまえが生まれ変わりだというから、おれはおまえが申明に見立てて、やつに言ってやりたかったことを全部話させてもらったが、おまえが申明だとは、これっぽっちも信じちゃいない。まあ、話につきあってくれたことには感謝するがな。なにしろ、この八年間、誰ともろくに話していなかったんでね。あばよ、ちびちゃん」

「ちびちゃんなんて、子供に話すみたいな言い方をするな。それに、おまえはぼくの質問に答えていない」

「おまえが生まれ変わりなら、自分を殺した相手くらい知っているだろう。返事は『さあね』だ。今となっては、どうでもいいことだからな。それより、おれにはこれからやらなきゃならないことがある。おまえの顔を見たせいで、面白いことを思いついたんでな。夕方にはこの部屋に戻ってくるから、おとなしく待っていてくれ。じゃあな」

それを聞くと、

「そんなに急いで生まれ変わらないといけないのか？」思わず、その言葉が口をついてでた。高校の時に、よく使った言いまわしだ。路中岳は一瞬、動揺した表情を見せた。だが、すぐに冷静な顔に戻った。煙草を床で揉み消すと、バッグからガムテープを取り出し、司望の口に貼る。それから司望の頬をなでると、窓を閉めて部屋を出ていった。

安息通り十九番地に、司望を残して……。司望のたてる苦しげな息を除いて、部屋のなかは静まりかえっていた。

第十五章

二〇一四年六月十九日（木曜日）　午後七時一分　日の入りの時刻

真っ黒な雲が空に低くたれこめている。今にも雨が降りだしそうだ。空気は湿っていて、息苦しかった。

小枝《シャオジー》は朝から一度も外に出なかった。《魔女区》の工場の地下室に行って、申　明《シェン・ミン》先生のために冥銭を焚くかどうか、ずっと迷っていたのだ。冥銭を焚く必要があるかどうかはわからなかったが、先生に話しかけるなら、あの場所がいちばんのように思えた。けれども、今日あそこに行ったら、また司望《スー・ワン》と鉢合わせする恐れがある。二年前の六月十九日と同じように……。もし、今夜も司望が来るとしたら？　司望に会うのは怖かった。

でも、その一方で、ほんの少し司望が恋しくもあった。

司望がどんなふうに肌に指をすべらせたか、それを思い出しながら、小枝は自分の唇となじに指をすべらせた。あの時の指は――少なくとも、身体は司望のものにちがいなかった。浴室の鏡に向かって、小枝は自分の顔を仔細に眺めた。三十七歳の顔を……。あと数年もすれば、この顔はすっかり老けてしまうだろう。自分を見ても、司望がわからないほどに……。

水道のコックをひねって、小枝は念入りに顔を洗った。それから、二種類のローションを肌につける。肌を整えるトニック・ローションと、肌に水分を与える保湿ローションだ。それが終わると、今度はアイシャドーとマスカラ、軽く頬紅をはいたあとで、口紅を差す。あまり派手にならないように、けれども十八歳の男の子の気持ちを惹くくらいにはしっかりと……。司望に会ってしまった時のために……。髪をとかしている時に白髪を一本見つけたので、それを抜くと髪の先が肩にふんわりとかかるように、全体の形を整えた。

それから、数日前に買っておいた冥銭とお供え物をバッグに入れると、マンションの部屋を出た。このマンションは閑静な住宅街にあって、夜になってから外出するような人はほとんどいない。自分がこの地域に住んでいることは、同僚の教師たちも知らなかった。

暗い廊下を歩いている時、どこかで誰かが泣いているような声が聞こえた。小枝は立ちどまって、耳を澄ませた。泣き声は聞こえなくなった。たぶん、空耳だったのだろう。

そんなことを思いながら、一階まで降りた時、突然、うしろからハンカチで口をふさがれた。あらがう暇はなかった。エーテル特有のにおいがした。

二〇〇一四年六月十九日（木曜日）　午後八時

目を開くと、知らない部屋にいた。もう何世紀も眠っていたような気がした——死んだあとに生き返って、棺《ひつぎ》を覆っていた蓋が開けられたような感じだ。目の前には男が立っている。その男がかがんだので、顔が見えた。髭のないつるんとした顔で、額のところには青い痣がある。

その痣を見て、その男が誰だかわかった。谷《グー・チャンロン》長龍殺害の犯人として、指名手配書の写真で見た男……。路《ルー・ジョンユエ》中岳だ。

さらに前に遡れば、今から二十六年前にも、この顔を実際に見たことがある。一九八八年。自分が十一歳で、この男が高校生の時だ。自分は孤児の身で、お腹をすかせていた。そしてある日、この男の弁当からおかずの鶏肉を盗み、捕まってしまったのだ。

この男は容赦がなかった。鶏肉をとりあげて地面に捨てると、自分を抱きあげ、《魔女区》の工場の地下室に閉じこめてしまった。もし三日後に、まだ高校生だった申《シェン・ミン》明先生が助けにきてくれなかったら、自分は死んでいただろう。

そして、申明先生が殺されてから、この十九年間、自分はこの男を殺してやると誓ってきた。

申明先生の復讐をするために……。先生を殺したのはこの男だから……。

小枝《シャオジー》は立ちあがろうとした。だが、身体を動かすことができない。その時、ようやく自分が椅子に座らされて、手足を縛られているのがわかった。右を見ると、小さなベッドが見えた。その隣のタンスには服を着ていない木製の人形がいくつか並んでいる。昔、自分がゴミ箱から拾って、遊んでいたような人形だ。顔を正面に戻すと、男が脇にどいた。

と、目の前に司望《スー・ワン》の姿が現れた。自分と同じように、手足を縛られ、椅子に座らされている。額には流れた血が固まった跡があって、口に貼られたガムテープにも血がにじんでいた。おそらく大量に出血したにちがいない。司望が頭を激しく振った。少しでも身体を動かそうと、もがいているのだ。思いがけず、自分が路中岳に捕まって連れてこられたのを見て、なんとかしなければと思ったのだろう。司望の目に、驚きと不安が入りまじっているのを見て、小枝はそう判断した。思わず声が出た。

「司望！」

もちろん、司望は答えることはできない。その代わりに、路中岳が話しかけてきた。

「欧陽《オーヤン》小枝、おまえの家を見つけるのに何週間もかかったぜ。今日は家にいるかどうか心配だったが、おまえのほうから外に出てきてくれてよかったよ。さもなければ、こちらから乗りこんでいくところだった。あんな時刻にどこに行くつもりだったんだ？」

小枝は答えなかった。

「まあ、家は見つからなくても、おまえの電話番号は知っていたし、上海のどこの高校で教えているかも知っていたから、いずれおまえを捕まえることはできると思っていたがな」

「わたしの電話番号？　じゃあ、二カ月くらい前に、わたしに電話してきたのはあなただったのね？」

「ああ、陳《チェン》　香《シアン》　甜《ティイエン》から聞いてな」

「じゃあ、あなたはとうとう香甜のところに行ったのね？」

路《ルー・》中岳《ジョンユエ》は煙草に火をつけると、煙を吐きだしながら言った。

「あいつは殺した」

殺した？　小枝《シャオジー》は全身から血の気《け》が引く思いをした。しばらく、息子の様子を尋ねる電話がなかったので、どうしたのかと思っていたのだが……。かわいそうに、まさか殺されていたとは！

「ひどい人ね」小枝は言った。「そして、今度はわたしを殺す気？　でも、ここにいるこの子には指一本、触れないでちょうだい。この子はあなたには何も悪いことをしていないんだから」

「そうでもないがね」路中岳は答えた。「だが、今の言い方からすれば、おまえはおれに悪いことをしたんだな？　いいだろう。その自覚があるなら、話が早い。おまえは息子をどこに隠したんだ？」

「知らないわ」

それを聞くと、路中岳はハンドバッグに手を伸ばし、なかをひっかきまわして、スマホを見つけた。画面を見ながら、指で操作を始める。きっと住所録にある継宗《ジーソン》の番号を探しているのだろう。

「やっぱりあった」路中岳が言った。「おまえはおれの息子を隠したんだ！」

それから、小枝に平手打ちを食わすと、ガムテープで、素早く口をふさいだ。そうして、小枝のスマホの画面を見ながら、自分自身のスマホで電話をかけた。

「もしもし。そちらは路継宗さん？」

「はい、そうですが……」スピーカーフォンにしたのか、継宗の声が聞こえた。

「私は欧陽《オーヤン》小枝さんの弁護士です」そう白々しく名乗ると、路中岳は続けた。「欧陽さんから電話がありまして、法律上のことで、ひとつあなたと解決しなければならない問題があるのですが……。どちらにうかがえば、お目にかかれるでしょうか？」

継宗はためらったようだったが、働いている食堂の名前を告げた。

「福建料理の店です。七仙橋《チーシィエン》にあります」

「わかりました。これからうかがいます。午後九時半ではどうでしょう？　まだ店にいらっしゃいますか？」

そう言いながら、路中岳は腕時計を見た。小枝からも文字盤が見えた。八時三十分だ。

「ええ、まだ店で仕事をしています」

「では、これからうかがいます」

そう告げると、路中岳は電話を切って部屋から出ていった。

小枝はロープをゆるめようと、身体を揺すった。だが、ロープはかえってきつくしまったような気がした。あまりの痛みに目に涙が浮かんだ。ふと顔をあげて、司望《スー・ワン》を見ると、司望の目にも涙が浮かんでいた。入試はうまくいったのだろうか？　小枝は思った。九月からどこの大学で勉強するのだろう？

しばらくして、路中岳《ルー・ジョンユエ》が戻ってきた。手にはガソリンのタンクをふたつ持っている。小枝《シャオジー》は不安になった。いったい、どうするつもりだろう？　この家ごと、自分たちを焼くつもりなのか？　それを見て、こちらの考えていることがわかったのか、路中岳が残忍そうに笑った。

「そうだ。おれはおまえたちを殺すつもりだ。欧陽《オーヤン》小枝、おまえはおれの息子を隠した。そして司望《スー・ワン》、おまえは今、おれがこんなことになった、おおもとの原因をつくった。ふたりとも、殺されるには十分すぎる理由を持っている。ただし、殺すのは今じゃない。すべては継宗《ジーゾン》と会ってからだ。それまでの間、せいぜいこの世の名残りを惜しむんだな」

そう言うと、路中岳は再び部屋から出ていき、黒い機械を手に戻ってきた。機械にはスマホがつながっている。

「どうだ？　今日の午後、半日でこの機械をつくったんだぜ。これでも工業大学の出身なんでな。司望、今朝たまたまおまえがここに飛びこんできたんで、この仕掛けを思いついたんだ。時が来たら、このスマホに電話をかける。着信音は、おまえのスマホに入っていた歌から選んで、着歌にしておいたぞ。まさにぴったりの歌があったからな」

そう自慢げに口にすると、路中岳は部屋のなかにガソリンをまいて出ていった。最後にひと言、「じゃあな」という言葉を残して……。

二〇一四年六月十九日（木曜日）　午後八時四十分

窓には薄手のカーテンがかかっていた。そのカーテンを通して、街灯に照らされた銀杏の影が見えた。夜風に枝が揺れている。

小枝は司望を見た。口の部分をガムテープでしっかり覆われているので、司望は鼻だけで苦しそうに息をしている。それは小枝も同じだった。だが、こちらのほうは貼り方が甘かったのか、口を動かしたらテープが少しずれた。これならしゃべれそうだ。そう思って、小枝は声をかけた。このままでは、ふたりとも殺されるにちがいない。その前にどうしても話しておきたいことがあった。

「申明《シェン・ミン》先生。先生はそちらにいらっしゃいますか？」

司望がうなずいた。というより、先生に話しかけたのだから、うなずいたのは申明先生だろう。小枝は胸がいっぱいになった。そうだ。最後は殺されるにしても、その前にこのことだけは先生に言っておかなければならない。

「申明先生、先生は前にわたしに質問なさいましたね。一年半前、マヤ暦による世界の終わりの日に、わたしたちが結ばれる前に……。『これは大切な質問だ。その答えによっては、私がこの世に生まれ変わってきた意味がなくなってしまうからね』とおっしゃって……。それは、一九九五年の六月十九日の午後十時に、わたしが《魔女区》にある工場の地下室で先生にお会いしたいと言った理由は何かというものでした。あの時にはお伝えしませんでしたが、今からお答えしたいと思います。わたしが先生にお会いしたいと言った理由——それは警察から釈放されて、高校に戻っていらした先生を見た時、先生の目に不穏なものを感じたからです。わたしは先生が何かとんでもないことをしようとしていると直感しました。それで、そんなことをなさる前に、《魔女区》の工場の地下室でお会いしたいと思ったのです。わたしたちが最初に出会った場所で……」

そう言って、小枝《シャオジー》は先生を見つめた。先生は不審そうに首をかしげた。会って何をするつもりだったか、今の言葉ではわからなかったのだ。

もう、馬鹿！　小枝は心のなかで言った。

「おわかりになりませんか？　先生に身を捧げるためです。それまで、わたしは誰にも身を捧げたことはありませんでした。先生が初めてのはずでした。残念ながら、そうではなくなってしまいましたが……。もしそうであったらと、そのあと何度、思ったことでしょう。これまでの人生で叶わなかった思いがあるとすれば、そのことです。先生の婚約者は、先生を見捨てました。ほかの誰もが先生を見捨てました。だから、わたしが先生に身を捧げていれば……。先生が人を殺す前に、わたしがそうしていたら、先生は殺人を思いとどまったのではないでしょうか？　だって、あの時、先生は何もかも失っていましたが、わたしがそうしていたら、たったひとつ残るものがあったのですから……。わたしが！　小枝が！　先生、そうは思いませんか？　わたし、まちがっていませんよね？」

司望《スー・ワン》の目から涙があふれた。先生はわかってくれたのだ。あの時、少なくとも、先生が厳厲《イエン・リー》教頭を殺す前に、《魔女区》の工場の地下で先生と会えたとしたら、自分は先生に〈生きる理由〉を与えることができたのだ。

ようやく先生に思いが届いた。そう思うと、小枝は自分の目からも涙があふれているのに気づいた。涙はあとからあとから出てきて、止まることがなかった。ひとしきり泣いて、ようやく気持ちが落ち着くと、小枝はあの日の夜にあったことを話した。


一九九五年の六月十九日、午後九時半、先生との待ち合わせに行こうと思って、小枝は寮の一階まで降りた。ところが、いつも女子生徒たちが寮から抜けだす時に使っている窓に新しい錠が取りつけられて、外に出られないことがわかった。柳曼《リウ・マン》が殺されてから、女子生徒たちを守るため、警戒が厳重になっていたのだ。玄関の扉の前には教師たちが夜警に立っていたので、そこから出ることもできなかった。そのため、小枝は自分で定めた時刻に、約束の場所に行くことができなくなったのだ。

寮から出られないのでは、どうすることもできなかった。その夜、小枝は先生のことが心配で、雷の音を聞きながら、ひと晩じゅう泣いた。

翌日、教頭先生の死体が発見されて、犯人は申明《シェン・ミン》先生にまちがいないという話を人づてに聞いた。

それから二日間、警察は必死になって、先生の行方を探した。だが、先生は見つからなかった。もしかしたら、あそこだろうか？　そう思って三日後の六月二十二日に、小枝《シャオジー》は《魔女区》の工場の地下室に行き、先生の遺体を発見した。

先生は地下室の水のたまった床に横たわっていた。そのかたわらにひざまずくと、小枝は先生には触れず、長い間、泣いた。それから寮に戻ると汚れた服を洗い、「先生は《魔女区》のどこかにいるかもしれません」と警察に知らせたのだ。

第十六章

二〇一四年六月十九日（木曜日）　午後九時三十分

七仙橋《チーシィエン》の界隈《かいわい》は夜市でにぎわっていた。通りは人であふれている。路中岳《ルー・ジョンユエ》は安心した。これだけの人のなかにいれば、見つかる心配はまずないと言ってよいだろう。

そう考えながら、ポケットに手を入れ、スマホをさする。このスマホの画面をタップすれば、ふたりの人間の運命が決まるのだ。

そう、このスマホの画面をタップすれば、安息通り十九番地の部屋に残してきたスマホに電話がかかり、しばらくしたところであの機械のスイッチが入る。そのあとは……。我ながら、巧妙な仕掛けだ。特許だって、とれるくらいのものだろう。工業大学で電気を勉強したのも無駄ではなかった。司望《スー・ワン》を椅子に縛りつけてから、欧陽《オーヤン》小枝を連れてくるまでの間に、今日の午後はずっとこの装置をつくっていたのだ。

あたりを見まわすと、福建料理の食堂は一軒しかなかった。扉は赤と黄色の電飾で光っている。店のなかからは、楽しげに話す客たちの声が聞こえてくる。近くの美容院の従業員たちが仕事を終えて、これから食事をするところらしい。蒸し餃子や拌麵《ばんめん》（まぜそば）を注文する声がした。

店に入ると、路《ルー・ジョンユエ》中岳は鞄を座席の横に置き、雲呑《ワンタン》を注文した。そうして、息子はいないかと、店内を見まわした。と、その時、厨房からひとり若者が出てきた。額には青い痣がある。

「路継宗《ジーゾン》だね？」路中岳は声をかけた。

するとと、若者がこちらを向いた。路中岳は顔をあげた。継宗が近づいてきた。

「さっき電話をくれたのは、あなたですか？」

「そうだ。もう仕事はあがれるのか？」

「今、あがらせてもらったところです」

そう答えると、継宗は向かいの席に座った。背はこちらよりずっと高い。だが、顔つきはまだ子供っぽく、高校一年生くらいに見えた。

「小枝《シャオジー》叔母さんから頼まれたとか……。法律上のことで、解決しなければならない問題って何です？」

「いや、実を言うと、おれは弁護士じゃないんだ」

その言葉に継宗は黙りこんだ。

継宗は黙って、目の前にいる男を見つめた。

男の額には青い痣がある。

上海に出発する前に、継宗は母親に訊いたことがあった。

「お父さんはどんな人だった？　見ればわかる？」と……。

母親はこう答えた。

「すぐにわかるよ。額に同じ痣があるから……」

まちがいない。目の前にいるのは父親だ。

実を言うと、継宗は子供の頃に一度、父親の写真を見たことがあった。母親が時々取り出して、愛憎のこもった表情で眺めていたのを横から盗み見したことがあったからだ。その写真の父親の額には、やはり青い痣があった。

目の前の男に継宗は言った。

「もしかしたら、あなたは？」少し声が震えた。

「そうだ。おまえの父親だ。おまえの父さんだよ」父親の声は落ち着いていた。

「会うのはこれが初めてですね？」

そう訊きながら、継宗はテーブルの上で拳を握りしめた。死んだ祖父の言葉が耳もとで聞こえてくる。「おまえの父親は自分勝手などうしようもない男だ。あいつはおまえが生まれてくるのを望まなかったんだ。そのことは忘れるな」――その言葉を聞いたのは、祖父が死ぬまぎわのことだった。

「継宗、大きくなったな」父親が腕を伸ばして、頭をなでてきた。「最後に見た時は、まだ

「でも、ぼくがあなたの顔を見るのはこれが初めてですよ」継宗《ジーソン》は答えた。

それは嘘だ。

写真で見たことがあるので、それも嘘だ。あの写真……。母親はいつもその写真を見ていたが、どこにしまっているのかはわからなかった。継宗は写真を探し、ある時、とうとう見つけだした。そして——写真に火をつけて、燃やしてしまった。写真の父親は地獄で火あぶりにされているようだった。それを見ながら、継宗は心に誓った。いつの日か、本物の〈父さん〉も地獄に送りこんでやると……。そのあと、母親は時々、思い出したように写真を探していた。母親にとっては特別なものだったのだろう。母さんには悪かったが、しかたがない。自分はああするしか、父親に対する怒りを表すことができなかったのだ。

その怒りは今でも変わらない。上海に出てきたのはそのためだ。もちろん、あのまま生まれ故郷の町でくすぶっていたのでは、どうしようもなかったというのもある。だから、上海で一旗あげようと思った。でも同時に、父親はまだ生きていて、上海に潜んでいるような気がしたのだ。もし上海で父親とめぐりあうことができたら、その時は……。

「すまなかったな」父親が言った。「会いにいってやれなくて……。妻がいたし、それから地方を転々としていたんだ」

「地方を転々と？　それは人を殺して、警察から逃げまわっていたからですか？」

父親の顔色が変わった。

「誰がそんなことを言った？」

「小枝《シャオジー》叔母さんです。あなたの従妹の……」

あの女！　路中岳《ルー・ジョンユエ》は心のなかで罵った。ポケットに手を入れ、スマホに触れる。こいつの画面をタップして、安息通り十九番地のスマホに電話をかければ、あの女の始末をつけてやれる。よっぽどそうしようかと思った。

だが、路中岳は気持ちを抑えて、笑みを浮かべた。

「ああ、従妹がね。小枝はちょっと妄想癖があるんだ。だから、気にする必要はない」

そう言って、ソーダをふた缶注文する。そして、ソーダが来るとプルトップを開けて、息子のほうに差しだした。息子は一気に飲みほすと言った。

「どうしてぼくに会いにきたんです」

「とりあえず親子の名乗りをあげて、少し話したいと思ってね。これからまた旅に出るから……。戻ってきたら、一緒に暮らしたいと考えているんだが、まあ、とりあえずはな」

「最近、母さんには会いましたか？」

「会ったぞ。おまえに会えなくて、淋しがっていたよ」

「小さい頃、父親がいないせいで、ぼくはいじめられました。〈私生児〉と呼ばれて、頭を殴られたりしたんです。そうやって、頭を血だらけにして家に帰ると、母さんは何も言いませんでした。ただ、ぼくを抱きしめ、それからふたりで泣きました。〈お父さんがいればいいのに！　お父さんって、どんな人なんだろう〉と、ぼくはずっとそう思っていました」

「悪かった。だが、世の中にはどうしようもないこともあるんだ」

と、息子が顔をしかめた。

「小枝《シャオジー》叔母さんはどうしたんです？　どうして一緒に来なかったんです？」

「小枝はちょっと用事があってな」

「そうですか」

しばらく、沈黙があった。その時、突然、スマホの着信音が鳴りひびいた。音は横に置いた鞄から聞こえていた。路中岳《ルー・ジョンユエ》は鞄を開けて、何があったかを理解した。鞄のなかのスマホは欧陽《オーヤン》小枝のもので、発信者は路継宗《ジーゾン》になっている。自分の言葉が本当かどうか確かめようと、継宗が欧陽小枝に電話をしたのだ。路中岳は何事もなかったような顔をして、欧陽小枝のスマホの電源を切った。司望《スー・ワン》のスマホの電源は午前中に切っていたのだが、欧陽小枝のほうは切るのを忘れていたのだ。ふたつとも、安息通り十九番地には置いておかずに、鞄に入れて持ってきた。あとでどこかに捨てるつもりだった。

今の着信音は小枝叔母さんのスマホのものにまちがいない。継宗は叔母さんのところに電話がかかってきた時に、その曲が流れるのを聞いたことがあった。宇多田ヒカルの「First Love」だ。

「ちょっと見せたいものがあるんですが……」椅子から立ちあがると、継宗は言った。

「待て、継宗」

そう言うと、父親は自分も立ちあがって、そばに来た。耳もとでささやくように言う。

「お願いだから、『父さん』と呼んでくれないか？」

「はい。でも、その前にぼくと一緒に来てください」

継宗は父親を連れて、厨房に入った。ガス台にかかった鍋からはもうもうと湯気があがっている。継宗は身をかがめて、自分が必要としているものを手探りで見つけた。それから、父親のほうを向いた。父親は息子を抱きしめようと、両腕を広げている。その腕のなかに、継宗は飛びこんだ。

「父さん！」

五歳か六歳の頃、その言葉を口にしたくてしかたがなかった。「父さん」と呼んで、父親の胸に飛びこむことができたら、どれほど幸せだろう。幼心に何度、そう思ったかしれない。継宗は今、父親の肩に頭を乗せ、汗のにおいを思い切り嗅いだ。

「息子よ！」

ついに息子が「父さん！」と呼んでくれた。こんな薄汚い安食堂の厨房だが、そんなことはどうでもいい。路中岳《ルー・ジョンユエ》は大きな喜びに包まれていた。今、自分は息子を抱きしめ、息子は自分の肩に頭を乗せている。これほどの幸せがあるだろうか？　嬉しさのあまり、涙を抑えることができなくなった。逃亡生活をするようになってから初めてのことだ。

その瞬間、胸に焼けるような痛みを感じた。

路中岳は言葉を発しようとした。だが、温かい液体が口のなかにいっぱいになって、しゃべることができない。と思うまもなく、口から大量の血を吐きだしていた。

父親の腕から身を離すと、継宗《ジーゾン》は調理台に手をついた。心臓がばくばくしている。手にはまだ包丁を持っていた。顔がぬるぬるしているので、左手の甲で拭くと、血がべっとりとついた。口のあたりにも生温かいものが流れている。これも血だろう。だが、その血は父親のものなのか、自分のものなのか、まったくわからなかった。父親は胸を押さえながら、よろよろと歩いていく。今はちょうど厨房から店のフロアに出るところだ。フロアでは大きな悲鳴があがった。血だらけになった父親を見て、店内にいた客たちが叫び声をあげたのだ。外に逃げだす者たちの姿も見えた。その時になって、初めて継宗はこれまで親切にしてくれた店の主人に、自分がとんでもない迷惑をかけてしまったことに気づいた。もしかしたら、店を閉めなければならなくなるかもしれない。自分のせいで……。

だが、自分にはどうすることもできなかった。父親を殺すことしか……。もう三年も前から、そうしてやると決めていたのだ。

そう、あれは三年前、まだ中学生だった時のことだ。継宗はさんざん迷ったすえに、バラの花束を買って、ひそかに想いを寄せていた女の子にプレゼントすることにした。お金は毎月の小遣いから少しずつ貯めていたものを使った。

彼女は花束を受け取ってくれた。だが、実際につきあうようになった相手は自分ではなく、公安大学の学生だった。継宗はあきらめきれず、もう一度、彼女に会いにいった。すると、彼女は首を横にふって、こう言った。

「それは無理よ。彼から聞いたんだけど、今、逃亡中の凶悪犯がいて、それがあなたにそっくりなんですって……。彼が言うには、たぶん、あなたのお父さんじゃないかって……」

それを聞いた時、継宗は心のなかで誓った。いつか父親に会ったら、その時は、絶対この手で殺してやると……。

あいかわらず包丁を手にしたまま、継宗は厨房の扉から表に出た。通りには大勢の人がいた。夜空には雷鳴が轟《とどろ》いている。だが、まだ雨は降りだしていない。コウモリが舞っているのが見えた。手に持った血のついた包丁を見て、継宗は思った。まるでリアルでゲームをプレイしているみたいだ。

『モンスターを探せ！』

そう、自分はモンスターを探して殺した。任務達成《ミッション・クリア》だ。

その頃、路中岳《ルー・ジョンユエ》は歩道にできた血だまりのなかに横たわっていた。通りがかった人々は、遠巻きに様子を眺めている。だが、誰も手を貸して、助けおこそうとはしてくれない。

顔をまっすぐ上に向けて、路中岳は雲で覆われた暗い夜空を見つめていた。南明《ナンミン》高校の芝生に寝ころがって、申明《シェン・ミン》と星を見た時のことが思い出された。あの時の星が見たかった。申明にも会いたかった。申明が《魔女区》の工場の地下で死んでから、この十九年間、路中岳は、ナイフで心臓を貫かれたら、何を感じるのかとずっと考えていた。痛みか？　それとも絶望か？　今、自分は何を感じているのだろう？　それはわからなかった。

息子の姿は見えない。遠巻きに自分を眺めている人々の顔が見えるだけだ。顔はいろいろだった。怯えた顔、冷静な顔。なかには微笑んでいる顔もあった。路中岳は叫びたかった。〈おれは自殺したんだ。息子に殺されたんじゃない！〉と……。

だが、気管が詰まっていて、声は出てこなかった。

誰かが大声をあげた。

「警察が来たぞ！」

路中岳はズボンのポケットに手を入れた。スマホはまだポケットにあった。こいつをポケットから取り出し、電話帳の画面を出して、あとはタップすればいい。

「そんなに急いで生まれ変わらないといけないのか？」申明の声が聞こえた。

路中岳は最後の力を振りしぼって、スマホを出すと、電話帳の画面にした。警察官がひとり、こちらを覗きこんでいるのが見えた。

だが、そんなことはもうどうでもいい。路中岳は画面をタップした。

第十七章

二〇一四年六月十九日（木曜日）　午後九時五十五分

外では雷鳴が轟いている。小枝《シャオジー》は黙って、司望《スー・ワン》を見つめていた。今、目の前にいるのは司望だ。なぜか、そんな気がする。

と、突然、スマホの着歌が流れた。

あの〈マヤ暦による世界の終わりの日〉に司望がずっとかけていた信楽団の「もし、まだ明日があるなら」だ。その歌に合わせて、司望は首を振っている。口にガムテープが貼られているので声は出せないが、きっと心のなかで歌っているのだろう。

だが、小枝は嫌な予感がした。この部屋から出ていく前に、路中岳《ルー・ジョンユエ》が口にした言葉を思い出したからだ。「時が来たら、このスマホに電話をかける。着信音は、おまえのスマホに入っていた歌から選んで、着歌にしておいたぞ。まさにぴったりの歌があったからな」路中岳はそう言ったのだ。

まもなく何かが起きる。そう思うと、小枝は全力を振りしぼって、ロープから抜けだそうとした。だが、ロープはますますきつくなるばかりだった。

着歌は十秒くらい続いた。そして、突然、新年を祝う爆竹が鳴るような爆発音がした。火花が散って、床にまかれていたガソリンに引火した。たちまち炎があがった。

見ると、火は司望の足元に迫っている。だが、司望はガムテープのせいで、声をあげることもできない。それを見るのは、死ぬよりも辛かった。自分はいい。でも、司望は助けなければ！　小枝は思った。火は自分のほうにも近づいてきている。小枝は椅子を揺すって床に倒れることに成功した。

床を這う炎は、今やすぐそばまで来ていて、両手に襲いかかった。だが、同時に手首を縛っていたロープも焼いてくれた。そのおかげで、小枝は自由になった。すぐに立ちあがると、司望のもとに駆けよる。まずは司望の手首を縛っているロープをほどくのだ。けれども、結び方が複雑で、なかなかロープはほどけない。それならばと、自分を縛っていたロープの切れ端に炎を移し、司望のロープを焼ききろうとしたが、こちらのロープは不燃性の素材でできているようで、燃やすことはできなかった。

ほかにどうすることもできず、小枝は司望の口に貼ってあったガムテープをはがし、自分のガムテープも取り去った。その拍子に司望の唇が切れて、血が流れた。かわいそうに、それほどぴったりと貼ってあったのだ。小枝は司望の唇に、そっと自分の唇を当てた。そうすることで、司望の痛みを癒すことができるかのように……。司望は首を横に振って、小枝の唇から離れると、叫んだ。

「小枝、逃げてくれ。きみは逃げるんだ！」

「嫌よ！」

と、その時、轟音《ごうおん》が鳴りひびいた。火事のせいで、壁が崩れたのだ。

助かろうと思ったら、今、この瞬間にこの家から抜けだすしかなかった。でも、その場合、司望《スー・ワン》はこのままこの部屋に置いていくことになる。

二〇一四年六月十九日（木曜日）　午後九時五十八分

窓ガラスが割れる音がした。小枝《シャオジー》は迷わなかった。司望が縛りつけられている椅子の背もたれを持つと、全力で窓のところまでひきずっていく。そのあとは――そのあとはどうしてそんな力が出てきたのかわからない。気がつくと、小枝は椅子ごと、体重が七十キロを超える司望を持ちあげ、窓の外に放りだしていた。司望の身体が宙に舞い、安息通りに落ちるのが見えた。小枝は自分も窓から飛びおりようとした。

だが、その瞬間、今度は家全体が火に包まれた。激しい炎と煙のせいで、小枝はとうとう外に飛びだすことができなかった。

二〇一四年六月十九日（木曜日）　午後九時五十九分

地面に落ちた衝撃で、椅子が壊れ、身体を縛っていたロープもゆるんだ。司望は炎のなかに飛びこみ、家のなかに戻って小枝を助けようと思った。だが、右足のすねを骨折していて、立ちあがることができなかった。見ると壁が崩れて、こちらに落ちてきそうになっている。このままでは、その下敷きになりそうだ。司望はそうなるのを待った。もともと火事になった時に、どうせなら一緒に焼けて、灰になって混ざりあいたいと思ったのだ。それは叶わなくても、同じ火事で、同じ場所で死ねるなら本望だ。

だが、その望みは叶わなかった。近所の人たちがふたり、司望がいた場所に駆けつけると、通りの反対側の歩道に移したのだ。

歩道に横になった姿勢で、司望は向かいの家の石段を見た。すると、その石段に十歳くらいの少女が座って、泣いているのが見えたような気がした。

二〇一四年六月十九日（木曜日）　午後十時

ついに大粒の雨が降りはじめた。これから土砂降りになるのは、まちがいなかった。火事を見にきていた人たちも、走って家に戻っていった。

炎が小さくなっていくのを見ながら、司望は小枝の名前を呼ぼうとした。だが、煙と熱気で喉をやられたせいで、声は出てこなかった。

司望は声を出すのをあきらめた。たとえ呼びかけることができたとしても、小枝には聞こえない。小枝はこれからちがう世界に旅立つのだ。無限の沈黙が支配する場所に……。

その時、突然、夜空に最後の火柱があがった。

二〇一四年六月十九日（木曜日）　午後十時

その瞬間、小枝《シャオジー》は十一歳の少女に戻っていた。ぼろをまとった痩せっぽちの少女に……。自分の髪と胸を触ってみて、小枝はそのことを理解した。時も場所もさっきまでとはちがう。今は一九八八年の五月。場所は南明《ナンミン》通りのバラックが建ちならんでいるところだ。

炎に包まれるなか、小枝にはわかっていた。もうすぐ色とりどりの彩雲に乗って、伝説のヒーローが現れる。そのヒーローは自分を両腕に抱き、ここから救いだしてくれるのだ。

第十八章

二〇一四年六月二十日（金曜日）　午前零時

葉蕭《イエ・シャオ》はどうしてよいかわからなかった。ほぼ同時に二件、重大な事件が起こって、その両方の捜査をしなくてはならなくなったのだ。

ひとつ目は七仙橋《チーシィエン》の福建料理の店で起きた事件だ。給仕として働いている男が客の男の胸を包丁で突き刺したのだ。被害者の名前を聞いて、葉蕭は唖然《あぜん》とした。なんと、路中岳《ルー・ジョンユエ》だったからだ。義父の谷長龍《グー・チャンロン》を殺した容疑で、警察がもう八年も探していた男だ。この男を追っていた黄海《ホアン・ハイ》捜査官は、追跡の途中で工事中のビルから落ち、殉死している。その路中岳が殺されたのだ。といっても、身分証明書は偽造されたものだったので、最初は誰だかわからなかったらしい。そのうちに、警察官のひとりが額の痣を見て、指名手配中の路中岳だと気づいたということだった。

いっぽう、容疑者のほうは十九歳の若者で、逮捕されてすぐに自供したところによると、名前は路継宗《ジーゾン》で、被害者の非嫡出子だという。三カ月ほど前に、生まれ故郷の町から出てきたばかりで、上海に来ると同時に、この店で働きはじめたらしい。葉蕭は念のため、故郷の町の警察に連絡をとって、この若者の身元を照会した。すると、そこでさらに驚くべきことがわかった。二カ月前にこの若者の自宅で一緒に住んでいた母親が殺されているのが発見されて、警察は息子である路　継宗《ルー・ジーソン》を重要参考人に指定して、その行方を追っていたというのだ。

それだけのことを調べると、葉　蕭《イエ・シャオ》は今度はふたつ目の事件の現場に向かった。午後十時頃に安息通り十九番地の家で火災が発生し、焼け跡の瓦礫のなかから、三十代の女性の遺体が発見されたのだ。安息通り十九番地と言えば、例のあの事件があった家だ。一九八三年にこの家に住んでいた路竟南《ジンナン》がガラスの破片で喉を切られて殺された事件……。それから三十年、あの家は廃家になって、なかに入る者さえいないはずだが……。いったい、どうして火事が起こったのだろう？　葉蕭は最初、放火魔による犯行だと考えた。だが、現場に行ってみると、爆破装置だと思われる機械の残骸が見つかった。ガソリンをまいた痕跡もあった。ということは、犯人はなかにいた女性を殺す目的で、ガソリンをまき、爆破装置を仕掛けたのだろうか？　しかし、よりによって、十九年前に申　明《シェン・ミン》が殺された、その命日にこの場所でこんな事件が起きるとは！　そう考えて、葉蕭は急に不安になった。もしかしたら、この火事には司望《スー・ワン》が関係していないだろうか？　司望は今朝から行方をくらましていた。夜になってから、母親の何　清影《ホー・チンイン》から電話があって、十時頃、一緒に《魔女区》に行ったのだが、そこにはいなかった。

今はもう日付が変わって、午前一時を過ぎている。司望の行方はあいかわらずわからない。

やはり、この火事に関係しているのでは？　捜査官の勘で、そんな気がしてしかたがなかった。

その勘はあたった。現場に行くと、葉蕭は火事が起こった直後に、十八歳くらいの若者がひとり、窓から飛びおりて火事から逃れたことを聞かされた。その若者は身体じゅうに火傷を負って、足を骨折していたという。その若者の名前を聞いて、葉蕭はやはりと思った。火傷と骨折で病院に運ばれたという若者――それは司望だった。

二〇一四年六月二十日（金曜日）　午前零時

何清影は病院のベッドの枕元で、じっと司望の顔を見つめていた。息子はまだ目を覚ましていない。

今朝、起きて、司望が家にいないとわかった時から、何清影は居ても立ってもいられないほど心配した。今日がなんの日か、知っていたからだ。十九年前に、南明《ナンミン》高校で事件があった日だ。司望はその事件のことをいつでも気にかけていた。葉蕭捜査官も、これまでは電話で話すだけだったのに、昨日はわざわざ家にやってきて、「明日は絶対に息子さんを外に出さないでください」と念を押していった。「もし息子さんが外に出てしまうようなことがあったら、すぐにこの携帯の番号に電話をかけてください」と……。

何清影は夜まで待って、葉蕭捜査官に電話をした。すると捜査官は、「十九年前に申明という高校教師が殺された場所にいる可能性がある」と言って、家まで迎えにきた。そこで、ふたりで《魔女区》の工場に行ったのだ。

司望《スー・ワン》のことが心配だったので、何清影《ホー・チンイン》はもうほかのことは考えられなかった。ただ、さすがに地下室に降りるのは怖かったので、工場に入ったすぐのところで待っていた。時計を見ると、夜の十時だった。外では雨が降りはじめていた。そのうちに、葉蕭《イエ・シャオ》捜査官が地下室に続く階段から戻ってきて、首を横に振った。司望はいなかったのだ。

そのあと、葉蕭に送ってもらってひとりになった時に、もう一箇所、司望が行きそうな場所を思いついた。安息通り十九番地のあの家だ。もちろん、またあそこに行くのは気が進まなかったけれど、司望のことを思ったら、そんなことは言っていられない。それで、タクシーを捕まえて、あの家まで行ったのだ。

着いてみると、家はすっかり焼けていた。警察と救急隊が瓦礫のなかを必死に捜索していた。この火事の犠牲になった人の遺体を探しているのだ。そう思って、心配で心配でたまらなくなった時に、救急隊員のひとりから、現場には足を骨折した若者がいて、病院に運ばれたと聞いた。身長や年齢からすると、どうやら司望らしい。

何清影は病院に急いだ。そして、司望を見つけたのだ。司望は裸でベッドに横になっていた。髪は半分抜けて、顔は包帯で巻かれていた。かたわらには医師がいて、司望の足にギプスをはめていた。〈よかった、命は助かったんだ〉そう思っていると、看護師のひとりが教えてくれた。「安心してください。でも、こんなに頑健じゃなかったら、集中治療室に行くところだったんですよ」と……。それでも、病院に運ばれてきた時には容態が悪くて、点滴を行ったということだった。

　今は病室にはほかに誰もいない。何清影は安堵のため息を洩らした。と、その時、司望が目を開けた。何清影は涙を流した。

　訊きたいことはたくさんあった。でも、何も言わなかった。生きていてくれさえすれば、それで十分だからだ。火傷したところに触れないように注意しながら、息子を軽く抱くと、何清影は息子の耳元でささやいた。

「大丈夫よ。もう終わったから……」


二〇一四年六月二十日（金曜日）　午前二時

　病室に入ると、葉蕭は司望が母親の腕に抱かれているのを見た。すぐに外に出ようとしたが、司望が「出ていかないで！」と目で合図した。顔を包帯でぐるぐる巻きにされて、かなり痛そうだ。それでも、その包帯をとおして、司望は何か言おうとしていた。葉蕭は司望の口に耳を近づけた。

「彼女は生きているんですか？」ほとんど声にならない声で、司望が言った。

　それが誰のことか、すぐにわかったので、葉蕭は黙って首を横に振った。司望は泣きはじめた。声をあげずに……。司望《スー・ワン》はそれからしばらくの間、静かに泣きじゃくっていた。やがて、診察の医師と看護師が入ってきたので、葉　蕭《イエ・シャオ》は待合室に行った。外は激しい雨だった。

その一時間後、何　清影《ホー・チンイン》が待合室に迎えにきた。司望が「眠れないので、葉蕭捜査官と話したい」と言っているという。ただ、まだ口のなかの傷がふさがっていないので、あまり長くは話さないようにしてほしいと、何清影は釘《くぎ》を刺した。もちろん、そのつもりはなかった。

だが、いったん話を始めると、それはなかなか止まらなかった。そのなかで葉蕭は、去年の一月に蘇州河の北の再開発中の土地から白骨死体が見つかった事件の話をした。その事件の現場で、司望から遺体の身元がわかったら教えてくれと言われていたのを思い出したからだ。遺体は三十五歳から四十歳の男性で、死後十年ほどたっていた。その男の名前が最近、わかったのだ。男の名前を告げると、司望はほっとしたような顔をして、嬉しそうに何度もうなずいた。そのほかにも話は尽きず、結局ふたりで夜が明けるまで話しつづけてしまった。

ふと窓の外を見ると、雨はもうやんでいた。

二〇一四年六月二十日（金曜日）　午前四時五十分　日の出の時刻

夜がすっかり明けたところで、司望が「家に帰りたい」と言いだした。担当の医師に訊くと、火傷も骨折もきちんと薬を塗り、ギプスをして安静にしていれば、自宅療養もできないことはないと言う。そこで、葉蕭が司望と何清影を家まで送っていくことになった。マンションに着くと、葉蕭は司望をおぶって部屋まで連れていこうとした。だが、司望はそれを断わり、エレベーターがあるのでなんでもない、あとは母親の肩を借りれば、片足でケンケンしながら部屋まで行けると言いはった。

そうやって、部屋のある階まで来た時のことだ。三人は廊下の薄暗がりに誰かがいるのに気づいた。何清影が急いで、廊下の明かりをつけた。そして、すぐさま驚いたような声を発した。

そこにいたのは中年の男だった。男はまず何清影を見て、それから司望のほうを向くと言った。

「十二年か。さすがに大きくなるもんだ」

それから、悲しげに首を振った。年齢は五十歳くらいだろうか。髪はごま塩だ。額には深いしわが刻まれていた。かたわらには、大きなスーツケースが置かれている。

司望はケンケンで男のそばに行くと、その顔をまじまじと見ながら言った。

「父さん？」

「そうだよ、望」

そう答えると、男は司望を抱きしめ、自分より背が高いことに気づいたように、ちょっと視線を上にあげ、びっくりしたような顔をした。そして、司望の頭の包帯とギプスをかわるがわる何度も見た。

「ともかく、なかに入りましょう」

そう言って、何清影《ホー・チンイン》がドアを開けたので、親子は部屋に入った。葉蕭《イエ・シャオ》もあとに続いた。


二〇一四年六月二十日（金曜日）　午前十時

ベッドに横になって、ギプスを上から吊ってもらうと、司望《スー・ワン》は父親の話に耳を傾けた。

それによると、父親が家を出たのは、二〇〇二年の春節の前の日で、原因は麻雀でこしらえた借金の取り立てから逃れるためだった。そのことで、母親と激しい口論をしたあと、突然、身のまわりの物を鞄に詰め、ぷいと出かけてしまったらしい。

そして、そのまま帰ってこなかった。

だが、父親は家族を捨てたわけではなかった。このままでは借金が増えるばかりで、妻にも息子にも迷惑をかけるので、なんとかほかの土地で大金を稼いで戻ってくるつもりだったのだ。実際、上海に残っていたのでは、ろくな働き口もなく、利子がたまるばかりだった。そこで、父親はまず上海港に行き、数カ月間、港湾作業員として働きながら伝手を見つけ、ようやくブラジルに渡ることができた。ブラジルでは、密林を違法伐採してサトウキビを生産するような闇の仕事についたらしい。だが、八年たっても中国に戻ることはできなかった。その間に稼いだ金はブラジルに渡るための渡航費として半分くらい、仲介業者に渡していたからだ。残りの半分を帰りの渡航費に当てたら、一文無しで中国に帰ることになる。それではなんのためにブラジルに来たのか、わからない。そう考えて、父親はその残りの半分の金を元手に、サンパウロで商売をすることにした。その商売で金を貯めて、今度こそ大手を振って上海に帰れるようにしたいと思ったのだ。それから四年間、父親は昼も夜も働きづめに働いて、店は繁盛した。そして、とうとう先月、自分の手で大きくした店を売り払い、五十万ドルの金を手にして、中国に戻ることにしたのだ。

上海に帰ってきたのは三日前のことで、空港から市内に入ると、父親はその足で以前、住んでいたエンジュの木のあるアパートに向かった。だが、そのあたりは再開発され、昔の家はひとつも残っていなかった。しかたなく、父親は開発業者や役所に行って、そこに住んでいた人たちがどこに行ったのか、尋ねていった。その結果、ついに妻と息子が現在、住んでいる場所を突きとめ、このマンションにやってきたのだ。夫としても父親としてもだめな男だった自分が、胸を張って歩けるような男に変わって帰ってきた姿を見せるために……。

最後まで話を聞くと、司望はギプスをぽんぽんと叩いた。小枝《シャオジー》のこともあったし、まだ全身に痛みも残っていたが、少しだけ気持ちが明るくなった。

司望には、子供の頃からひとつだけ心配していたことがあった。それは〈母親が父親を殺したのではないか？〉ということだった。このことは黄海《ホアン・ハイ》にも、葉蕭にも言わなかった。その疑念を自分ひとりの胸にしまいこみ、そうだったらどうしようと悩んでいたのだ。

だから、自分が住んでいた再開発中の地域から白骨死体が発見された時には、気が気ではなかった。その死体は年恰好が父親と同じで、死亡したと推定される年時も、父親が姿を消した年時と、だいたい一致していたからだ。また、そのあとで母親が養父であった路竟南《ルー・ジンナン》を殺していたことがわかると、もしかすると父親も殺したのではないかと、ますます疑念が強まった。もちろん、路竟南のことは襲われて、身を守るためにやったことだから、しかたがない。でも、父親については……。そう考えると、心配でベッドのなかですすり泣くこともあった。でも、現実に父親が戻ってきた以上、もう悩む必要はない。ほかに悲しいことはたくさんあるが、この点についてだけは気持ちが晴れやかになった。

父親は枕元で、そっと頭をなでてくれていた。昨日からの疲れで、急に眠気が襲ってくる。眠りに落ちながら、司望《スー・ワン》は明け方、葉　蕭《イエ・シャオ》から聞いた話を思い出した。それによると、路中岳《ジョンユエ》は実の息子に胸を刺されて死んだということだった。胸を刺されて……。申　明《シェン・ミン》と同じように……。路中岳は報いを受けたのだ。

第十九章

二〇一四年八月二日（土曜日）　旧暦の七夕

司望は、志望していたS大学から合格通知を受け取った。文学系と芸術系の科目の点数は、南明《ナンミン》高校で一番だった。授業が始まるのは一カ月後だ。もうギプスはとれていた。だが、トレーニングを開始するには、まだ慎重にならなければいけなかったので、少し暇を持てあましていた。〈まあでも、路中岳が死んでしまった以上、そんなにトレーニングをする必要もないか。身体を鍛えていたのは、路中岳に狙われた時に対抗できるようにというつもりだったのだから……〉そう思って、司望は自分を慰めた。

父親はブラジルで稼いできた金を元手に、母親がやっている《荒《ホアン》　村《ツン》書店》の隣に外食のフランチャイズの店を出すのだと言って、朝から晩まで、忙しく開店の準備を進めていた。その合間に、司望は父親とチェスをした。父親の腕はあがっていなかった。

気になるのは母親のことだった。父親が帰ってきて以来、母親はめったに笑うことがなくなった。寝室も別にしている。母さんは父さんが帰ってきたのに嬉しくないんだろうか？　司望は心配になった。

いつもと同じ土曜日だった。だが、夕食が終わったところで、突然、葉蕭捜査官が訪ねてきた。父親としばらくおしゃべりをすると、葉 蕭《イエ・シャオ》は言った。

「ちょっと奥さんと息子さんを外に連れだしてもかまいませんかね?」

「ああ」冗談っぽい口調で、父親は答えた。「逮捕するんじゃなきゃね」

下に降りると、葉蕭はさっさと運転席に乗りこんだ。司望《スー・ワン》は助手席に座った。母親は後部座席だ。ふたりがシートベルトをしたのを確かめると、車を発進して葉蕭が言った。

「これから、南明通りに行く」

司望は動悸が激しくなるのを感じた。

「ぼくたちに話したいことがあるなら、どうして家で話さなかったんです」抗議の気持ちを込めて口にする。

すると、後部座席から母親の声がした。

「望君、葉蕭さんの言うとおりにしましょう」

うしろを見ると、母親は窓ガラスをさげて、空を見あげている。空には星が出ていた。

南明高校の前を過ぎると、車は《魔女区》の工場の近くで止まった。葉蕭は車を降りると、先に立って歩きだした。司望は母親とともに、そのあとに続いた。どこに行くのだろう?やっぱり、あの廃墟になった工場だろうか?

そう思っていると、葉蕭が懐中電灯を手に、塀の途切れた場所から工場の敷地に入っていった。建物のところまで来ると、扉を開けて、こちらを見る。そして、司望と母親がためらっているのを見ると言った。

「大丈夫ですよ。おれが一緒にいますから……。それとも、怖いですか？」

建物の壁に声が反響した。

「いや」

そう言って司望は母親を促し、なかに入っていった。三人は地下室に続く階段を降り、とうとう地下室の入口まで来た。葉蕭が足元を照らすなか、まず司望が梯子を降り、母親も下まで降りてきた。最後に葉蕭が合流して、三人はまた顔をそろえた。地下室の空気はむっとして、息苦しかった。

葉蕭が口を切った。

「実はふとしたことがきっかけで、ここ一カ月半ほど、これまでの事件について調べたんです。昔の捜査資料をひっぱりだして、隅から隅まで読んだり、少しでも関係のありそうな人にはひとり残らず会ったりしてね。その結果を今日、この場所でおふたりに話しておきたいと考えたんです。おそらく、ここがいちばんふさわしい場所だと思ったので……」

「じゃあ、早く話してください」知らないうちに母親の手を握りながら、司望は言った。

「司望、一カ月半前の六月十九日、きみは危うく、路中岳《ルー・ジョンユエ》に焼き殺されそうになった。安息通り十九番地の、今は誰も住んでいない家で……。誰も住まなくなった理由は、一九八三年にあの家で殺人事件があったからだが、そもそもその事件がその後二十年以上にわたって続く、一連の事件の発端なんだ」

葉　蕭《イエ・シャオ》はその殺人事件の犯人を突きとめたというのだろうか？　司望《スー・ワン》は握っていた母親の手をいっそう強く握りしめた。

葉蕭が続けた。

「殺されたのは当主の路　竟南《ルー・ジンナン》。外から部屋に侵入した形跡があったので、警察は路竟南に恨みのある者による犯行だと考え、その線で捜査を進めた。だが結局、犯人は見つからず、事件は迷宮入りとなってしまった。おれはこの事件を別の角度から見ることで、一連の事件を見直したいと思ったんだ。真相にたどりつくには、それしかないと考えて……。そこでまず、おれは犯人が外から侵入したという説を捨て、内部の者の犯行ではないかと考えた。すると、容疑者として、ふたりの人間が浮かびあがってきた。被害者の娘と路中岳《ジョンユエ》だ」

司望は顔を伏せた。地下室のなかは暗い。それでも、表情を読まれるのが嫌だったのだ。

葉蕭が話を続けた。

「そこで、まず路中岳だが、司望、路中岳が路竟南の甥だということは知っているな？　そのことは確か、きみも言っていたような気がするが……」

「知っています。これは本人の口から聞いたことですが、路中岳は子供の頃から、あの安息通りの家に出入りしていたということです。ここは叔父の家だから、よく知っている。だから、上海に戻ってきたあと、この家を隠れ家にしたんだと……」

「その言葉は本当だろう。路中岳の父親は、路竟東《ジンドン》といってね、政府機関の地方支部で働いていた。調べてみると、確かに路竟南とは兄弟だった。したがって、一九八三年の事件当夜、路中岳が安息通り十九番地にいた可能性は十分にある。つまり、叔父である路竟南を殺した可能性は……」

司望は黙っていた。葉蕭がどこに話を持っていくつもりか、まだわからなかったからだ。

「だが、おれは路中岳が叔父を殺したとは考えていない。そうしたところで、なんの利益もないからだ。当時、路中岳の父親は羽振りがよくて、金には困っていなかった。現場から金目の物が持ち出された形跡もない。また、路中岳と叔父の関係は悪くなかった。路中岳が叔父に恨みを持つような出来事は起こっていない。つまり、路中岳には動機がないんだ。しかし……」

そう言うと、葉蕭は一瞬、黙った。そして、すぐに話を続けた。

「しかし、被害者の娘はちがう。被害者の娘、路明月《ミンユエ》には動機があった。養父から身を守るという動機が……。いや、これはおれの想像だが、一九八二年に妻が蘇州河に身を投げて自殺したあと、路竟南は養女の路明月に関係を迫りはじめたのではないか？　路明月は路竟南の実の娘ではなかった。路竟南の前に、安息通り十九番地に住んでいた、有名な翻訳家の娘だ。また、路竟南は女癖が悪く、妻の自殺も路竟南の浮気が原因だった。そんな状況なら、養父に襲われて路明月が養父を殺したことは十分あり得る。もちろん、正当防衛だ。そう考えて、おれはその娘の行方を追うことにした。でも、これは大変だったよ。路《ルー》家の親戚に訊くと、事件のあと、娘はどこかの夫婦の養女になったということなのだが、その夫婦がどこの誰なのか、さっぱりわからないのだ。市役所の戸籍を管理するところに行っても、路明月《ミンユエ》の記録が消えているのだ。事件のあった一九八三年以降の記録が……。だがある日、突然、おれにはその娘が誰なのか、わかった……」

そこで、一瞬、間《ま》を置くと、葉　蕭《イエ・シャオ》は母親のほうを向いた。

「何　清影《ホー・チンイン》さん、それはあなたですね？」

司望《スー・ワン》は母親に、「答える必要はない！」と言おうとした。だが、その前に母親は口を開いていた。

「ええ、わたしです。わたしの養父は郵便局で働いていて、母親は市役所の戸籍係をしていました。それで、一九八三年の記録は隠して、あらたな戸籍をつくってくれたのです」

「安息通り十九番地で火事が起きる前の日、おれは初めてあなたの家に行きました。それまでは、司望君が家に呼んでくれなかったので……。そして実際にお顔を拝見した時、あなたが路竟南《ジンナン》の娘だと気づいたのです。その前に、あなたの十三歳の時の写真を見ていたもので……。写真は以前、司望君にその娘のことを調べてくれと言われて、路家の親戚のひとりから手に入れたものです。そう、家を訪ねて、あなたを初めて見た時、おれは一九八三年の事件こそがすべての出発点だと確信しました。それで、この一カ月半ほど、懸命に調べて、あなたが路明月だったという記録を探しあてたのです」

「でも、だからどうだって言うんですか？」抗議する口調で、司望は言った。「母さんが路竟南の養女だったということは、ぼくもあの写真を見て気づきました。でも、だからと言って、どうして母さんが養父を殺したことになるんです。証拠もなんにもないじゃありませんか！」

「そのとおりだ」葉蕭はうなずいた。「だから、これは憶測にすぎない。今さら、お母さんを容疑者として勾留して、取り調べをするわけにもいかない。事件は外部の者の犯行ということになっているんだからね」

「じゃあ、なぜ？」

「さっきも言ったように、この事件がすべての出発点になっているからだ。お父さんが失踪したことも、これに関係しているかもしれない」

「どういうことです？」

「まあ、聞いてくれ。まずは路中岳《ジョンユエ》とお母さんの話だ。叔父の死後、従妹だった路明月がどこかの家に引きとられていった時、路中岳はその行方を突きとめることはできなかった。さっきも言ったように、養家の母親が書類を隠してしまったからね。ところが、それから十年ほどして、路中岳は思いがけないところで、何清影と名前を変えた路明月に再会する。つまり、きみのお母さんに……。というのも、路中岳は偶然、きみのお父さんと同じ工場で働いていたんだが、ある日、その工場で家族を含めた従業員の慰労パーティーがあったんだ。そのパーティーに、当時お父さんと結婚したばかりのお母さんが参加していた。そうですね？　何清影《ホー・チンイン》さん」

葉蕭《イエ・シャオ》の言葉に、母親はうなずいた。司望《スー・ワン》はもうどうしたらいいのか、わからなくなった。

葉蕭が続けた。

「ひさしぶりに従妹に会うと、路中岳《ルー・ジョンユエ》は従妹が結婚しているのにもかかわらず、関係を持とうとした。もともと、叔父が生きていた時から、ちょっかいを出していたみたいだからね。これにはいくつかの証言がある。そこで確信はないまま、『叔父さんを殺したのはおまえだろう』とはったりをかけたんだ。たぶん、そういうことだと思う。叔父の死後、従妹の路明月は役所の記録からも行方がわからなくなっている。また、叔父の女癖の悪さはよく知っていた。犯人もいまだに捕まっていない。そんなことを考えあわせると、少なくとも可能性はあると思ったのだろう」

そう言うと、葉蕭は母親を見つめた。母親は何も言わなかった。司望は黙って、成り行きを見守った。と、葉蕭が母親から目をそらし、こちらを向いて続けた。

「路中岳がお母さんになんと言ったかはわからない。お母さんもなんと答えたか、わからない。だが、結果としては、その後、南明通りや魔女区の廃墟になった工場のあたりを路中岳とお母さんが歩いているのを複数の人が目撃している。その人たちのなかには、『奥さんがよその男と連れだって歩いていますよ』ときみのお父さんに告げ口する者もあっただろう。そこで、お父さんはお母さんが不貞を働いているのではないかと考えるようになったんだ。きみのことだって、本当に自分の息子だろうかと疑ったかもしれない。そういったことで夫婦仲が冷え、それでお父さんは麻雀で憂さばらしをするようになり、多額の借金をつくってしまったんだ。まあ、無理もない。鉄工所がつぶれたあと、せっかく近くの工場に再就職したのに、そこもつぶれてしまったんだからね。新しい職も見つからず、息子も我が子ではないと思えば、麻雀に逃げたくもなるだろう」

葉蕭の話の途中から、司望は急に心配になってきた。思わず、母親に尋ねる。

「ねえ、母さん、教えて。ぼくの本当の父親は路中岳なの？　あのくそったれの……」

「お母さんを責めるのはやめろ！」葉蕭が言った。「きみの父親はまちがいなく司明遠《ミンユエン》さんだ。天に誓って、それはまちがいない！」

そう言うと、葉蕭は母親のほうを向いて話を続けた。

「すみません。今の点については、おれはこれっぽっちもあなたを疑っていません。ただ、あなたが人に見られるのを承知で、路中岳と連れだって歩いていたのだとしたら、なんらかのかたちで脅迫されたのではないか、そう考えたんです。そして、もし路中岳があなたを脅迫したのなら、それはおそらく路中岳が叔父を殺した犯人はあなたではないかと思いつき、はったりをかけたのではないかと……」

「ちくしょう！」司望《スー・ワン》はうなった。「いかにも路　中岳《ルー・ジョンユエ》のやりそうなことだ。でも、もちろん、はったりだ。さっき、あなたが言ったとおり、証拠なんてひとつもないし、警察だって、外部の者の犯行だと結論づけたくらいなんだから……。路中岳が現場にいて、犯行を目撃したというならともかく……」

「そう、路中岳がその場にいたならともかくね」葉　蕭《イエ・シャオ》が言葉を引き取った。「実際のところ、路中岳がその場にいたかどうかはわからない。犯行時刻のアリバイがはっきりしないからね。だが、そんなことはどうでもいい。はったりにしろなんにしろ、路中岳がお母さんを脅迫したことは、たぶんまちがいないからだ。路中岳は十年前の殺人をネタにして、お母さんに関係を迫った。お母さんはそれを拒否した。だが、その結果、特に問題になるようなことは起こらなかった。これが事実だ」

「じゃあ、それでいいじゃありませんか！」司望は言った。

「いや、路中岳の場合は何も起こらなかったが、もうひとりの場合はちがう。申　明《シェン・ミン》の場合は……」

「どうして、ここに申明が出てくるんです」司望は気色ばんだ。「申明は安息通りの事件になんにも関係がないじゃないですか！」

それを聞くと、葉蕭は静かに言った。

「とぼけるのはよせ。申明はこの事件に関係がある。司望、きみだって、一九八三年当時、申明が安息通り十九番地の向かいの家に住んでいたことは知っているだろう？　申明に興味を持って、調べていたんだから……。あの日、おそらく申明は向かいの家で起きたことを目撃していた。路中岳とちがって、すぐ目の前に住んでいるのだから、その可能性はおおいにあり得る」

「でも、それならどうして申明は警察にそのことを言わなかったんです？」司望は抵抗を試みた。

「向かいの家に住んでいたのだから、申明はその家の娘がどんな目にあっているのか、知っていたのだろう。近所の噂も耳にしたはずだ。だから娘に同情して、その時は黙っていた。けれども、十年後に自分が教育委員会の委員になって、将来的には共青団の書記になることが決まると、真相を知りながら事件をそのままにしておくのはいけないと考えた。そこで、きみのお母さんのところに行き、自首を勧めた。お母さんのことは路中岳から聞いたのだろう。ふたりは友人だったからね。けれども、きみのお母さんはそれを拒否した。そしてある日、ついに決心して」

「そんなことはない！　でたらめを言うな！」司望は叫んだ。

だが、葉蕭は持っていた懐中電灯を母親に向けると言った。

「何清影《ホー・チンイン》さん。一九九五年の六月十九日、今、おれたちがいる、この地下室で申明を殺したのはあなたですね？」

「やめろ！」

そう言って司望《スー・ワン》は葉　蕭《イエ・シャオ》の手から懐中電灯を取りあげ、母親を守るように葉蕭の前に立ちはだかった。強い口調で続ける。

「申　明《シェン・ミン》を殺したのは、路　中岳《ルー・ジョンユエ》だ。あいつは申明に嫉妬していた。それまで下に見ていた友人が、谷　秋莎《グー・チウシャー》という美しい娘と結婚して、爾雅《アルヤー》学園グループの理事長の婿になり、輝かしい出世の道が開けることに……。だから申明を殺し、その婚約者と将来の地位を奪うことにした。これはあいつ自身が話していたことだ。安息通りの家で、ぼくを椅子に縛りつけたあとで……」

だが、葉蕭は首を横に振った。

「残念ながら、路中岳には動機がない。路中岳は申明が柳曼《リウ・マン》殺しの容疑者として警察に勾留されたことによって、将来の妻と地位を失ったことを知っていた。つまり、義父になるはずの谷　長龍《チャンロン》と、妻になるはずの谷秋莎に捨てられたことを……。もしそうなら、谷秋莎と爾雅学園グループでの地位を手に入れるために、申明を殺す必要はなくなってしまう。そうだろう？」

司望は言葉に詰まった。葉蕭が続けた。

「とはいえ、こちらの事件についても、何も証拠は残っていない。だいたい、凶器のナイフさえ、見つかっていないしな。目撃者もいない。すべてはおれの憶測にすぎないんだ。だから、司望、そして何清影《ホー・チンイン》さん、あなたたちは、おれの言葉を否定することができる。おれはただ、ここ一カ月半の間にいろいろ調べた結果をあなたたちに話したかっただけだ。そう、葉蕭捜査官は必ず真相にたどりつくということを示すために……。事件を蒸しかえすつもりはない」

「じゃあ、ぼくたちは家に戻っていいんですね？」司望は訊いた
「もちろんだ。七夕の夜に、こんなところまでひっぱりだして、すまなかった。何清影さんも、申しわけありませんでした。どうぞ、家にお帰りください」

それを聞くと、司望は母親の腕をとって、出口の梯子に向かおうとした。だが、その手を振りきると、葉蕭に向かって、母親が言った。

「一九九五年の六月十九日の夜の十時に、この場所で申明さんを殺したのはわたしです。その十二年前の一九八三年に、安息通り十九番地の家で、養父の路竟南《ジンナン》を殺したのもわたしです」

第二十章

一九八三年

ラジカセからはテレサ・テンのヒット曲、「在水一方（河の向こう岸に）」が流れてくる。この曲だけではない。テレサ・テンの曲はどれもヒットしていた。安息通り十九番地の二階の部屋で、路明月《ルー・ミンユエ》はこの曲の入ったカセットテープを何度もかけていた。

ラジカセは日本製のもので、誕生日に伯父《おじ》の路竟東《ジンドン》からプレゼントされた。伯父は政府の機関で働いているので、一般の人には買うことができないものを手に入れることができるのだ。カセットのほうは路上で売っているものをお小遣いで買った。それからというもの、毎晩このカセットを聴きながら、眠りにつくのが習慣になっていた。

路明月は中学一年生。年は十三歳だ。もう子供ではない。遠くから見ているだけだが、気になる少年もいた。向かいの建物の半地下に住む少年だ。これまで話したことは一度もない。近所の人たちの話によると、その子のお父さんはお母さんを毒殺したあと、死刑になったとかで、その子は近所の子たちからいじめられていた。夜遅くに自分の部屋の窓から半地下の窓を覗くと、机に向かって勉強している、その子の姿が目に入った。薄暗い電灯に照らされて、その子の顔は金色《こんじき》に縁どられているように見えた。

ある時、向かいの建物に住む老人に訊くと、その子は老人のところで住み込みで働いている家政婦のおばさんの孫で、名前は申　明《シェン・ミン》だということだった。

その老人は不思議な人で、いろいろな意味で近所の噂になっていた。年は八十歳を超えているが、若い時に重要な人物であったらしく、時おり北京の指導者が訪ねてきたり、外国の新聞記者が取材に来たりしていた。また、安息通りのもう片方の端に《マドモワゼル曹《ツァオ》》と呼ばれる六十歳を過ぎた恋人がいるらしく、ふたりでよくおしゃべりをしながら、銀杏並木を散歩している姿が見かけられた。ただ、そのおしゃべりは誰も知らない外国の言葉で交わされ、しばらく散歩をすると、ふたりはにっこり笑いながら別れてしまうのだ。でも、その様子は確かに恋人同士のように見えた。

路竟南《ジンナン》の夫婦に引き取られてから、路明月は幸せな日々を送っていた。だが去年、養母が蘇州河に飛びこんで自殺してからというもの、それまでとは打ってかわって、地獄の日々が訪れるようになった。

養母の自殺は養父の浮気が原因だったが、そのことでもわかるように養父は女癖が悪く、養母の死後、あろうことか養女の自分に関係を迫るようになったのだ。特に酔って帰ってきた時などは手がつけられなかった。

路明月はいつしか、養父を殺すことを考えるようになった。

自分にちょっかいをかけてくるのは養父ばかりではなかった。従兄の路中岳《ジョンユエ》もなんだかんだと言って、身体に触ってくるようになっている。路中岳《ルー・ジョンユエ》は自分と同じ十三歳、額に青い痣のある少年で、勉強はあまり好きではなく、三国志のカードを集めることに夢中になっていた。子供っぽい性格で、最初は自分に興味を示しているようには見えなかった。だが去年の夏、伯父《おじ》夫婦の旅行中に二カ月ほどこの安息通りの家で暮らしていた時、近所の子供たちから路明月《ミンユエ》が路竟南の実の娘ではないと聞いたらしい。路明月は以前、この家に住んでいて自殺した翻訳家の娘だったので、それは本当ではあったのだが、そのことを知ると、「従妹でないなら、つきあうことも可能だ」と、急に誘いをかけはじめたのだ。

ある晩などは、いきなりそばに寄ってきて、肩を抱きながら耳もとで、「おまえが好きだ」と言ってきたこともある。路明月はすぐさま頬をひっぱたいてやった。伯父夫婦が戻ってくるまでの間、日々ははてしなく続くかと思われた。そのうちに、ようやく夏が終わって、路中岳は帰っていったが、そのあとも時々、安息通りの家にやってきた。それも玄関から来るのではなく、塀を乗り越え、いきなり居間に入ってくるのだ。そうして、彼女がびっくりして悲鳴をあげるのを見ては喜んでいた。

そんな時は本当に心臓が止まるかと思うほど、恐ろしかった。

一九八三年　晩秋の夜

その日、酔って帰ってきた養父が彼女を強姦しようとした。彼女はガラスの破片で、養父の喉をかき切った。

彼女は床に横たわった死体を見つめていた。そして、ふと顔をあげると、目の前の窓のところで少年がひとり、自分を見ているのに気づいた。路中岳だった。いつものように窓から居間に入って、彼女を驚かせようとしたのだ。

ガラスの破片を手に、彼女は窓に向かった。外は土砂降りだった。路中岳は全身ずぶ濡れで——恐怖に立ちすくんでいた。

「おれは何も見なかった。誰にも言わないよ。誓うよ。だから……」

そう早口に言うと、路中岳は窓から庭に飛びだした。そうして、あわてて塀を乗り越えると、あっというまに姿を消してしまった。

彼女はガラスの破片についた自分の指紋を消すと、窓の外に放りだした。路中岳が窓から入ってきたせいで、室内には外から誰かが侵入したような痕跡が残った。

そのあとは覚えていない。気がつくと彼女は外に飛びだし、玄関の石段の上で泣いていた。向かいの家の半地下の部屋を見ると、窓の明かりはついていたが、申明《シエン・ミン》という少年がいるかどうかはわからなかった。激しい雨のカーテンで、なかの様子は見えなかったのだ。

警察では長時間にわたって、質問された。彼女は侵入者の姿は見ていないと言った。「二階で勉強していると物音が聞こえたので、下に降りていったら、血だまりのなかに養父が倒れていたんです。そこで、あわててそばに駆けより、養父を抱きおこしたんですが、その時にはもう養父の息はありませんでした。自分の身体についていた血は、その時のものです」

そう言ったのだ。

警察は彼女の言葉を疑わなかった。事件は路 竟南《ルー・ジンナン》に恨みを持つ者の犯行だろうということになった。

年が明けると、彼女は子供のいない夫婦の養女となって、別の家で暮らすことになった。のちに司望《スー・ワン》が生まれる家だ。

安息通りの家を出る時、彼女は宝物を隠していた壁の穴から、『紅楼夢』の女性たちが描かれたクッキーの空き缶を取り出した。その缶には露店で買ったテレサ・テンの海賊版のテープが二本と、なぜだかわからないが、路中岳《ジョンユエ》が集めていた三国志のカードが数枚入っていた。彼女はその缶を元の場所に戻すと、部屋を出ようとした。だが直前になって、もうひとつ持っていた『紅楼夢』の空き缶に、さっきの缶にあった二本のテープのうち一本を移した。『水上人』というタイトルのテープだ。そして、最初の缶をまた壁の穴にしまうと、『水上人』のテープの入った缶を持ちだした。

新しい家の養母は市役所の戸籍係として働いていたので、過去とは関係のない、新しい戸籍をつくってくれた。こうして、彼女は何 清影《ホー・チンイン》になり、路明月《ミンユエ》とのつながりはなくなった。

養父母は決して裕福ではなかったが、彼女をかわいがってくれた。中学を卒業したあとは、上海郵政局技校に通わせてくれ、卒業後は養父のコネで郵便局に勤めることもできた。彼女は幸せだった。過去について訊く者は誰もいない。過去を知る人間とも会わなかった。養父母にはしょっちゅう行き来するような親戚もいなかった。すべてがよい方向にむかっていた。だが、彼女が二十四歳の時、養父母が自動車事故で亡くなってしまった。そして、その年、彼女は司明遠《ミンユエン》と知り合った。

はたして、司明遠のことを愛していたのかどうか、それはよくわからない。それでも、彼女は司明遠と結婚した。

そして、結婚から二週間後のことだ。夫の勤める工場で、家族を含めた慰労会があった時、彼女は額に青い痣のある男と再会した。路中岳だ。

顔を見るのは十年ぶりだったが、路中岳はそばに寄ってくると、どこの出身なのか、安息通りは知っているかと、あれこれ質問してきた。それがあまりにしつこかったので、しまいには司明遠が怒りだす始末だった。

路中岳にいくら執拗《しつよう》に訊かれても、彼女は自分が路明月であったことを決して認めなかった。だが、その晩、彼女は安息通りの家を夢に見た。

その翌日から、路中岳は彼女につきまとうようになった。勤め先の郵便局の出口で待ち伏せをし、家までついてくるのだ。そうして、子供の頃、叔父の家で過ごした時の思い出を話した。彼女が路明月であったことをほのめかすように……。といっても、最初のうちはまだ脅迫めいたことは口にしなかった。ところが、一九九五年の三月のある日のこと、路中岳が突然、一通の封書を鞄から取り出し、これに半年前の消印を押してくれと言ってきた。彼女は拒否した。これは違法だ。見つかったら、解雇される恐れがあった。すると、路中岳《ルー・ジョンユエ》は顔を歪めて言った。

「明月《ミンユエ》、十二年前、安息通りの家でおまえが何をしたのか、おれはこの目で見ているんだぜ」

脅しているのは明らかだった。しかたなく、彼女は日付印の数字を調節して、路中岳から預かった手紙に消印を押した。手紙の名宛人は北京に住む賀年《ホー・ニエン》という人で、差出人は申《シェン・》明《ミン》だった。その名前を見た時、彼女は胸が高鳴るのを感じた。

この脅迫がうまくいったことに気をよくしたのか、路中岳はその後も頻繁に郵便局を訪ねてきたり、南明《ナンミン》通りの飲み屋に連れていくようになった。そして、ある時、《魔女区》の廃墟になった工場に彼女を呼びだした。五月の晩のことだ。

怯える彼女を猫がねずみをいたぶるように眺め、いやらしい手つきで彼女の髪をなでながら、路中岳は言った。

「まったく、おまえは魔女だよ。平気で人を殺せるんだからな。たいしたもんだ。おれはおまえを尊敬する。秘密もばらさない。といっても、おまえがおれの言うことを聞いてくれたらだが……」

彼女は路中岳の股間を蹴りあげ、地下室から逃げだした。

だが、このままですむとは思わなかった。路中岳は自分をものにしたがっている。こちらが言うことを聞くまで、脅迫をやめないだろう。そして、こちらが言うことを聞かなければ、いずれ秘密は白日のもとにさらされる。どうしよう？　夫に相談するわけにもいかない。もし、夫が自分の妻が人殺しだと知ったら……。

こうなったら、しかたがない。この問題は自分で解決するよりほかなかった。

そう決心すると、彼女は路中岳に手紙を書き、六月十九日の午後十時に、《魔女区》の廃墟になった工場の地下室で、自分を待つようにと伝えた。もう夫のことは愛していないので、別の将来を考えたいと説明して……。

だが、もちろんそれは口実で、実際は路中岳を殺すつもりだった。彼女は金物屋に行き、切っ先の尖ったナイフを手に入れた。

そして、一九九五年の六月十九日……。決行の日がやってくると、彼女は比較的早い時間に家を出た。夫は次の日が休みなので、徹夜で麻雀をすると言っていた。帰りが遅くなっても、不審に思われることはない。

《魔女区》に着いた時はまだ明るかった。彼女は工場の地下室に降りると、時間が来るのを待った。暗闇のなか、ひとりでこれからすることを思うと、涙が出てきた。雷鳴と激しい雨の音が入りまじるなか、彼女はすすり泣いた。

気がつくと、午後十時になっていた。あいかわらず雨は激しく、空には雷鳴が轟いていた。

と、地下室の上げ蓋が開く音がして、男の人影が梯子を降りてくるのが見えた。その人影が地面に足をついた瞬間、彼女は背中にナイフを突きたてた。

ナイフの切っ先は心臓を貫いていた。

彼女は懐中電灯を取り出して、床にころがった死体を照らした。死体からは血が流れ、床にたまった泥水と混じっていた。彼女はうつぶせになった死体の顔を確認した。顔は半分、泥水に埋まってよく見えなかったが、ひとつだけ確かなことがあった。

路中岳《ルー・ジョンユエ》じゃない！

とすると、路中岳は待ち合わせに来なかったのだろうか？ 手紙を読まなかったのか？ それとも、ほかに何か理由があるのだろうか？ あれほど執心していたのだから、自分がここにいると知って、やってこないとは考えられない。だが、何を言おうと、結果は変わらない。路中岳は来なかった。そして、彼女は別の人間を殺してしまったのだ。

彼女は死体のそばにひざまずくと、その男の魂に泣いて許しを乞うた。この殺人もまた秘密にしなければならない。死体からナイフを引き抜くと、彼女は柄の部分の指紋をぬぐい、現場に自分のいた痕跡が残っていないか、注意深く確かめた。そうして、地下室から抜けだした。死体をその場に残して……。

家に戻ったのは、夜中の十二時だった。夫はいなかった。予定どおり、どこかで麻雀をしているのだろう。麻雀は夫の数少ない楽しみのひとつだった。

彼女は着ていた服を丁寧に洗濯し、ベッドに横になった。だが、なかなか眠りにつくことができなかった。それでも、ようやくうとうとしかけた時、恐ろしい夢を見て、目が覚めた。粗末な服を着た少年がひとり、ろうそくを手に悲しげな顔でベッドのそばに立っているのだ。こちらを見ながら、少年は静かに涙を流していた。

その顔はよく知っていた。安息通り十九番地に住んでいた時、向かいの家の半地下で暮らしていた少年、申　明《シェン・ミン》だ。

やがて、夜が明ける時刻になって、夫が家に帰ってきた。

その日、彼女は自分が妊娠していると直感した。赤ん坊に遠くから呼ばれたような気がしたからだ。夫に付き添ってもらって病院に行くと、妊娠三カ月だということだった。

その同じ日、郵便局に顔を出すと、路中岳に書いた手紙が局に戻っていることを知った。何があったかわからないが、どこかで手ちがいがあったのだろう。手紙は路中岳のもとには届かなかったのだ。

彼女は路中岳が安息通りの事件をネタに、また自分に関係を迫ってくるのではないかと心配した。だが予想に反して、路中岳はなんにも言ってこなかった。それから数年して、司望《スー・ワン》が谷《グー》家の養子になるという話が出て、そこで路中岳に再会した時、彼女にはその理由がわかった。おそらく申明の死後、路中岳は爾雅《アルヤー》学園グループの理事長の娘婿になろうとして、本格的に谷秋莎《チウシャー》にアタックを始めたのだろう。そんな時に女性を脅迫して関係を迫ったり、消印を改竄《かいざん》させたりなど、違法な行為をしたことが暴露されたら、計画が台無しになる。そこで、彼女との接触を避けることにしたのだ。

司望《スー・ワン》が養子になってからも、路中岳《ルー・ジョンユエ》は安息通りの事件をほのめかすことはなかったが、それも同じ理由だろう。爾雅学園グループの幹部だという自分の地位を守ることを優先したのだ。また、彼女のほうも、そういったことを読みきったうえで、司望を養子に出す決心をしていた。この養子の件については、ほかにもいろいろ気になることはあったが、どうすることもできなかった。まずは夫のつくった借金を清算することのほうが重要だったからだ。もっとも、そのあとの路中岳の行動を見て、危ない橋を渡ったものだと、ひやっとしたが……。

だが少なくとも、一九八三年の夏の事件について、彼女が路中岳の脅迫に悩まされることはなくなっていた。路中岳はもちろん、彼女が《魔女区》の工場の地下室で、あらたに人を殺したことは知らなかった。

いっぽう、その殺してしまった人の身元については、夫が教えてくれた。死んだのは南明高校をくびになったばかりの国語の教師で、名前は申明《シェン・ミン》だという。申明――彼女はなんとも言いようのない気持ちになった。少女の頃に、遠くから眺めて、気になっていた少年。その少年を自分は殺してしまったのだ。

二〇一四年八月二日（土曜日）　旧暦の七夕　午後十時

話を終えると、何清影《ホー・チンイン》は葉蕭《イエ・シャオ》の顔を見つめた。隣では司望が肩を落としている。かわいそうに……。自分の母親が申明を殺した犯人だと知って、さぞかしショックを受けているにちがいない。あるいは、司望はこれも予想していたのだろうか？

だが、何清影にはまだ話していないことがあった。司望にも、葉蕭にも……。そして、そのことはこれから先も、決して話すつもりはなかった。

警察は申明殺しの犯人を見つけることができないまま、一九九五年の夏は過ぎていった。その間にも、お腹は日増しに大きくなっていった。彼女は最初、子供を堕ろすことを考えた。けれども、そう決心して病院の敷居をまたいだ時、お腹の子が嫌がるのを聞いた。彼女は涙を浮かべて、そのまま家に引き返した。そして、泣いた。

出産予定日は一月の下旬だった。だが、赤ん坊はそれよりも早く、十二月十九日に生まれた。父親は司明遠《ミンユエン》だ。

看護師さんが「男の子ですよ」と言って、赤ん坊を見せてくれた時、そのしわだらけの顔を見て、彼女は涙を流した。

赤ん坊の名前は、司望に決めた。

最初に「おやっ」と思ったのは、その数日後のことだ。司望の背中のちょうど心臓の裏側に赤い痣を発見したのだ。どうして、こんなところに痣があるのだろう？　生まれながらの痣は前世で致命傷となった傷痕の名残りだという。そう思うと、半年前、申明《シェン・ミン》の背中のこの場所に、ナイフを突きたてたことを思い出した。

それから、しばらくの間、司望《スー・ワン》の背中のこの痣を見るたびに、あの時の光景がまざまざと目の前によみがえって、彼女は苦しんだ。

だが、痣のことは誰にも話さなかった。夫にも誰にも……。こんなことは人に話せるものではない、ただひとりで不安を抱えているしかなかった。もっとも、痣は誰もが目にする場所にあるわけではない——それだけが唯一の救いだった。

やがて、司望は這い這いからつかまり立ちをし、歩きだした。言葉を話すのも早かった。彼女はどこか落ち着かない気持ちになった。言葉を話せるのに、司望はおしゃべりをせず、いつもおとなしくしていたからだ。部屋には夫が買ってきた自動車や電車のおもちゃがあったが、司望はそういったものにはほとんど興味を示さなかった。司望が物を散らかさないので、家のなかは小さな子供がいるとは思えないほど、きちんと片づいていた。

不安になるようなことはほかにもあった。まだ三歳の頃、司望が何を思ったのか、本棚から『宋詞選』を抜き出し、ページを破いていたのだ。彼女が気づいた時には、もう半分くらいページはなくなっていた。申明が国語の教師だったということもあって、彼女は不思議な運命を感じないわけにはいかなかった。そんな彼女の心配をさらに深めるように、司望は時おり、窓から遠くを見つめては、わけのわからない言葉をつぶやいていることがあった。

それだけではない。司望は恐ろしい寝言も口にした。夢にうなされて、何か言っているように見えるので、耳を近づけてみると、〈南明通り〉とか、〈魔女区〉とか、〈安息通り〉という言葉を発しているのだ。それを聞いた時には、彼女は震えあがった。寝言のなかには、〈シャオジー〉という誰だかわからない女の人の名前もあったが、〈南明通り〉〈魔女区〉〈安息通り〉という言葉を発する意味は明らかだった。背中の痣と考えあわせて、その時、初めて、彼女は「もしかしたら？」と思った。

ただ、ちょうどその頃から、家庭内にいろいろと問題が起こってきたので、彼女はそちらのほうに時間と気持ちをとられるようになった。というのも、司望が四歳の時、夫の勤めていた工場がつぶれて、夫は二度目の失業を経験することになったのだ。最初の鉄工所の時は、すぐに再就職先が見つかったが、今度はそうはいかなかった。夫は荒れて、それまで休みの前日にしかしなかった麻雀を毎日するようになり、大きく負けて借金をつくるようになった。しかも、その借金を返そうとして、さらに麻雀にのめりこみ、借金の額を多くしていった。そして、ある晩、酔っぱらって帰ってくると、彼女を大声で罵った。麻雀をしていた相手から、五年前の一九九五年に、彼女が路中岳《ルー・ジョンユエ》と出歩き、《魔女区》の工場で密会を重ねていたと聞かされたのだ。それ以来、夫婦仲は徹底的に冷え、それは二〇〇二年に、夫が家から出ていくまで続いた。

そのあとは大変だった。夫の失踪後、彼女は必死になって働き、夫の両親の面倒まで見た。

日々は忙しく過ぎていった。

そんななか、小学校に入学したばかりの司望《スー・ワン》が紙きれに書きうつした五代十国時代の詞を見て、彼女はまた例の不安を思い出した。司望はやはり、普通の子供とはちがう。もしかしたら、申明《シェン・ミン》の……。彼女は頭を横に振って、あわててその考えを打ち消した。だが、ある夜、司望とふたりでテレビを見ていた時に、決定的なことが起こった……。

テレビでは、游鴻明《クリス・ユー》の歌う「孟婆湯《もうばとう》」が流れていた。前世で二世《にせ》を契ったくらい愛した人との破局に、これほど苦しいならいっそ孟婆湯を飲んですべてを忘れてしまいたいと、悲しみを訴える歌だ。

すると、突然、隣ですすり泣く声が聞こえた。見ると司望の目から涙があふれて、頬を伝っていた。

「どうしたの？　望君、急に泣きだしたりして……」

そう言って、彼女は司望の頭をなでた。しかし、司望は彼女の手から逃れて、寝室に閉じこもってしまった。彼女が部屋に入ると、司望は鏡台の前の床に座りこんで、泣きじゃくっていた。

「孟婆湯」の歌のせい？

たぶん、そうだ。それしか考えられない！　その時、彼女は確信した。司望は申明の生まれ変わりだと……。そして、そのことに戦慄《せんりつ》した。

司望のほうも、その後、成長するにつれて自分が申明の生まれ変わりだと気づいたらしい。また、そのことで悩んでいるようにも見えた。親には黙って……。そう、彼女は司望の秘密を知っていたのだ。そして、司望がその秘密を彼女には隠していることも……。

ねえ、司望、この世でただひとり愛する人――彼女は心のなかで話しかけた。あなたは小さい頃から天才児だと言われて、なんでも知っているような顔をしている。けれども、本当はなんにも知らない小さな子供にすぎないのよ。

いいこと？　大切なことを教えてあげる。

世の中に子供のことを知らない親なんていない。でも、子供は親のことを知らないものなの。

第二十一章

二〇一四年八月二日（土曜日）　旧暦の七夕　午後十時十五分

何清影《ホー・チンイン》の話が終わると、葉蕭《イエ・シャオ》は大きく息を吐いた。何清影はそれっきり、何も言わない。司望《スー・ワン》も黙りこんでいる。しばらくの間、沈黙が続いた。申明《シェン・ミン》殺害事件の真相は、事件発生から十九年の月日をへて、ようやく明らかになったのだ。犯人は男ではなかった。女だった。司望をこの世に誕生させた、美しい女だった。

葉蕭は梯子をのぼって、地下室から出た。そのあとに、何清影と司望も続いた。三人は工場の敷地を通って、南明《ナンミン》通りに向かった。途中、いちばん高い煙突がある建物の前で、何清影が立ちどまった。扉には〈立ち入り禁止〉の看板がさがっている。何清影が言った。

「あの晩、わたしはここに凶器のナイフを埋めたのです」

葉蕭は何か道具がないかと探しにいった。だが何も見つからず、戻ってみると司望がもう素手で地面を掘りはじめていた。数日前から降りつづいた雨で、地面は柔らかくなっていた。土は見るみるうちに掘りかえされ、あっというまに十五センチほどの穴ができた。だが、出てくるのは切れた草の根っこや、動物の骨ばかりだ。ナイフは見つからない。と、何清影が息子を押しのけた。

「代わって。わたしがやる」

そう言って、みずから地面を掘りはじめる。地中にあった石やガラスの破片で、手が傷だらけになった。それでも掘りつづけていると、何か黒い物が出てきた。

上着の裾で、その黒い物についていた泥をぬぐうと、何清影は葉蕭に見せた。錆びてはいたが、それはナイフにまちがいなかった。

「このナイフで、わたしは申明さんを殺したのです」

葉蕭はナイフを鞄にしまうと、パトカーを一台、現場に呼び、何清影を乗せた。司望も一緒についてきた。

その晩、何清影の取り調べは、警察署長がみずから行った。葉蕭は調書の作成を担当した。何清影は、一九八三年の安息通りで起きた事件と、一九九五年の《魔女区》で起きた事件のふたつの犯行を認めた。

だが、証拠もなく、警察も疑われることもなかったのに、どうしてこれだけ長い時間がたってから罪を告白したのか、その理由については話すのを拒否した。

おそらく何清影は、こう考えたのだろう。〈もし自分が捕まってしまえば、誰も司望の面倒を見る者がいなくなり、司望はひとりで生きていかなければならなくなる。精神的にも、司望は母親なしでは生きられないので、人生に悪い影響が出る。けれども、今は司望も大きくなり、父親も帰ってきた。もう母親として、司望の心配をする必要はない〉と……。そこで長年、良心を苦しめてきた重荷から解放されることを望んだのではないか？　葉　蕭《イエ・シャオ》はそう推測した。

二〇一四年八月三日（日曜日）　午前五時

司望《スー・ワン》は明け方、家に帰った。父親は一睡もせずに待っていた。夜の間に葉蕭が何があったか知らせていたのだ。母親からも電話があって、「望君のことをお願い」と言われたという。父親の腕に飛びこむと、その肩に頭を乗せて、司望は尋ねた。

「ねえ、ぼくは本当に父さんの子供なの？」

「ああ、それについては、ブラジルで考えたんだが……。サトウキビの伐採をしながら、私はこう決心したんだ。もしおまえが私の本当の息子でないにしても、私はおまえに本当の父親として接するってね。だって、おまえが生まれた時、私は心の底から嬉しかったのだから……」

そう言うと、父親は古い財布を取り出して、なかから黄色くなった写真を抜きだした。

「この財布は、結婚した時に母さんからもらったものでね。ブラジルにいる間も、ずっと持っていたんだ。この写真を入れて……」

写真は司望が一歳の誕生日を迎えた時に、撮られたものだった。写真のなかの赤ん坊は、きれいな顔をして、大人のように悲しげな目をしていた。

「大きくなったな」

一緒に写真を見ながら、父親は司望を抱きしめた。

二〇一四年八月四日（月曜日）

翌日、司望は申　援　朝《シェン・ユエンチャオ》元検事のところに行った。司望の顔を見ると、元検事は「事件が解決したことは、葉蕭捜査官から電話で聞いた」と言った。司望は申明《ミン》の遺影に線香をあげることを許してもらった。

家には申敏《ミン》もいた。申敏は第一志望の大学に合格し、寮に入るための荷造りをしていた。その大学は別の街にあるらしい。

司望を見ると、申敏は自分も欧陽　小枝《オーヤン・シャオジー》先生には習ったことがあり、大好きな先生だったので、すごくショックを受けていると話した。

司望と申敏は、ふたりそろって申明の遺影に三本の線香をあげた。

帰りぎわ、司望は申援朝の肩を抱くと、耳元でささやくように言った。

「どうか母を助けてください」

申援朝は顔を曇らせた。

「これまで私は息子の命を奪った犯人をどうしても殺してやりたいと思ってきた。それはきみも知っているだろう？」

「知っています」

「ならば、家に帰りたまえ。もう、きみに会うことはない」

司望《スー・ワン》は黙って戸口に向かった。だが、敷居をまたぐ前にふり返って言った。

「お願いします。ご連絡を待っています」

だが、申援朝《シェン・ユエンチャオ》は答えなかった。司望は階段を使って、下まで降りた。と、申敏《ミン》があとを追いかけてきて、玄関ホールで追いついた。司望の腕をとると、申敏は言った。

「父と何を話していたの？」

「秘密だ」

「また会える？」

「きみが大学の学位をとったらね」

「キスしていい？」

司望は目を閉じた。申敏の唇がそっと頰に触れるのがわかった。

そのまま身をひるがえして、玄関ホールを出ると、司望は自転車に飛びのり、全力でペダルをこいだ。うしろはふり返らなかった。だから、申敏が涙を流していることは知らなかった。

二〇一四年九月

新学期の最初の日、司望は海辺にあるS大学まで、父親にタクシーで送ってもらった。これから大学の寮で暮らすのだ。

大きな荷物を手にタクシーを降りると、司望は父親に手を振って言った。

「このまま家に帰るといいよ。ぼくはひとりでも大丈夫だから」

そうして、父親を乗せたタクシーを見送ると、〈新入生歓迎〉の横断幕の下をくぐった。校舎の壁にある大型スクリーンには、歴代の理事長の写真が次々と映しだされていた。そのなかには谷　長龍《グー・チャンロン》の姿もあった。

寮に向かって歩いていくと、すれちがう女子学生たちがみんなはっとしたような顔で、こちらを見た。なかには、わざわざ近寄ってきて、どこの学部か尋ねる者もいる。だが、司望は微笑を浮かべて、女子学生たちの間を通りぬけていった。寮の前には新入生のために学内を案内したり、入寮手続きのサポートをする上級生たちがいる。そのうちのひとりがこちらに近づいてきた。背の高い女子学生だ。

その顔を見て、司望は飛びあがった。

「尹玉《イー・ユー》？」

「あら、わたしのことを知ってるの？」

尹玉は肩まで髪を伸ばし、薄く化粧をして、花柄のミニスカートをはいていた。昔のように、短髪で、男の子のように肩をいからして歩いていたイメージはない。華やいだ雰囲気の素敵な女の子だった。

「南明《ナンミン》高校の出身だよね？」司望《スー・ワン》は言った。

「そうだけど……。どうして知ってるの？」

「学年はちがうけど、その前の五一中学校で、きみと一緒だったんだ。ぼくたちは友だちだったんだ」

それを聞くと、尹玉《イー・ユー》は嬉しそうな顔をした。

「本当に？　あ、ごめんなさい。わたし、高校を卒業した時に交通事故にあって、その前のことは何も覚えていないの」

「知っているよ。きみがトラックにはねられるのを、ぼくは目の前で見ていたんだ。どうすることもできなかった……。それで、きみを病院に連れていったんだ」

「そう、あなたが病院に連れていってくれたのね。そのあと、わたしはずっと昏睡状態にあって、四カ月後に目を覚ましたらしいの。でも、頭部の外傷のせいで、その前のことは何も覚えていないの」

「大学は香港大学に合格したんだよね。それなら、どうしてここに？」

「あの大学は人が多すぎて……。どうも雰囲気になじめなかったの。それで、生まれた街に戻ってくることにしたのよ。そしたら、昔のわたしを知っている人がたくさんいて、びっくりしちゃった。わたしは男の子みたいだったんですって。それもがさつな……。それって、本当？」

「尹玉、ほんとに全部、忘れちゃったんだね」

「でも、時々、今までに見たことがない光景が頭に浮かんでくることがあるの。聞いたことのない、外国語のような言葉も……。きっと、記憶を失う前に見たり聞いたりしたことなんでしょうけど……。でも、覚えているのは、それだけ……」

そう言って、尹玉は顔を赤らめた。それを見ると司望は天を仰ぎ、口のなかでつぶやいた。

「もう一度、孟婆湯が飲めたら……」

〈忘れる〉ということができたら、どんなにいいだろう。

エピローグ一

二〇一四年十二月二十二日（月曜日）　冬至　午前七時

夜はまだ明けたばかりだった。制服に身を包むと、葉　蕭《イエ・シャオ》は鏡の前でみずからの姿を点検した。制服の襟には、昨日の夜きちんとアイロンをかけておいた。シャツも洗濯してある。大丈夫だ。そう思って、鏡の前から離れようとした時、こめかみのところに白いものが交じっているのに気づいた。

葉蕭は微笑した。別に問題はない。かえって、男ぶりがあがるというものだ。

中級人民法院に着いたのは、午前九時だった。今日は二件の裁判で、判決が下されることになっていた。

最初は半年前の六月十九日に七仙橋《チーシィエン》の福建料理の店で起きた事件の判決だ。容疑者は路《ルー・》継宗《ジーゾン》という十八歳の青年で、父親を殺した罪に問われていた。検察側の死刑の求刑に対して、弁護側は容疑者には父親を殺す意図がなかったと主張した。容疑者はオンラインゲームに現実逃避をしているような人間で、精神的に弱いところがあった。それなのに殺人犯として逃亡中の父親に生まれて初めて、しかもいきなり出会ったので、感情がコントロールできなくなったというのだ。この弁護側の主張が考慮されたのか、路継宗は死刑は免れた。葉蕭はこの裁判を最前列で傍聴した。

午後は何清影《ホー・チンイン》の事件の判決だ。何清影は一九八三年に安息通りで養父である路竟南《ジンナン》を殺した罪と、一九九五年に南明《ナンミン》通りの裏にある工場の地下室で申明《シェン・ミン》という高校教師を殺した罪に問われていた。尋問の調書を作成した時、葉蕭はどちらの事件についても、何清影がみずから真相を明かして、警察に自首したことを強調していた。もちろん、何清影が減刑されるのを願ってのことだ。

傍聴席には夫である司明遠《スー・ミンユエン》も来ていた。申明の父親の申援朝《ユエンチャオ》の姿もあった。

被告の何清影は落ち着いた態度で、裁判官たちに向かっていた。

だが、司望《ワン》の姿は見えない。

どこにいるのだろう？　葉蕭は思った。

検察側から死刑の求刑がなされると、弁護側は裁判官たちに情状酌量を願って、申明の父親である申援朝から受け取った手紙を読みあげた。

《私は自分勝手な人間でした。検事でいることに固執して、父親であることを放棄していました。もし私が息子に対して、きちんと父親としての役目を果たしていたら、息子は死ぬことはありませんでした。

その意味で、本当に息子を殺したのは、何清影さんではありません。私です。

死刑になって裁かれなければならない人間がいるとしたら、それは私です。ですから、どうぞ何《ホー・》清影《チンイン》さんの刑を減じてください。私の息子のために。そして、彼女の息子のために》

エピローグ二

二〇一四年十二月二十二日（月曜日）　冬至　午後一時

冷たい風が吹きぬけるなか、弱々しい日差しが安息通りを照らしている。

今日は午前中に小枝《シャオジー》のお墓にお参りをして、今、この通りに着いたところだ。

安息通りに来るのは、あの時以来、ほぼ半年ぶりだ。だが、ここにはどうしても立ち寄らなければならなかった。だから、こうしてやってきたのだ。黒いパーカに身を包み、手には大切なものを握りしめて……。手のひらのものが肌に食いこんで痛かった。

安息通り十九番地の家は瓦礫の山になっていた。あちらこちらに焼けのこった梁《はり》や柱が散らばり、片隅には崩れた壁が積みあげられている。小枝の遺体は塀のそばで発見されたということだった。

その塀があったあたりの瓦礫に腰をおろすと、ズボンの生地を通して、冷たさが伝わってきた。

目を閉じて顔を空に向けると、声が聞こえた。

「来て！　待っているから！」

行くよ。この通りを渡って……。そう心のなかでつぶやくと、安息通りが〈生〉と〈死〉

を隔てる河のように見えた。

瓦礫に座ったまま前を見ると、向かいの家が目に入った。家は変わらず、そこにあった。半地下の窓も変わらない。

そろそろ行かなければ……。この通りを渡って……。

そう決心すると、立ちあがって、あたりを見まわす。火事のせいで、今は草一本、生えていない。けれども、そのうち春になれば緑に覆われるだろう。

空には少し雲が出てきていた。まだ日のあるうちに地下鉄に乗って、南明《ナンミン》通りに行かなければならない。あいかわらず大切なものを握りしめているせいで、手の感覚がなくなってきた。

地下鉄の駅を降りて、南明高校のほうに歩いていくと、遠くのほうに《魔女区》の工場の煙突が見えてきた。しばらく行くと、バス停が目に入った。バス停を過ぎたところで、歩道にひざまずくと、敷石は冷たかった。

「厳 厲《イエン・リー》先生、許してください」

今頃あやまっても遅すぎるだろうが、でも、どうしてもあやまっておきたかった。あの時、どうして自分は先生を殺してしまったのだろう？　今は後悔の気持ちでいっぱいだ。

通りを引き返して、《魔女区》の工場の敷地に入ると、冬のせいか景色はいっそう寒々としていた。それはまるで、荒廃した遺跡のようだった。

工場に入って、地下室の扉の上げ蓋の前まで来る。上げ蓋は何かを伝えようと、話しかけてくるように見えた。一分ほど、上げ蓋を見つめ――それからハンドルを持ちあげて、なかに入った。《魔女区》の工場の地下室に……。

床にひざまずくと、握っていた拳に息を吹きかけ、指を開く。そこにはネックレスがあった。

「来たよ。約束の物を持って……」

なかは暗かったが、ネックレスの珠《たま》の数はわかっている。

そう、それは何年も部屋に飾ってあって、死ぬ前日にばらばらになったものだ。ばらばらになって、今でもつながれていない。

一九九五年の六月十九日、午後十時、厳厲を殺したあと、自分はこのネックレスの珠を握りしめて、この地下室にやってきた。小枝《シャオジー》に会うために……。

そして、殺された。

それから、三日の間、この地下室で泥水に浸かりながら、自分はこのネックレスの珠をきつく握りしめていたらしい。現場にやってきた黄海《ホアン・ハイ》捜査官が、手に何かが握られているのに気づき、それを取り出すのに、指を二本、こじあけなければならなかったというほどだ。

自分の遺品はすべて父親の申援朝《シェン・ユエンチャオ》に渡された。だが、黄海は捜査の手がかりになると考え、このネックレスだけは秘密の小部屋にしまっておいた。そして黄海の死後、司望《スー・ワン》がそれを持ちだしたのだ。

最初にこのネックレスを目にしたのは一九八八年。今から二十六年前のことだ。小枝《シャオジー》はまだ十一歳だった。

ネックレスの珠を握りしめて、耳もとに近づける。すると、十一歳の少女の声が聞こえてきた。声は笑っている。

「ねえ、お兄さん、名前はなんて言うの？」

梯子をのぼる自分の背中にしがみつきながら、少女は言った。自分はまだ高校三年生だった。

「申《シェン》　明《ミン》だよ」

「助けてくれてありがとう。このまま地下室に閉じこめられて死ぬのかなって、思ってた」

少女はお腹を空かせた子猫が鳴くような声で言った。前にまわした手を胸のあたりで動かすので、くすぐったかった。

「おい、くすぐったいよ。きみの名前は？」

「わたしには名前がないの」

「じゃあ、あとで、ぼくがつけてあげよう。ここから出たら……」

外に出ると、夜だった。少女は痩せて、小枝のように細い腕をしていた。それを見て、すぐに名前が思い浮かんだ。

「きみの名前は小枝だ」

「とってもいい名前ね」

「きみを見ていると、顧城の詩が頭に浮かんでくるよ」

「お兄さんの言ってること、よくわからないけど、これ、プレゼントするね」

そう言うと、少女は握った手を差しだした。手を開くと、そこにはネックレスがあった。

「見て、お兄さん。たくさん珠があるでしょ？　これは本物の真珠、これは木の珠、これは偽物の翡翠。これは木でできた小さな仏様。全部で十九個あるのよ。みんな別々にゴミ箱に捨てられていたの。糸を通して、ひとつのネックレスにするのに、三日かかったんだよ」

ネックレスを受け取ると、手のひらにのせて眺めてみた。星の明かりに、ネックレスはきらめいて見えた。

すると、ネックレスをのせた手に、上から自分の手を重ねながら、少女が言った。

「ねえ、お兄さん、ひとつ誓ってくれる？」

「どんな誓い？」

「このネックレスを死ぬまで持っているという誓い」

自分はネックレスを持った手を胸に当てると、言った。

「私、申明は、小枝からもらった、このネックレスを死ぬまで持っていると誓います！

死ぬまで……。

ネックレスを地下室の床に置くと、司望《スー・ワン》は外に出た。空は曇っていた。と思うまもなく、雨が降りだした。顧城の詩が頭に浮かんできた。

空は灰色
道も灰色
ビルも灰色
雨も灰色

薄く降りつむ　死の灰のなか
ふたりの子供が歩いていった
ひとりは深紅の服を着て
ひとりは浅葱《あさぎ》の服を着て

（完）

監訳者あとがき

これは〈生まれ変わり〉の小説である。

読者の皆さんは、〈生まれ変わり〉に対して、どんなイメージを持っているだろうか？　生まれ変わりの小説は枚挙に暇がない。ちょっと挙げただけでも、佐藤正午《さとうしょうご》『月の満ち欠け』、恩田陸《おんだりく》『ライオンハート』、泡坂妻夫《あわさかつまお》『妖女のねむり』、そして三島由紀夫《みしまゆきお》『豊饒《ほうじょう》の海』など素晴らしい作品が並ぶ。また最近では小説投稿サイトを中心に異世界転生小説が盛んに書かれていて、そのうちのいくつかはアニメ化されている。だが、その〈生まれ変わり〉の実態は決して一様《いちよう》ではない。

小説における〈生まれ変わり〉を考える時、大きなポイントとなるのが〈生まれ変わる前の人物〉と〈生まれ変わったあとの人物〉の関係である。つまり、〈生まれ変わる前の人物〉と〈生まれ変わったあとの人物〉の人格は同じものなのか、ということだ。どちらかがどちらかに統合されているのか？　その統合の割合はどうなっているのか？　生まれ変わる前＝前世の人物がメインで、生まれ変わったあと＝現世の人物は前世の人物の人格や記憶を引き継いでいるのか？　あるいは現世の人物がメインで、前世の人物の記憶が時おり表に出てくるのにすぎないのか？　そもそも自分が誰かの生まれ変わりだと意識しているのか？

ある小説では、はっきりと自分が前世の人物の生まれ変わりだと意識して、前世の人物の意志にもとづいて、死ぬ前の恋人に会いにいこうとする。また、ある小説では自分が行ったこともない場所や読んだことのない本の「記憶」が頭に浮かんできて、どうしてなのかと謎を追っていくうちに、誰かの生まれ変わりだということに気づく。小説ではなく、〈生まれ変わり〉の実話として紹介されるエピソードには、前世の人物の記憶の一部だけを持っていて、初めて行った家で間取りを当てたり、家族写真を見ながら、この人は誰々と指摘してまわりの者をびっくりさせたりするものが多い。

だが、その多くに共通するのは、生まれ変わったあとの人物の人格はひとつで、「前世の人物の人格と現世の人物の人格が同じ肉体のなかに存在して競合することはない」ということだろう。前世の人物の人格が引き継がれる場合は赤ん坊として生まれた時から自分が誰かの生まれ変わりだとわかっていたり（異世界転生ものに多い）、物心がつく年齢になって、何かのきっかけで生まれ変わりだと気づいて、以降はその人物として行動する。現世の人物がメインの場合は、前世の人格は引き継がれず、記憶の一部だけが残される。ただ、現世の人格が知らない間（たとえば、眠っている間）に、前世の人格が行動しているというパターンはあるかもしれない。

では、本書はどうか？　本書では前世の人格と現世の人格がひとつの肉体のなかで明らかに競合する。前世の人格は上海《シャンハイ》にある南明《ナンミン》高校の国語の教師申　明《シェン・ミン》で、申明は結婚を間近に控えたある晩、何者かによって殺害され、その半年後に同じく上海に生まれた司望《スー・ワン》に転生する。だが、司望には申明とは別の人格があり、〈生まれ変わり〉を受け入れていない。「ぼくは最近、いろいろな科学の本を読んでみたけれど、輪廻《りんね》転生《てんせい》っていうのは、ないんじゃないかと思う。前世の記憶を持っているっていう人は、輪廻転生で生まれ変わったんじゃなく、今、言ったような特殊な能力（死んだ人の記憶を取り込む能力）を持っているだけだと思うんだ」（本書上巻四四六頁）。また前世の人格である申明も言う。「生まれ変わったと言っても、幽霊になって、この身体《からだ》に取り憑《つ》いたみたいなものだけどね。おそらく、司望だって、幽霊に取り憑かれたみたいな感じだろう」（本書上巻四三〇頁）。

　ひとつの肉体にふたつの人格。現世の人格にとって、これが辛《つら》いことなのは想像してみればわかる。では、どうしてこんなことが起こったのだろう？　それは〈孟婆《もうば》湯《とう》〉に関係がある。この小説では、輪廻転生というのは誰にも起きるもので、そのこと自体は特殊なものではないという設定になっている。人は死んで来世に転生する前に、忘川水《ぼうせんすい》（忘却の河）のほとり、奈《な》何橋《かきょう》のたもとで、孟婆湯と呼ばれるスープを飲む。このスープを飲むと前世のことはすべて忘れて生まれ変わる。前世の恋人を忘れたくなくて、生まれ変わったあともそばにいたいと思うなら、そのスープを飲まなければよい。申明はこのスープを飲んだ。しかし、河を渡ったところで気持ちが悪くなり、吐いてしまったのだ。なんという秀逸な仕掛けだろう。

申明のこの中途半端な行為がこの美しい物語を生みだすための発端となる。この小説はひとつには復讐《ふくしゅう》の物語である。申明は信頼していた人に裏切られ、はては何者かに殺される。だから裏切った人々に復讐し、また犯人を見つけたいと思うのは当然である。だが、輪廻転生をする前に忘却の河のほとりで孟婆湯を飲んだ時、申明にはその思いはなかった。どうしても復讐をしたり、犯人を見つけようという強い思いはなかったのだ。そしてまた、この小説は恋の物語でもあるが、忘却の河を渡る前の時点で、申明には生まれ変わっても添いとげたいと強く思う相手はいなかった。だからこそ、孟婆湯を飲んだのである。この点は〈恋と転生〉をテーマにした作品が何度、生まれ変わってもひとりの人を愛しつづけるという純粋な美しさを持っているのとはちがっている。この小説の恋はそれほどドラマチックなものではない。けれども美しい。はたして、司望は同じ肉体に申明の人格を同居させてどうやって生きていくのか？　この小説にはいくつもの恋が描かれているが、その恋の行方はどうなるのか？　その答えは小説のラストで示される。すべては申明が孟婆湯を飲んで吐いてしまうという中途半端なことをしたせいだが、このラストは胸を打つ。ぜひ味わっていただきたい。ちなみにミステリとしてこの作品を見た時、〈生まれ変わりの小説〉であるということが恋のひとつと絡んで、結末に深い趣きを与えている。こちらも味わっていただきたい。

作者の蔡駿《さいしゅん》は、中国のウェブ百科事典〈百度百科〉によると、一九七八年十二月二十三日生まれ。二十二歳の時から小説を書きはじめ、二〇〇二年に最初の長編小説『病毒』を上梓。

以降、『猫眼』『夜半笛声』『幽霊客桟』『荒村公寓』『荒村帰来』『謀殺似水年華』『地獄変』など二十冊以上の長編小説を発表している。そのうち日本では『幽霊客桟』が紹介されている（『幽霊ホテルからの手紙』舩山《ふなやま》むつみ訳　文藝春秋）。また長編小説のうちいくつかは本書のなかでも言及されている。〈魔女区〉の地下室にあった落書き「田　小麦《ティエン・シャオマイ》」は南明通りを舞台にしたサスペンス小説『謀殺似水年華』の主人公（タイトルは『失われた時を求めて』の中国訳『追憶似水年華』にちなんでいるので本書では『失われた殺人を求めて』と訳した）。また第四部十三章で葉　蕭《イエ・シャオ》が頭に包帯をして出てくるのは、『地獄変』で書かれている事件に関わったからである。

　本書は上海を舞台にしているが、作者自身も上海の生まれで、中国語原書版の作者あとがきによると一九八五年に蘇州河《そしゅうが》のほとりにある北蘇州路小学校に入学。小学校三年生の時に普陀区《ふだく》の長寿路《ちょうじゅろ》第一小学校（司望の通った学校）に転校。この小学校も蘇州河のほとりにあった。この学校の図書室では初めての長編小説としてヴェルヌの『海底二万里』を読んだという。また、やはり蘇州河のほとりにある五一中学校（これも司望の通った学校）の図書室では『シャーロック・ホームズ推理コレクション』に夢中になったということである。二〇〇二年から二〇〇七年にかけては、四川路橋の北側にある郵便局で働いていたが、その郵便局も蘇州河のほとりにあった。作者は生まれた時からずっと蘇州河のそばに住み、この河からインスピレーションを得て『忘却の河』を書いたのである。ちなみに、この作品を書いている間、作者は司望と一緒に旅をしているようで、完成した時には泣きたい気持ちでいっぱいだったという。

翻訳は中国語原書『生死河』からではなく、そのフランス語訳である*La Rivière de l'Oubli*から行った。訳者のひとりである坂田《さかた》にざっと見てもらったところ、中国語版にあったものがフランス語版になかったり、フランス語版で補足している部分もあったということで、翻訳はフランス語版を中心にしながら、時には中国語版に従い、そのほかに日本の読者に合わせるかたちで独自の調整もした。したがって、訳文はフランス語版とも中国語版とも対応しない部分があることをお断りしておく。翻訳の進め方は吉野《よしの》、小野《おの》、坂田が分担して訳したものに高野《たかの》が手を加えるかたちで行った。文責は高野にある。なお、各部の扉の中国現代詩は坂田が訳した。

また翻訳にあたっては竹書房の水上志郎氏にお世話になった。ここに感謝の意を表したい。

この素晴らしい作品が読者の皆さんの心に届くことを願ってやまない。監訳者は生まれ変わっても、この小説を愛読書とするはずである。

二〇二三年五月　高野　優《ゆう》

忘却の河　下

2023年７月５日　初版第一刷発行

著者 ……………………… 蔡《さい》 駿《しゅん》
監訳 ……………………… 高野《たかの》 優《ゆう》
翻訳 ……………………… 坂田雪子《さかたゆきこ》　小野和香子《おのわかこ》
吉野《よしの》さやか
イラスト ……………… もの久保《くぼ》
装幀 ……………………… 坂野公一《さかのこういち》（welle design）

発行人 ………………… 後藤明信
発行所 ………………… 株式会社竹書房
〒102-0075
東京都千代田区三番町8-1
三番町東急ビル6F
email：info@takeshobo.co.jp
http://www.takeshobo.co.jp
印刷所 ………………… 凸版印刷株式会社

定価はカバーに表示してあります。
■落丁・乱丁があった場合は furyo@takeshobo.co.jp まで
メールにてお問い合わせください。
Printed in Japan

〈シグマフォース〉シリーズ⓪
ウバールの悪魔 上下
ジェームズ・ロリンズ／桑田 健［訳］

神の怒りで砂にまみれて消えた都市〈ウバール〉。そこには、世界を崩壊させる大いなる力が眠る……。シリーズ原点の物語！

〈シグマフォース〉シリーズ①
マギの聖骨 上下
ジェームズ・ロリンズ／桑田 健［訳］

マギの聖骨――それは〝生命の根源〟を解き明かす唯一の鍵。全米200万部突破の大ヒットシリーズ第一弾。

〈シグマフォース〉シリーズ②
ナチの亡霊 上下
ジェームズ・ロリンズ／桑田 健［訳］

ナチの残党が研究を続ける〈釣鐘〉とは何か？ ダーウィンの聖書に記された〈鍵〉を巡って、闇の勢力が動き出す！

〈シグマフォース〉シリーズ③
ユダの覚醒 上下
ジェームズ・ロリンズ／桑田 健［訳］

マルコ・ポーロが死ぬまで語らなかった謎とは……。〈ユダの菌株〉というウィルスが起こす奇病が、人類を滅ぼす⁉

〈シグマフォース〉シリーズ④
ロマの血脈 上下
ジェームズ・ロリンズ／桑田 健［訳］

「世界は燃えてしまう――」〝最後の神託〟は、破滅か救済か？ 人類救済の鍵を握る〈デルポイの巫女たちの末裔〉とは？

〈シグマフォース〉シリーズ⑤
ケルトの封印　上下
ジェームズ・ロリンズ／桑田　健［訳］

癒しか、呪いか？　その封印が解かれし時――人類は未来への扉を開くのか？　それとも破滅へ一歩を踏み出すのか……。

〈シグマフォース〉シリーズ⑥
ジェファーソンの密約　上下
ジェームズ・ロリンズ／桑田　健［訳］
光と闇の米建国史――。アメリカ建国の歴史の裏に隠された大いなる謎……人類を滅亡させるのは〈呪い〉か、それとも〈科学〉か？
〈シグマフォース〉シリーズ⑦
ギルドの系譜　上下
ジェームズ・ロリンズ／桑田　健［訳］
最大の秘密とされている〈真の血筋〉に、ついに辿り着く〈シグマフォース〉！　組織の黒幕は果たして誰か？
〈シグマフォース〉シリーズ⑧
チンギスの陵墓　上下
ジェームズ・ロリンズ／桑田　健［訳］
〈神の目〉が映し出した人類の未来、そこには崩壊するアメリカの姿が……「真実」とは何か？「現実」とは何か？
〈シグマフォース〉シリーズ⑨
ダーウィンの警告　上下
ジェームズ・ロリンズ／桑田　健［訳］
南極大陸から〈第六の絶滅〉が、今、始まる……。ダーウィンの過去からの警告が、明らかになるとき、人類絶滅の脅威が迫る！

〈シグマフォース〉シリーズ⑩
イヴの迷宮 上下
ジェームズ・ロリンズ／桑田 健［訳］

〈聖なる母の遺骨〉が示す、人類の叡智の根源とその未来――なぜ人類の知能は急速に発達したのか？ Σ VS 中国軍科学技術集団！

〈シグマフォース〉外伝
タッカー＆ケイン 黙示録の種子 上下
ジェームズ・ロリンズ／桑田 健［訳］

〝人〟と〝犬〟の種を超えた深い絆で結ばれた元米軍大尉と軍用犬――タッカー＆ケイン。〈Σフォース〉の秘密兵器、遂に始動！

〈シグマフォース〉シリーズⓍ
Σ FILES 〈シグマフォース〉機密ファイル
ジェームズ・ロリンズ／桑田 健［訳］

セイチャン、タッカー＆ケイン、コワルスキのこれまで明かされなかった物語＋Σをより理解できる〈分析ファイル〉を収録！

THE HUNTERS
ルーマニアの財宝列車を奪還せよ 上下
クリス・カズネスキ／桑田 健［訳］

ハンターズ――各分野のエキスパートたち。彼らに下されたミッションは、歴史の闇に消えた財宝列車を手に入れること。

THE HUNTERS
アレクサンダー大王の墓を発掘せよ 上下
クリス・カズネスキ／桑田 健［訳］

その墓に近づく者に禍あれ――今回の財宝探しは最高難易度。地下遺跡で未知なる敵が待ち受ける！ 歴史ミステリ×アクション!!

Mystery & Adventure

イヴの聖杯　上下

ベン・メズリック／田内志文［訳］

「世界の七不思議」は、人類誕生の謎を解く鍵だった!!『ソーシャル・ネットワーク』の作者が壮大なスケールで描くミステリー。

ロマノフの十字架　上下

ロバート・マセロ／石田 享［訳］

それは、呪いか祝福か――。ロシア帝国第四皇女アナスタシアに託されたラスプーチンの十字架と共に死のウィルスが蘇る！

クリス・ブロンソンの黙示録①
皇帝ネロの密使　上下

ジェームズ・ベッカー／荻野 融［訳］

いま暴かれるキリスト教二千年、禁断の秘密！　英国警察官クリス・ブロンソンが歴史の闇に埋もれた事件を解き明かす！

クリス・ブロンソンの黙示録②
預言者モーゼの秘宝　上下

ジェームズ・ベッカー／荻野 融［訳］

謎の粘土板に刻まれた三千年前の聖なる伝説とは――英国人刑事、モサド、ギャング・遺物ハンター……聖なる宝物を巡る死闘！

クリス・ブロンソンの黙示録③
聖なるメシアの遺産（レガシー）上下

ジェームズ・ベッカー／荻野 融［訳］

イギリスからエジプト、そしてインドへ――迫り来る殺人神父の魔手を逃れ、はるか二千年前に失われた伝説の宝の謎を追え!!